视野丛书

成长初始革命年

王安忆

译林出版社

图书在版编目（CIP）数据

成长初始革命年 / 王安忆著．—南京：译林出版社，2019.9

（视野丛书）

ISBN 978-7-5447-7907-4

Ⅰ．①成… Ⅱ．①王… Ⅲ．①随笔—作品集—中国—当代 Ⅳ．①I267.1

中国版本图书馆 CIP 数据核字（2019）第 138895 号

成长初始革命年　王安忆 / 著

责任编辑　陆志宙
特约编辑　刘盟赟
装帧设计　木　木
责任印制　颜　亮

出版发行　译林出版社
出版社地址　南京市湖南路 1 号 A 楼，邮编：210009
电子邮箱　yilin@yilin.com
出版社网址　http://www.yilin.com
经　　销　凤凰出版传媒股份有限公司
排　　版　南京展望文化发展有限公司
印　　刷　江苏苏中印刷有限公司
开　　本　880 毫米 × 1240 毫米　32 开
印　　张　10.125
版　　次　2019 年 9 月第 1 版　2019 年 9 月第 1 次印刷
书　　号　ISBN978-7-5447-7907-4
定　　价　52.00 元

目录

辑三

辑四

一个人的思想史（序）

我理解这套专辑的意图在于尝试记录共同思潮中个体的历程。上世纪八十年代思想解放运动，时有跌宕起伏，但就像洪水开闸，直流三千尺，再无回转的可能。新时期文学可称弄潮儿，乘风乘水，且推波助澜。倏忽间，已将半个世纪。中国社会走入现代，大约从未有过如此久长的时日，从容扩展精神领域。身在其中并不觉得，抬头看，却是一惊诧。如我这样的小说者，是从体验出发，理性的概念化往往成为负累，压抑了感官的自由。所以，我想这大约是专辑的第二个意图，让写作人隐形的思想浮出水面，呈现足迹，纳入历史的进步。

因循这一解释，着手选择文字，同时，也给自己一个机会，检点以往，总结经验。

我设计以散文《茹家溇》开篇。那是一九八六年的行旅，去到浙江绍兴，拜文友协助，查访母系祖居。从背景看，正是寻根文学发起，大家伙儿纷纷投奔“文学的根”。有的入径地缘，向山川河流进发；有的倒溯时间，访问古城古镇古村。大到宇宙历史，小至家庭起源，两头都是虚空茫然，正合小说窍意。回到《茹家溇》内文，则有着话说从头的意思。从一九八六往回算，写作约有七八个年头，还在情绪的主导下，世事与青春都在平息骚动，渐趋安稳。其实是个迷茫阶段，经验被过度地挥霍，来不及积蓄能量，开发新世界。同时呢，也意味着形势要有转折。《成长初始革命年》和《魏庄》可视作延伸和继续。于是，就让这一辑起句，比兴出下文。

第二部分由四个短文合成，分别于一九八九、一九九五、一九九七和二〇〇三年，应稿约而成章。《我的同学董小苹》已想不起事由，写的是儿时小伙伴，放在第二辑篇首，正与上一辑交集，像是过渡。《重建象牙塔》是替陈思和的文论集作序，我够不上了解他的思想，熟悉的是他这个人，我们同龄，同届，住同一条街，俗话叫作“街坊”，但直至上世纪八十年代新时期文学方才照面，进行《两个69届初中生的即兴对话》，算得上以文会友。所写“序”很可能与他书中文章不贴，是顾左右而言他，也是借他的题说自己的话，不期然处总有碰头的地方。《接近世纪初》是因病歇笔一年之后，有换了人间的心情。具体什么样的要求想不太起来了，可能是指定的议题，也可能是自定。跨世纪的人，有一种嬗变的焦虑，造物似乎也是有安排，给时间刻度，好范约洪荒，比如竹的节，树的年轮。所以，就是社会的普遍性暗示，算一个坐标吧。第六篇《英特纳雄耐尔》，又要涉及一个人，陈映真。倘若真有思想史这一说，在我，便是贯穿上世纪八十年代至今天。中国大陆迅疾走完资本经济前期、中期以及后期，从孤立进到全球体系，再又回归中国国情，他，一个亚洲后发展地区的预言人，国际共产主义理想的明日黄花，引领着我，走去无可望见的希望。这样，就来到第三部分，以《两个69届初中生的即兴对话》承上启下，然后四次发言，分散在二十一世纪的十几个年头。一个小说者，在文本以外的声音，可能最具思想的外形，但也最可能露怯。以虚构为职业的人也许不该在现实中多说话，因为我们常常混淆真伪，“想当然”错成“所以然”。就像说禅，不能说，不能说，一说就是错。

第四部分是占全辑篇幅半数以上，写作时间比较接近现在，实是多年学习与实践的感想心得，文学和艺术的观点，对于思想来说，未免太过具体。可是，我们这样的人，不就是以这样的方式来思想的吗？我们做的活计，堪称莫须有，好比《红楼梦》太虚幻境的楹联“假作真时真亦假，无为有处有还无”。思想本来应该让存在更明晰，我们却相反，让世界变得模糊，暧昧，摇曳不定，仿佛物体在光影里的边缘，也许这就是我们的思想史。从这里说，这部分应是专辑的主体，之前则可作附录。

二〇一八年十一月七日　上海

辑一

那少年又一次起程了，从又一个茹家溇里头出发。他捎了一串草鞋，怀揣两吊大钱，走过那座拱桥，乘上一条乌篷船。那是一个油菜花盛开的季节，河岸是金黄灿烂的一望无际，粉蝶儿飞舞着，船从显赫的赵家祠堂下走过。这少年出身于一个小户人家，世代箍桶，然而，他要去闯世界了。

茹家溇

上　篇

这是一个少年离开家乡，到杭州创业的故事，故事的来由是这样的。

我妈妈的奶奶，对我妈妈说："我要带你们去柯桥四十里茹家溇，给你们爷爷磕头。"那时候，我妈妈的父亲，早已经把妈妈的爷爷辛苦创下的家业全部败光，房子抵押给钱庄，得了一些钱，阖家来到上海，在虹口区天香里十三号租了一幢房子。在那里，我的外婆生下了我的妈妈。在我妈妈三岁那一年，我的外婆死了，我的外公跑了，是我妈妈的奶奶把我妈妈带大的。妈妈的奶奶对我妈妈说：要到柯桥四十里茹家溇去，给你爷爷磕头。在妈妈的爷爷还是一个少年的时候，带了一串草鞋，两吊大钱，乘了一只乌篷船，从茹家溇里出来，去到杭州，先是做学徒，学生意，后是开了自己的茧行，号为"茹生记"。我妈妈的奶奶死在了紫阳山下一间破陋的小屋，她长年食不果腹，却忽然间得了一支红参，吃了这支红参之后就死了。我以为妈妈的奶奶是很想健壮地活下来，直活到我妈妈长大成人的。那一年，我的妈妈大概是十三岁，而我的外公却浪迹天涯不知去向。据说在我妈妈十八岁的时候，她在上海谋到了一个小学教员的位置，借居在朋友家里。有一天早晨去上班，在马路拐角处遇到了我的外公，看起来他在那里已经站了一时了。外公问妈妈有没有钱，妈妈抽出夹在书页里的一张钞票，是那一个月刚刚领取的薪水。外公接过那张压得很平整的钞票，像一具幽灵一般消遁在上海的被污染的晨曦里，从此再也不见了。

我决定要去寻找茹家溇。我脑海里浮现着一个少年掮了一串草鞋，揣了两吊大钱，坐了一条乌篷船，去了杭州。这个少年是我妈妈的爷爷，我仿佛觉得，这个少年将我的生命，从偏僻的角落，沿着河流，隐秘地捎了出来。我要去找茹家溇了。

我去找茹家溇。找的线索只有我太外婆那两句诗歌一般的呓语，或者是呓语一般的诗歌：

> 我要带你们去柯桥四十里茹家溇，给你们爷爷磕头。
>
> 你爷爷一串草鞋，两吊大钱，坐了一条乌篷船，去了杭州。

还有，就是，我知道，我妈妈的爷爷，名字叫茹继生。

在一个阴霾满天，感冒流行的季节里，我去了绍兴。到了绍兴，我才明白，“茹家楼”是茹家溇，而非原先以为的茹家楼。它并不如我们两代人所以为的那样，是一个村庄。“溇”在水乡绍兴是断水河的意思。绍兴人指着流到了尽头的河湾说：“这就是溇。”河水在溇里缓缓地回流，漂浮着一些绿色的水草，这是一个小雨蒙蒙的天气。在溇边上居住着何姓的家族，便叫何家溇，居住着姚姓的家族，则叫姚家溇。在绍兴，有成千上万条河流，便有成千上万个溇，如同大海里捞针，热心的绍兴人，在柯桥四十里方圆内的湾湾溇溇里，帮我找到了三个茹家溇。

第一个茹家溇是在漓渚区解放乡的桃园村内，那里有二百多户茹姓，所居之处有一个断头河，人们有时候也称去桃园村为“茹家溇里头去”。桃园村离柯桥正有四十里。漓渚区历史上是个蚕茧之乡，联想我太外公在杭州城开的是茧行，就格外增添了几分可能性。

第二个茹家溇在柯桥区柯桥镇管墅村，只几户茹姓。它离柯桥只有四里水路，水路上往昔走的是乌篷船。或许太外婆将柯桥四里说成了柯桥四十里，抑或是妈妈将柯桥四里听成了柯桥四十里。

第三个茹家溇，是马山区安城乡嵩湾村里的，那里大约有二十户茹姓，离柯桥也是四十里。

此外，在鉴湖区亭山乡鹿湖庄村有一个茹家桥，住了几户姓茹的人家。

我们首先去的是漓渚区的茹家溇。早晨八点半从绍兴出发，汽车驶出城外，上了泥路。湿漉漉的雾气蒙蔽了远远的会稽山，山间流传着历代的衰荣歌哭，千万座石桥下潺潺的流水，汇成一曲大禹的故事，桥上铭刻着历朝历代名人雅士的功德，越王冶铁铸剑的钢蓝色的火光已被几千岁的雪雨熄灭，深谋的足迹也被几千次枯荣的荒草掩没；西施与范蠡则是一道永恒的光芒，照耀着激战与和平的岁月；风在南宋攒宫遗迹上的松柏间苍茫地穿行，凭吊长眠不醒的六代逃亡的皇帝。几千年的岁月好比是在弹指灰飞之间，陡然间到了这一个灰蒙蒙的早晨。我因为感冒到了中期，微微地发着寒热，打着冷战。望了车窗外一棵一棵掠过的新绿的树木，道路非常泥泞，景色也有些荒凉。“那前边就是桃园村了。”人们告诉我，我努力去回忆那一个乘坐了乌篷船离乡背井闯荡杭州的少年，好叫那故事开头。水泥船的汽笛高声鸣叫，马达发动震耳欲聋，击散了我的想象。汽车最终沿了漓渚铁矿的铁路行驶，农田里竖着砖窑的高大的烟囱。汽车停在了一片黄土的空地上，空地里堆了石块与砖瓦，石块与砖瓦前边是一幢二层的水泥小楼，楼的后面是一栏荒野的茶山。

村长姓茹，名叫茹清海。他早一天就知道了我的来意，在村里做了调查。他是不高的身材，却很结实，黝黑的脸上带着谦逊忠厚的笑容，眼睛里却埋藏着机智的光芒。他将我们一行数人带进一间会客室，会客室里沿墙放了人造革的沙发，沙发后的墙上有一周奖状和锦旗。村长泡来了热茶，散发了香烟和瓜子，烟蒂和瓜子壳很快就撒满在冰凉的水泥地上。从门外看出去，越过水泥的阳台围栏，是一条细细的铁轨，寂寞地蔓延在泥泞的地上。铁轨远远的那边，有一个村落，那就是桃园村。村长告诉我们，桃园村是个贫穷的地方，地势不好，水多时，沟水溢出来淹了田地，水少时，车断腿也车不进水去。前边的田畈，俗称“饿死畈”。所以村里的人出门去做生意求活路的很多。然而其中是不是有一个名叫茹继生……他很抱歉地笑着，说他昨日问了一天，也没有一个人能够记起来这样的名姓。他又与我计算了一下岁月，认为这位茹继生如若活着，应当是一百一十岁，而村里现在最高寿的老人是八十八岁，那便是他的母亲，他谦逊而骄傲地笑了一下。过去这里很穷苦，还流行血吸虫病，所以人大都活不很长。他又接着说道，除了出去做生意学手艺的，此地大都是吃挑脚的饭。过去没有公路，兰亭那边山上出石灰，就由挑脚挑到这里的阮江埠头，由阮江船运出去。

村前的这条河叫阮江。那时候，阮江是很繁荣的，每日有两只四人摇的大埠船，与柯桥对头开来回，此外还有数不清的乌篷船。茹村长领我走到昔日的阮江埠头，如今早已荒废，只留下一溜结实的石阶。公路修起了，乡里又有了运输社，挑脚这行当，渐渐地绝了种。“从前，人们就挑了石灰到这里，装上船的。”村长说。河水缓缓地在狭窄的河道里流淌。岸边泊了几条废了的水泥船。“从这里，往柯桥去，四十里水路。”茹村长站在那一排石阶，昔日埠头的遗迹上，遥遥地指着河水的前方。“阮江河道弯弯曲曲的，很不好走船哩。此地有一句俗话道，‘会摇船，阮江河，不会摇船光身拖’。”他怕我不懂，又做了长长的详尽的解释，说到“光身拖”的时候，略有几分难堪，又道：“乡下人的玩笑话。”

那么，我想，就是说，有的时候，那个少年须下了船去，将草鞋顶在头上，牙齿衔着大钱，卷着裤腿，一步一步在淤浅的河道里推了船走。太阳已经落了，夕阳染红了河水。

“河底的淤泥是很深很深的。”村长说，“那时候，一担一担石灰从兰亭挑到这里，地都白了。”

挑脚中有一个人，许是那少年的父亲，或者祖父？

戴着毡帽，唱着挑脚们独有的号子，从兰亭走到这里，卸下沉重的石灰，夯进了泥地，留下一个白色的坑。然后便用粗劣的布巾擦着汗，与船老人说着笑话，诅咒他“不会摇船光身拖”。

“可是，我昨日问了一天，却没有人能够记起来有一个茹继生。”村长再三地抱歉道。他说桃园村有三百七十户人家，姓茹的倒有二百户，占了百分之六十，小时候，听他家老人说，他们茹姓人是从嵊县与诸暨两个地方迁来的。原先倒有一个茹家祠堂，娶亲生子都要进祠堂拜一拜。祠堂里有家谱，家谱是那么厚厚的一叠，装在一具破旧的皮箱里。八十五岁的茹阿傲和他八十一岁的兄弟茹吉生却说并不知道这本家谱，而村长则坚持说确有家谱，曾经有人从他爹爹手里借去打官司后，又送还来。那时候，他爹爹还在世，他则是个年轻的会计，后来，到了“文化大革命”，那本家谱就烧掉了。倘若没有烧掉，该有多么好啊！他对我说。这时候，阿傲公公记起了那一场官司，是关于一块茶山的，或是关于一片树林的。他们一起沉浸在回忆中，以纯粹的绍兴土语热烈地讨论着，互相纠正对方记忆中的偏差，然后才渐渐地静了下来。后窗外是茶山，茶林上面是坟地，而今坟地平了，却还有几个坟冢掩埋在杂草中。我踏着杂草，从一个坟冢走到另一个坟冢，踏出了几条纵横的小径。墓碑上的字早已模糊，坟上布满了荆棘般刺手的野树棵。我扶了冰凉的坟头，在草丛间攀来攀去，心里暗暗怀了一个妄想，那坟冢许会给予一些隐秘的指点。

老人们尚记得曾有过一个茹继堂，早已在解放初期谢世。可是，他们很没有把握地说，这个“继”字也许并不是一个辈分，因茹继堂的兄弟中间，没有一个是以“继”字联名，此地人常常以“阿”字代替了辈分，叫阿三，叫阿四，或者叫阿狗，叫阿猫。茹继堂的孙子，一个五十多岁大眼睛黑脸膛的农民，坐在我面前，眼睛里充满了愉快的好奇。他谈起了他的父亲，也是一个挑脚，字认识他，他不认识字，而对他的祖父则一无记忆。问他祖辈父辈是否有出去谋事的，他说有一个堂房叔伯现在滴渚镇上做烧饼。

我们踩了泥地，走进了村庄，走到了茹家溇里头，河流在这里断了尽头，合扑了一只水泥船，船已经长出了青苔。人们好奇地从门里走出来跟随我们，那里有一些是新起的二层的水泥楼房。村长向围观的人群解释道：早年出门谋事的，年纪大了，想回故里看看，就派了小辈来寻根。茹家溇里头的泥地已被人踩得稀烂。

我设想那一个少年是在一个晴朗的早晨从这里走出，从那座残存的草房后面转出，前面正有一轮太阳，初升的阳光照在他的脸上，他一步一步走过茹家溇，鸭和鹅在溇里浮水，远远的有挑脚的号子传来。

八十五岁的阿傲公公说他昨晚想了一夜也没想起有一个去杭州的茹继生，倒想起在他还是个孩子的时候，他家台门里（院子里），有一个四十来岁的胖胖的女人，人称黄婆婆黄婆婆的，她的男人在外面开了一爿店。后来黄婆婆也去了那里，最后，夫妻俩都死在外面了。那时候，他是六岁或者七岁。我问阿傲公公，是不是记得有大人说过，那婆婆是怎么死的，死以前的光景又是如何？我想，吃了一支红参而死，毕竟很不平常。阿傲公公说，不曾有人讲起过，而他十二岁那年也离开了茹家溇，去学手艺了，学的是制锅的手艺。离家出走，就好像是茹家溇里头的宿命。

不远处的茶山上的荒草被风吹得嗖嗖响，曾经有一个夜晚，人们将一个恶霸引到那山上，在树林子里凿瞎了他的眼睛。这恶霸是一家兄弟里的老三，这家五兄弟一姐妹被称为“六老虎”，勾结土匪，霸占水源。我想，人们是怎样引他上山的？是捉了他的心爱的狼狗，还是学了女人的笑声？黑漆漆的夜晚里，人们用粗糙的布巾扎起了脸，只露出两只晶亮的眼睛，手里握了镰刀，从他身后一扑而上。这时候，头一批去兰亭挑石灰的挑脚们起程了，唱着山野里粗俗的小曲。

然后，终于有一个状元出场了。

茹家祠堂的前进，是状元台门。就是说，那是一个二进的院落，前一进是状元府，后一进是茹家祠堂。茹家溇里头出过一个茹状元，可是后辈们谁也不知道那是哪朝哪代的状元，只知道漓渚镇上有他修的一座洞桥，他在茹家溇里修的尼姑庵“谨华庵”，已成了一座变电所，残存的一间小灶屋里，住着最后一个尼姑，今年八十六岁，头发花白而且稀疏，耳聋，生有严重的风湿痛，腿肿得如同两只小桶，却很乐观，总是笑，笑起来就用手捂着嘴，对了照相机镜头说：“难看得很啊！”这谨华庵从前是个做善事的地方，灾年里发赈粥，收殓漂泊者的遗骨。有人很不敬地窃窃笑道，这个茹状元是个没出息的状元，还是一个大麻子。问他们从哪里听来的，就说是听老辈子人讲的。

那乘了乌篷船去杭州的少年。他的祖先里，这时候有了一个状元。

妈妈最年长的哥哥，也就是我的大舅，曾记得，外婆死的时候，灵堂里点着两盏大红灯笼，灯笼上明明晃晃地写着“状元及第”四个大字。我想那是在上海虹口天香里十三号的客堂里吧。“天香里”这名字听起来无疑是一条石窟门的弄堂房屋，那红彤彤的“状元及第”大字，映在黑漆大门下深深的天井里，天井边上窄窄的一条泥土里，许还栽着一棵梧桐树，后弄里有卖长锭的女人悠长地吆喝着走过。身为南浔庞家女儿的外婆，出嫁到茹家时，妆奁足足摆了半条长街，如今，两盏灯笼照耀着幽冥的陌路，她孤身一人长辞了。

我的大舅还记得，在杭州的时候，他家的积善堂内，高悬着“状元及第”的匾额，匾上的题字为“茹棻”，这是乾隆四十九年的头名状元，曾任兵部尚书。我曾经在北京的孔庙的碑林里寻找“茹棻”这一个名字。那是一个寒冷的刮风的冬天的上午，阳光苍白地照在碑林里，我站在坚硬的冻土上，望着这个生疏的名字，及那名下的一行小字——浙江会稽人（会稽即绍兴的旧称），努力与自己的身世联系起来。无数尊石碑矗立在北京的高远辽阔的天空下，碑身后边是冬天萧条的树枝，塞外吹来的北风从天安门广场浩荡而过。

茹家溇的状元门楼上，留有两枚挂匾的铁钉，生满了黄锈，门楼也只剩下一个粗略的轮廓。茹家溇里的人们告诉我，那匾直到“文化大革命”才被消灭，上有“状元及第”四个大字，这状元在滆渚镇上修了一座洞桥。我说阿公阿伯们，是不是记得那状元的名字。人们面面相觑，都说不晓得。这时候，有一个茹双喜说话了。这是一个高高大大，红脸膛的汉子，今年六十二岁。他同另一位倪双喜一起走进这间挂满锦旗和奖状的会客室。所以也请倪双喜来是因为他家住在茹家祠堂边上，期望他也许会看见过那一本失传的家谱。倪双喜也是一个敦厚的农民，戴了那顶“贺老六”的著名的毡帽，脚杆上似乎还带着泥巴。茹双喜则穿了一身深藏青呢料的中山装，一顶同样质料的呢帽，胸前的口袋里插了一杆钢笔。他起先一直没有说话，坐在最最角落的沙发上，几乎被我们遗忘。然而，当我们开始讨论那状元的名字，他却说道：

那状元名叫茹芬。

我赶紧问他是怎样的“芬”，他回答说是草头下面一个“分”，我小心翼翼地说道，再下面是不是还有个“木”，他断然回答，就只是草头下面的“分”。在那块匾上，“状元及第”的大字旁边，就写有“茹芬”这两个小字。我不由叹息了一声，说事情只差那么一点就对了。在我们家的传说中，果然是有着一个状元公，可是他的名字却叫“茹棻”。听我这样说道，人们也都非常惋惜，就有人说，或许是因“棻”字少见，单单认住了字的上部，时间长了，就成了“芬”。而那茹双喜则很坚持，说道：匾上的字，一定是茹芬，绝不会有错。他倒是听老辈子人讲过两个传说。一是那茹芬原本可做更大的官，做到宰相都不成问题，可就因为起了一个女人的名字，压住了官运。终于没能青云直上，成了个没出息的状元。二是说朝廷有奸臣，诬告于皇上，说状元本是叫茹棻，有意将“棻”字拆开，暗指拆分江山，于是就被贬了官职。总之，这是个很不走运的状元。

我不知道这真是老辈子人传下来的故事，还是在这霎那间产生的传说。茹双喜从他坐的角落里直着身子，脸上流露着讲叙历史的激情。坐在正中长沙发上的茹阿傲与茹吉生兄弟则傲岸地仰着脸，望着前方。他们均很高大，与通常是矮小精干的绍兴人有些不同。于是我又想问一问关于茹姓来历的事情。在《通志·氏族略》中，茹氏注为——“蠕蠕入中国为茹氏”，蠕蠕即柔然，是北魏时候曾经强盛一时的北方少数民族。也许，在茹家溇里，有一些关于他们远祖的奇异的故事。可是我的问题使他们非常茫然，好像在听一个天外奇谈。他们坚持说他们是从诸暨和嵊县迁来的。还有就是，在他们的水桶、水车等家什用具上，都记有“世德堂茹”的印记。于是，我们只得继续谈那个茹状元。

那么，就是说，那个少年是负着一个光荣的祖先出发的。我设想他出发的路线是，从茹家溇里头走出，沿了河边走，走过那一座石板桥——山阴桥，走到状元府前。他面对了“状元及第”的匾额伫立片刻，将这四个大字与那两个小字全铭记在了心中。他看得很真切，清清楚楚看到的是“茹棻”，而不是如后来的茹双喜那样，只看清“棻”字的半部。少年将名字全部记下之后，走进了祠堂跪拜。当他出来的时候，又最后地看了那状元匾。阳光应该是照耀在匾额上，这样他才能看得真切。然后，他走向了阮江埠头，肩上挂了一串草鞋，怀里揣了两吊大钱，河水应当是像金子一样波光闪闪，一条乌篷小船如一叶阴影一般泊在河边。挑脚们的号子响了。

我仿佛看到上海那一条名叫“天香里”的石库门弄堂里，一口深井般的院落里充满了融融的红光，红光里隐现着“状元及第”的吉祥的字样，状元族中一个末代子媳死了。

茹家溇里年轻的后代们拥在我的身后，热烈地讨论着那个从小离家的少年与我的关系。村长走在我的身边，要我放心地回上海，他还将继续为我调查，一旦有了线索就会设法告诉我。并且说，如果茹继生真是从这里走出，那么，你我就是亲眷，就是一家人了。他告诉我村里的砖窑厂利润很好，有二百三十六个工人，还有一个三四十人的丝织厂，有八张机器。另外他想搞个石子厂，山上的石子好，可却没有开采的人工与技术。他又想开个面筋厂，可是洗下面筋的小粉找不到出路。现在亩产已达一吨，人均收入九百元，问题是劳动力很缺，劳力都进了工厂，种田的人没有了。还有一个问题是造房子，有了钱都要造房子，没有地基了。再有一个事情是漓渚铁矿占去了二千亩田，却以毛山地的价格付偿，很不公平。他还带我们去看了他八十八岁的老娘，一个干干净净的老太，坐在竹椅上，脚踏着一个黄铜的暖和的脚炉，双手在竹匾里拣菜。见我们一大伙人涌入，很不屑地看了一眼，继续拣菜。村长伏在她耳边大声问道，是否记得有一个名叫茹继生的人去了杭州。她说："死的死了，走的走了，谁记得这么久远的事情。"村长直起腰又抱歉又骄傲地朝我们微笑，于是一伙人又呼啦啦地涌出。老太矜持地坐着拣菜，眼睛都没有抬一下。

这时候，天还阴着，雨是不下了，是一种白亮的天色，我们上车走了。回绍兴的道路似乎要简短得多，汽车沿了漓渚铁矿的铁轨走了一段，就上了干燥了的公路。

下　篇

这一天，我们去柯桥区的管墅村。汽车很快就下了公路，驶上了田间小路。田里已经灌水，即将是插秧的日子，还有几片田里长着荒芜的杂草。人们说，如是以往的日子，正是油菜花开的景象，金黄金黄的油菜花，一展无际，上面飞着轻盈的粉蝶。可是如今劳力都进了工厂，或者去做生意，地就荒了。汽车驶进一个村庄，在狭窄的泥泞的村道里摇摇晃晃地前进，这依然是一个蒙蒙细雨的天气。司机疑惑地停下问那路边房屋里的小孩，前边的道路汽车能否通过。小孩想了一下说，可以的，曾有东方红拖拉机行走。汽车继续向前，前边已绰绰地看见一个绿色的村落，那便是管墅村了。路边有了一条清冷的河水，河面上罩了寒冷潮湿的雾气，有水泥船鸣着汽笛呜呜地驶过，远处有一座石桥，桥下是一座高高的拱门，船就在拱门下往来。石桥前的村庄就是管墅村，可是这时候，我们的汽车偏偏叫一根电线杆子挡住了去路，电线杆子底下埋着昨日的新土，正正的立在路的中央。我们只得下了车走。而汽车则渐渐地退回将近一里地，才在一个桥头得了一块空地掉头。

我们下了车，绕过那根新埋的电线杆子，踩着泥地往管墅村走去。隆隆的机器声扑面而来，一大幅色彩斑斓的广告凌空而起，写着“管墅涤纶布厂”。接待我们的是布厂的厂长，兼任村长。他告诉我们管墅村有三大姓：胡姓，沈姓，赵姓。我们所在的工厂会议室，一间也是围满沙发和奖状的水泥地房间，就是昔日赵家的祠堂。茹姓只是一个小姓，总共二十户人家，其中没有出过大户。因此也没有祠堂，只设过一个小小的香火堂，在“文化大革命”中，与赵家祠堂一并消灭了。管墅有两个溇，一是缪家溇，另一则是茹家溇了。此地又有三种生计，一是竹器，均是缪家漤里人的生计；二是方木，指木器家什，是麻江边人的生计，麻江便是我们沿了走来的那条河，直可通到柯桥；三是圆木，即是箍桶，这便是茹家漤里人的活路了。茹家漤里人祖祖辈辈都是吃的箍桶的饭。如今。茹家漤里老老小小加起来不过百来人，上年纪的只有三人，尚记得此地曾有一个茹继卫，也是去杭州开店的，抗战时回到乡下避过七年兵乱，然后又去了杭州，最后死在了外面。但仅此一个“继”字，看来并不像个确凿的班辈，此地人的辈分都不严格，各人立各人的排行，其间似也没有牢固的血亲关系。这茹继卫还有一个未出五服的堂房亲戚在此，是一个八十岁的老太，走亲戚去了。她的儿子倒在家，却是外姓人，不妨去问一问。

我们走出机声隆隆的管墅涤纶布厂，有年轻的女工好奇地打量我们。我们走到河边，走上那顶高高的拱桥，走进了茹家漤。如今这漤已经打通，河水湍湍地流向很远的河道，往昔断头的地方砌了一座小小的石桥。我们走进桥头一条短巷，巷顶有一扇高大的石洞门。这是一座真正的江南木结构的房屋，从那厚实的板壁与齐整的砖地可见出当年的小康殷实。门里有一个五短的汉子在做木锅盖，新鲜的刨光的圆木板在砖地上摆成整齐的扇面。他说他今年五十六岁，姓王，外公叫茹怀正，母亲叫茹英姑，有一个舅舅名叫茹云清，是此地私塾里的塾师，十年前去世，另一个舅舅名叫茹志清，在杭州，因这一幢房子没人住，于是就跟母亲到了外公家。小时跟了母亲到茹家溇里走外婆家，记得就在那隔壁有小小的一个香火堂，供了许许多多的牌位，祭祖日子就点起了蜡烛，红堂堂的煞是好看。问他听说过茹继生没有，他说不曾听过这个名字，那茹继卫倒是老人们常常提起，在杭州开了一爿什么店，他的儿媳妇至今还活着，据说住在上海。我告诉他，茹继生是我妈妈的爷爷，我妈妈的奶奶说过，要带我妈妈去柯桥四十里茹家溇磕头。他很同情地望着我，思忖了一时，说道：想来你的太外公是个有身份的人。民国初年管墅村集资修了一座桥，名为公济桥，桥头立有一个碑亭，碑上刻了捐款修桥的人名。所以，他建议我去那碑亭查看一下，兴许能找到茹继生的名字。此外，那年轻的厂长兼村长又提供了一条线索，离管墅仅一里路的地方，住了一位九十岁的道士，名叫陆阿坤，他从十四岁起做道士，至今已有七十六年。“有一次，我问他，你从十四岁做道士，由你做道场送走的人有多少啊？”——村长兼厂长说道，“他回答我：一日一人不止，总共至少有两万人。因此，他死人活人都见过许多，或许会晓得点什么。”于是，我们制订了下一步的计划，先看石碑，再找道士。

我们又从石桥上走回，沿了河朝公济桥走，那碑亭已毁了一半，边上已盖一座新房。民工们老远看见我们一群人奔他们而去，纷纷停了手里的活。碑上堆了木料，木料上又靠了几架自行车，大家一齐奋力搬开木头和车子，引得过路人都站住了脚，问我们究竟要做什么。石碑周围都澄清了，然而碑上的铭刻已经平复，几乎看不清一点。毛茸茸的寒雨飘进残破的碑亭，不由得打起了寒噤。我们用冰冷的手摸索碑上的刻痕，粗糙的石面摩擦着手心，不给予半点启发。我们眼看着灰心下来，拍尽了手心里的浮土，退出碑亭，掉头要去找那位水陆皆通的道士，不料路边却出现了一个人。那是个瘦瘦长长的后生，大约三十多岁，穿了一身灰色的制服，推了一架自行车。他正要出门去办事，却看见公济桥头围了一伙外乡人，便凑拢来问道有什么事情，只听人群中七嘴八舌地说道茹家溇里有人来寻根，他就对我们说，可以去问他的爹爹。他爹爹姓王，名叫王阿丑，今年七十九岁，身体却很健，记性也好，茹家溇里的事情他全晓得。昨天刚巧从香炉峰烧香回来，还在山顶上住了一宿。听了这话，我们便又重新回过头去，进管墅村寻访王阿丑了。这时我们的寻根已陷入混乱与无望，几乎乱了方寸，有一人就问一人罢了。

王阿丑坐在一间破旧的小屋里的一张竹椅上，对我们的闯入并无惊异的表示，冷淡地望着我们，也不起身让座。而那屋里确也无从安坐我们这许多人，大家就站在地上，将他团团地围起，弯下腰与他说话。他却是耳聪目明，有问必答。问他："茹继卫此人晓得吧，老公公？"他说："晓得的。"又问："茹继生此人也晓得吧，老公公？"他回答说："那是茹继卫的阿哥。"

那少年又一次起程了，从又一个茹家溇里头出发。他掮了一串草鞋，怀揣两吊大钱，走过那座拱桥，乘上一条乌篷船。那是一个油菜花盛开的季节，河岸是金黄灿烂的一望无际，粉蝶儿飞舞着，船从显赫的赵家祠堂下走过。这少年出身于一个小户人家，世代箍桶，然而，他要去闯世界了。

"老公公，茹继生是去了杭州吧？"我问王阿丑。王阿丑表示听不懂我的上海口音，将眼睛望着别人，别人便用绍兴话做了翻译："老公公，茹继生是去了杭州吧？"

"茹继生去了杭州，开一爿小小的箍桶店，后来，生意做大了，就同人合伙收茧，慢慢地，开起了一爿茧行。"

妈妈那里听来的一鳞半爪全在此合上了，我想起杭州普安街上那座易了一百年主人的青砖小楼，一个老人踩着脚下松动的地板说道：

这就是茹生记。

我目不转睛地望着老人半瘪的嘴，他马上就要说出一个神奇的童话。

他忽然很淘气地笑了一下："小时候，大人们对我们说，从前，茹家溇里有个茹继生，很有出息的，小小年纪跑到杭州城，箍桶店开成了大茧行。"

那少年从此不箍桶了，摆脱了他们祖祖辈辈犹如宿命一般的生计。他很小的时候，就与他的父辈们一样，腰里扎一根粗布汗巾，跨坐一条板凳，学着箍桶。渐渐地，他身前身后的砖地上，摞满了箍得很结实的桶，散发出新鲜刨光的木板的苦甜的气味。他的手应当是很有力，很灵巧，布满了坚硬的老茧。如同每一个熟练的圆木匠。当他的茧行第一日开张的时候，他放了上千响的炮仗，很多很多的大人和小孩，跑出门来捂着耳朵站得远远地看，炮仗炸飞的红纸遍布了门前，看起来十分兴旺。他还要散发一些象征高升与团圆的发糕和糯米团，邻里们则要说一些祝福与吉祥的话语。那一个夜晚要是一个天高气爽的夜晚，一派平湖秋月的良宵美景。

我问道："老公公，你有没有看见过茹继生，他长得什么样子？"

他依然听不懂我的话，矜持地不作答，等由旁人做了翻译才说道："我没有生出来，茹继生茹继卫就早早出去了。后来，每年的清明他们都要回家扫墓。回家的前几日，就给仁婆婆写封信。仁婆婆是他们的婶娘，是个寡妇，没有子女。仁婆婆接到信，就租了一只四明瓦大船。”说到此，他又解释了一下关于明瓦大船，那是最正宗最高贵的乌篷船，有一明瓦，二明瓦，四明瓦便足见其气派了。“仁婆婆租了一只四明瓦大船就去萧山西兴，钱塘江边接客。那时候，村里也有人跟了仁婆婆一道去接客。我们小门小户，从来不跟去的。”他流露出孤高的神情。

于是我想到，那少年的理想实现了，然后他便回了家来。四明瓦的大船，排开水流，缓缓地庄严地前进。

“那坟是一般的坟，却是个风水宝地，在湖塘乡的次里大湖。”阿丑老公公说。人们告诉我，那是个盛产杨梅的地方，每年六月间有那么二十天的光景，杨梅熟了，就好像一片欢腾的火焰。茹氏兄弟上坟期间，总要在茹家溇里住几日，那时候，人们就会看见两个又胖又长的男人在村道里走着，一个比另一个老相一些。“块头恁大的，绍兴人中间少见的。”阿丑公公说。

四明瓦大船在河道里，缓缓地庄严地前行。已是长衫马褂的昔日的少年下得船来，走向他那平凡的祖坟，以最隆重最繁荣的香烟，祭奠与凭吊那祖祖辈辈箍桶的生涯。仁婆婆手里应当携一只红木的六盒篮，一层一层的，每一层里放着最精致又实惠的酒菜，一样一样放在坟前。春风十分浩荡。然后，就有雇来的农民除草修坟。这时候，那成熟了的少年就背过身去，望着前方隐现的大河，遥想着当年他如何乘了一只小小的乌篷船，去到杭州。他很感慨地微笑着，心想那时日就好像是上一世的事情。

“后来，他们带了家小一起来扫墓。”阿丑公公说道。

“你记得茹继生的老婆吗，老公公？”我急切切地问他。

他回答说：“两兄弟的老婆全是小脚伶仃的。”

“那么，茹继生的儿子，您曾否见过，老公公？”

“我只十来岁，那儿子已有三十多，也是又长又胖，两颊这里，”他点了点自己的脸颊，笑了一下，“红堂堂的。”

不知为什么，经他的描绘，那形象有些无耻似的。众人们都很会心地笑了。

我想当那长成的少年在感慨的时候，他应当是在草棵间捉蟋蟀，蟋蟀在草棵间灵活地穿行，终于没有逃过他的富有经验的捕捉。而他捉住了又放了它去，因它是一只太平凡的蟋蟀。他笑嘻嘻地拍尽了手上的泥土，感到了肚饥，还有一点口渴。然后他们走了，在他们走后，六月到了，杨梅熟了。

“后来，那儿子不对了，”阿丑公公说，“把家败得一塌糊涂。”

“后来，他有没有回来扫墓？”我问。

“不回来的。”他连连摇头，“这个人不回来的。”

据妈妈听她的奶奶说，她祖父去世不久，家中库房忽然起了一场无名的大火，然后，外公抵押了房子，阖家逃亡般地迁到上海天香里十三号。有人说，这火是茧行中人自己放的，因那库房早已被偷的偷，押的押，空虚了。也有人说，这个放火的人就是茹生记的小老板，我的外公。

那身躯长大，两颊红润的男人，缩成了老鼠般的，溜进了库房，穿了一身麻衣，火种在他手上摇曳，于是，他的高大又萎缩的身影便投在了壁上。他不敢动弹，他稍一动作便会激起空旷的回声。他便久久地站在那里，无法行动。故事在这里遇到了困难。

我问当那茹继生死后，是否归葬到了祖坟，因我想起妈妈的奶奶说过，要带她去茹家溇给爷爷磕头。阿丑公公断然回答没有，死在外面了，茹继生的老婆也死在外面了，茹继生的儿子跑了，那儿媳妇走了人家。

这不对，我纠正他，那儿媳妇，也就是我的外婆是死了，死在上海天香里十三号。

阿丑公公不认错，依然说是走了人家，然后又嘟嘟哝哝道，那茹继生人能吃苦，也精明，就是不会教养后辈。

那少年努力了一生之后，儿孙们终于作了鸟兽散，散到天涯海角。然而，少年终究是将他的儿孙从箍桶的宿命里援引了出来，从那河流的尽头援引了出来。而我万万不会想到，我原是世代箍桶之家的子孙。我尚记得，在我很小的时候，弄堂里有人背了一圈圈的铁丝走进，奇怪地吆喝着："箍桶啊，箍桶。"而那吆喝是早已听不见了。

我在石桥下寻找着乌篷船，那乌篷船于我已有了历史的意义。而当我们去阮社寻找那位走亲戚的茹英姑，去核对关于茹继生的最后一个问题，路过了柯桥。我不曾料到在这里会有这样多的乌篷船，似乎绍兴遗存下的所有的乌篷船全在柯桥集合了，万舸争流，齐向高高的拱桥底下驶过。河流两岸是长长两排木楼，木头已经发黑，留存着遥远的记忆。每一艘乌篷船头坐了一个老人或者后生，双手划桨，两脚同时蹋着木桨，悠悠闲闲而来，身后还威风凛凛地插了一柄雨伞。我站在柯桥著名的拱桥顶上，乌篷船向我涌来，转眼间到了身后，好像一起呼唤着我生命中隐藏的回忆。天蒙蒙地下着细雨，远处的水泥机轮船呜呜地响着汽笛，像是时光河流的航标。

一个少年闯荡杭州的故事讲完了。唯一的问题就是关于那个状元的事情。

八十岁的茹英姑以那种妇道人家的警惕面对我们的不期而至，而她对茹继生已没了记忆。茹继生在她出生之前就出了远门，给茹家溇留下一个发迹的榜样。她尚记得茹继卫，因抗战时他曾回乡避难七年，高高大大地走在田间，被小孩们叫作“大胖子”“大胖子”的。最后，他回杭州时，将一个名叫富定的后生一同带了出去，因他看中富定人很敦厚，也很机灵。她也还记得昔日清明里风光招摇的上坟，仁婆婆租了一只四明瓦大船并往萧山西兴钱塘江边接客的情景历历在目。仁婆婆是在很后来死的，那时茹继生早已死了，茹继卫回来办的丧事，却误选了一个凶日下了葬，于是第二年，茹继卫的长子便在仁婆婆去世的时辰里死了。老太太说着这些，慢慢地放松下来，细细打量我，说我与那茹继卫的孙女儿有些像。那孙女儿是个医生，在“文化大革命”中喝农药自杀身亡，其子继承了她的职业，还成为这里一个县医院的院长。然后，我们便问到了关于状元的事情。她笑道：

> 我也曾经问过我的父亲，为什么茹家不出一个状元。我老爹爹说，我们箍桶的，腰里扎根汗巾，好比状元的玉带，跨下骑条长凳，好比状元的白马，把个状元全应掉了，祖祖辈辈是不会出状元了。

这个传说确是很有意义，在中国，手艺人是最不齿的行当，自然是与状元无缘。而那少年的离乡却因此多了一种悲壮的意义，他乘了乌篷船出发的时候，脸上应有一种严峻的表情。这是这故事最后的一笔了。

可是在杭州昔日的“茹生记”中积善堂上，却高悬了“状元及第”的匾额，题字写着茹棻。茹棻也确有其人，赫然铭记在京都森严的碑林之中。凄凉的灵前，则照耀着大红灯笼融融的红光。我便询问，管墅的茹家溇与漓渚的茹家溇有无关联，回答是没有。我再问这茹家是从何处迁来，回说从没听讲从哪儿迁来，自古就在本地。听她这么一说，我没了主意，关于少年的故事里，只好留有了一个破绽。

我又想起了《通志·氏族略》中关于茹氏的来历——“蠕蠕入中国为茹氏。”柔然是北方的一个古族，曾经是北魏政权来自北方的主要威胁，经过几十年的惨惨烈烈，终于灭亡，融合于漠北的突厥与契丹部落，而后，蒙古政权兴起。在绍兴有“堕民”，也叫丐户、丐丐。据康熙会稽县志所记，其丐丐“四民（即士、农、工、商）中居业不得占，彼所业民亦绝不冒之，四民中所籍，彼不得籍，彼所籍民亦绝不入，四民中即所常服彼亦不得服，彼所服盖四民向号曰，是出于官特用以辱且别之者也”。关于堕民的起源，有纷纭几种，而我愿意选择以下一种——朱元璋灭元后，将蒙古贵族贬为堕民。堕民主要分布在江苏浙江，在浙江，绍兴、诸暨、嵊县、新昌、上虞各县城乡都有堕民寓居。我想到漓渚的茹家溇曾说自己是从诸暨和嵊县过来。还有，在绍兴乡下，堕民的主要聚居处之一有马山，恰恰马山的那个茹家溇我们没有去。听舅舅们说，茹家人所操职业，常常是唱戏和手工业，这正是堕民们的行业。那么，我们会不会是堕民的后代，如若是堕民的后代，那么茹状元又是什么人？暂且撇开茹状元不说，循了这条线索返去，竟来到了茫茫的漠北。我收集着柔然的记载与传说，可惜这记载与传说少得可怜，这是一个没有文字的马背民族，仅有百年的漂泊与战争的生涯。我好像身处一个梦境，几千年的岁月从我沉睡不醒的身躯内穿行过去。种族与血液好像是一个不灭的火把，在没有尽头的生命长河里相传，火光熊熊地照亮了今天，过去和将来则冥在黑暗之中，祖先们努力留给我们一点消息，暗示我们短促的生命，其实已走过了漫长的路途。即便是如我妈妈那样一个作了鸟兽散的人家，她奶奶还会留下一个音讯：

我要带你去柯桥四十里茹家溇里磕头。

这音讯因为经年月久有了谬误，可却指示了方向，使他们不致迷途。哪一年的清明，我们一定要去次里大湖上坟，四明瓦大船已成了古物，我们也许会乘坐一辆汽车。那坟地或许也早平掉，而当我们走后，六月到了，杨梅熟了。

一九八八年五月六日　上海

成长初始革命年

倘若以演义的方式看历史，我们这类家庭，住进上海中心区的淮海路，掺杂于小康市民之间，就有些草蛇灰线春秋笔法的意思了。上世纪五十年代，新旧交替，对上海，不只政体的改换，更涉及生活理想。近代中国大陆，长江三角洲临海口的滩涂，在极短促的时间内，迅速培养成一种新人类。不久前，流连乡土，经历着荒年饥馑，丰年谷贱的耕农命运，倏忽跃入资本飞地，于工业社会细密分工中，领取生计。左翼作家批判现实主义文学里，无产者受剥削和压迫的苦状，到坊间民里，则另有一番面貌。比如，有一首上海女工的歌谣：

栀子花，朵朵开，
大场朝南到上海，
上海朝南到外滩，
缫丝女工好打扮，
刘海发，短袖衫，

粉红裤子肉色袜，
蝴蝶鞋子一双蓝，
左手戴着金戒指，
右手提着小饭篮，
船上人，问大姐：
“啥点菜？”
“无啥菜，油煎豆腐汤淘饭。”

歌中人物大约是从包身工熬出师的正式工，在精英知识分子眼里，是不觉醒，需要启蒙的民众，而在他们自己，何尝没有一种满足与得意，一双空白的手挣出衣食温饱。古人说，有恒产方有恒心，这些从破产的农业中逃离出来的赤贫者，终能安居乐业，规划人生。歌谣中满溢着的喜悦，庸俗是庸俗，但却也是新鲜的。

后来，我们在这城市将邂逅的无产阶级，与政治教科书上，形貌相距甚远。我的同学中，往往由父亲一人养育全家老小，因母亲是全职主妇，起居饮食均为中上。相比较，我们这类干部家庭，反显得物质匮乏，生活粗糙，所用家具多为公家租赁，钉着写有编号的铁皮牌子。家中保姆又是从军中随来，收拾房屋犹如打扫兵营。我家所住的新式里弄，规格为蜡地钢窗，可无论主仆都不知何为“蜡地”，拖把浸饱水，来回几下子，细柳条木地板上的蜡便清洗殆尽，再几下子，漆色褪去，煞白一片。床单被单似乎唯有一套，没有备用的替换，大好的太阳天里，一日饮食从简，全力拆洗晾晒，赶在就寝之前缝好铺就。我们还显得教养不足，亦因为好奇心重，常会在不恰当的时间进入同学家中，或者过度滞留。看人家围桌用餐，饭桌四边垂下线钩的蕾丝，碗盏盘盏镶着金银线。做父亲的用毕离桌，独自坐在沙发上看报纸，这中年男人长相英挺，穿着整齐，除去居住逼仄一项，其他与有产者无异。可偏偏学生表格上，成分一栏赫赫然填着“工人”二字。这一类工人同时又是高薪阶层，名曰“保留工资”，是从一九四九年以前沿用下来的旧人，履行了新政权对民族工业的保护政策。“文化大革命”中，学校进驻工宣队，来自杨树浦大工业区，苏北口音，蓝布工装，这些还合乎概念中的产业工人，可是嘴里镶金牙，且又超出常识范畴了。这城市劳动者的另类风格还体现在保姆的人群。我家楼上住着一位延安时期的音乐家，他家保姆单独起炊，菜谱和餐具都在自用的系列。她用餐也是我们观瞻的节目，即便只是一个人，又是公用的厨房，依然保持着餐桌礼节，那就是正襟危坐，目无旁顾，细嚼慢咽。对我们，她并不驱赶，相反，有几分欢迎。在她，以及邻人们，都认为有义务教育我们，什么是生活。

推进新式里弄或者公寓大楼的一扇门，扑面而来酵母和葱蒜的气味，那么，十之八九，是南下干部的居所。鲁豫皖的籍贯，主持内务的可能是族中一位寡居或未嫁的姑舅表亲，裹着小脚，扎着裤腿，一身黑布衣裤，与厨房浴室四壁的白亮瓷砖形成对照，其中包含着历史政治的隐喻。这城市的建筑里，嵌着许多隐喻，再物化为具象。倘也要归纳，我想，我们家的声色气味，大约可定为“酱”一系的。

方从征战中走出，陡地收住脚步，安营扎寨，凡事未有从长计议。父母选择居处的心情大约如同行军途中号房子，所以就会将成套的打散拆零。如我们这种没有原乡的家庭，没有故亲故旧，就是由保姆来决定生活方式了。我家的保姆，不知因循哪一条源流，是军区所在地南京，所以招聘多来自江苏北部？我的奶妈就是六安人；或者上海城市，这一行业以淮扬为主？总之，我们家的保姆，都是这一籍。其中一位，在家二十多年，带大两代人，又如家庭成员，密不可分的，就来自高邮县西北乡。在我们家庭城市化的过程中，她们起到的推动作用，毋庸置疑。就是那一位老保姆，十四岁来到上海帮佣，亲历各历史阶段，上中下各阶层变迁，于是深知其变中的不变，由此树立原则，立志遵守。比如，她决不跟风新派，称雇主为“同志”，坚称“先生”和“师母”，数度纠正，终究拗不过她，只得由她去了。淮扬，尤其乡间，烹饪以油酱为主，事实上，保姆们，多少也有迎合我们粗放食风的考虑。因此，我们家的菜系一律为红烧，红烧肉，红烧鱼，红烧狮子头，红烧排骨，红烧蹄髈为重中之重。那一整个蹄髈，北方称“肘子”，先在温油里滚一滚，然后放料酒葱姜，以及大量酱油，细火焖炖，其间不断观察，视情形添少许水，不使锅干，待汤汁渐稠，放下糖去，酱色便起来晶亮一层，显得特别丰饶。那一种肥而不腻，酥而不散，入口即化，无论老少贵贱，都无法抵住诱惑。“文革”中期，广州交易会重启，我的姑夫从新加坡来到广交会，再从广州来到上海，这是父亲离开故地新加坡后，第一位踏上大陆探望我们的亲属。作为一个走南闯北的商人，吃过美食无数，且又闽南出身，崇尚清淡，可依然被这一味蹄髈征服了。我想，这餐饭从某种程度上，纠偏了冷战时代铁幕中国的想象，至少，日常生活还在继续。事后，他写了一封信，委托父亲替他的食油公司采买黄豆，这就有些不知有汉，无论魏晋的意思了。父亲母亲经反复讨论，最后口授于我，笔写回信。信中说，爸爸妈妈都去干校工作，姐姐下乡劳动，只有我和弟弟，随“女佣人”在家——我注意到“女佣人”这个旧式称谓，绝不是我们习惯用语，显然是为照顾他们对社会主义的后进认识，给公有制以温和化印象。姑夫二度来到上海，就是改革开放的八十年代，其时，擅长烹制红烧蹄髈的“女佣人”已经告老还乡。从此，我们再没吃过这样的红烧蹄髈了。

淮扬菜看到我们这样的军旅家庭，扩张了浓赤的风格。我以为，于乡下出身的保姆们，也是相当过瘾的。就好像回到柴灶跟前，灶膛烧得通红，热锅大油，巴掌宽的鱼肉。著名扬州评话家王少堂的《武松》，英雄饮食，“牛肉动把抓”“鸡蛋甩流星”，就是那样的气势。父母的战友，凡来到我家做客，总是吃到忘情。阿姨站在身后，看桌上酒醉饭饱，觥筹交错，脸上的表情十分满足。而母亲却定要阿姨走开，这一幅用餐图，与革命者身份有所抵触。阿姨她总要抗拒一时，我想，除去职业操守所至，更多是喜热闹爱人多的心情。这一回，母亲相当坚决，几番来去，到底胜出了。

保姆改造我们家生活的同时，她们也享受着新民主主义的平等自由，镇日里房门大敞，坊间邻里，乡下上来的亲戚，保姆业内的结识，全可穿堂过室，道短论长。曾经有一度，家中有变故，需辞旧迎新，母亲辗转介绍保姆去一位越剧名流家帮佣。那一户人口清简，夫妇二人极少在家吃饭，衣服是送洗衣店的，只几件丝绸内衣，不及盈握，揉几下便得。所住公寓大楼，一门当关，“鸡犬声相闻，老死不相往来”。每日的工作，就是坐一张矮凳，持软毛刷清洁红木家具雕镂里的浮尘。本已是放纵惯了的性子，好比受过启蒙，再无法蔽塞，如何拘束得了。不过几日便逃离出来，回到我家。再是一番辗转寻觅，终找到一户雇主，纪律稍微松弛，人口也旺盛些的，做了二年。其中又有一段故事，稍后再述。总之，一旦机会来临，保姆她又回我们家，终至晚病，被女儿接回。

我们家的主仆关系，餐桌风格，以及床上寝具的拮据简陋，于居住所在的上海西区，无疑是一个异数。干预愿望最强烈的是三楼的人家。这幢房子不知经过怎样的演变，使用权归属上海文艺系统，一、二层几户无论更替，都不出作协与文联范围，唯三楼上的来历略有曲折，这就要说到后来成为作协机关的院子了。这幢维多利亚式的花园洋房原属于沪上著名企业主，史海钩沉，近年来浮出水面的匈牙利籍捷克建筑师邬达克，就是它的设计者。这名好运气的流亡移民，因有一位房地产开发商的朋友，于是得到许多订单，如今多已成为地标，记录着这城市半殖民半封建的历史，比如，和平饭店；比如，马勒公寓；再比如，作家协会，不只是原来，还是现在，它有个浪漫的名字，“爱神花园”，散发出希腊的气味。事实上，邬达克不过是以欧洲建筑格式为样本，简缩规模，移植到远东的资本飞地，其实是有些俗丽，正够满足新兴中产阶级的虚荣心。这户业主在新政权建立的一九四九年前夕，举家迁徙，往台湾或者香港，三楼人家大约是留守的家仆。他家的外孙女儿，比我长一岁，婴儿照片上，背景就是这座花园。我们家来到这城市的时候，我刚满一岁，从记事起，他家就在三楼，小外孙女儿是我自小的玩伴。认真算起来，他们和我们住进这幢新房子里的时间，应是在前后脚。

据三楼外婆再三再四提示，曾经带我们姐妹和她外孙女儿，一同去城隍庙玩。我和她的小外孙女儿，面对面坐一辆童车，外婆推车，腾不出手搀挽第三个，即我的姐姐，便嘱咐拉紧她的衣角："乖囡，千万不可松手啊！"外婆说。如此一行在熙攘的城隍庙穿行，确实挺险的，而我们尽兴而回。这次颇为心惊的出行我本来毫无印象，但在反复述说下，渐渐觉得果然有这回事。外婆风度翩翩，衣着考究，谈吐也文雅，照常规，事实上也是，她高高在上。三楼这一层是这栋房子保持完整的一套居所，朝南两大间，朝北一小间，人称亭子间，有单独的浴室与储藏室，唯一的缺憾是没有厨房，厨房是在底层，供全体住户使用。显然，这栋房子本应归一个家庭所有，从这方面说，生活在凋敝。应了上海人一句俗话：螺蛳壳里做道场，外婆家的厨房设在浴室里。即便这样，他们家还是要比底下的三家宽敞阔绰得多，基本维持中产阶层的起居方式。养尊处优的外婆常常走下楼来，坐在过道上的小板凳，因为我们都没有关门的习惯，所以南北通畅，夏天的午后，穿堂风习习，格外凉爽。外婆手持一柄细编蒲扇，轻轻在胸前摇动，和保姆奶妈们闲话家常。厨房里的烟火气逼出来，楼梯脚与地面的缝隙有蚰蜒爬行，留下银色的涎迹。外婆不嫌弃我们，并不意味对我们没有批评，批评是外婆闲话的主题，当然，都是以建议的方式。不只在饮食方式和起居习惯，还包括日常用语。比如，我们说爸爸妈妈带我们吃“西餐”，我们就是这样的家庭，吃西餐，却没有足够换洗的床单，原因也很简单，床单要用布票，布票是配额供应，在发行布票之前，我们来不及储备积存，就只能有一点，花一点。我们说，吃“西餐”，外婆说：哦，吃“大餐”。

同住一栋楼的小孩子中间，外婆似乎对我有特别的器重，常邀请我上楼去，和她的外孙女儿玩耍。也可能是我与她小外孙女年龄相近，而独生子女的寂寞是可以想见的。尤其是，没有兄弟姐妹分享家庭福利，他们多半缺乏妥协的意识，不擅长与人相处。这孩子常常一个人站在二楼的楼梯口，这个角度正好看见底楼房间里的孩子们嬉闹游戏，我们楼里严格讲只有我们与另一家多子女。她眼馋地看着，然后在大人的叫唤下转身上楼，那背影相当孤单。上去三楼，就会发现楼下几乎是一个草莽世界，大人在家还好，一旦上班，小鬼当家，奔跑、叫喊、吵嘴、哭泣，但一切都止于通向三楼的楼梯口，无论多么调皮捣蛋的角色，都不会莽撞到私闯三楼，当然，那小外孙女也不能擅自下楼。外婆特许我进他们家门，那孩子对我慷慨极了，将她的玩具兜底倒出抽屉，摊在蜡光油亮的地板上，同一种材质的地板，我们家和他们家完全两个面目。她的玩具与我的也完全是两路，她的，更像是旧损的生活用品，废弃后让孩子私藏起来。这些器物的残片，有一种华丽，又有一种颓废。比如，哑了的八音盒，盖板上是螺钿镶嵌的芭蕾舞女郎；缺裂了的赛璐璐茶碟；胸针的骨质饰面上的玫瑰泛黄了；断了环扣的项链……它们散发出陌生却又魅惑的气息，相形之下，我自己的玩具变得索然无味。那些娃娃、积木、办小人家家的碗盘，木质的汽车，玩沙子的小桶和铁铲，事实上，玩具都是仿真品，缩小版和幼稚化的，而三楼女孩的，却是真家伙。

这小姑娘游戏也是来真的，比如，烹饪。她会给自己，现在还捎上我，做好吃的。我最喜欢她做的是面饼，面糊里打进鸡蛋和白糖，调匀了，铁锅里的油也热了，一勺面糊放下去，圆圆的荷叶般浮在锅底，油珠子围着周边滋滋地冒泡，真是香甜。她很舍得用料，要知道，白糖食油这类物质，都在国家管控范围，外婆却由着小孩子任意消耗。显然，他们家无论财政还是供给，都有着计划外的渠道来源。后来，我稍长大成人，接触社会逐渐广泛，就知道这城市有不少家庭，依赖特殊的进项维持生计，多少有些神秘，带有违禁的意思。小学里有个同学，父母在香港，他们姐弟随祖父母生活，她的衣着和文具都显得新颖。曾有一度，我与她往来密切，没有父母在身边的孩子总是十分渴望友情，她爱送我礼物。有一次，母亲很敏锐地在我铅笔盒里发现一支花杆铅笔，明显是舶来品，勒令我归还，并且亲自监督执行。她凑到我耳边，放低声音，问：为什么？我移开耳朵，埋头在作业本上。从此，我见到她就止不住满脸窘色，而她，也很识趣地疏远我，就此中断友情，小孩子之间的关系是很脆弱的。后来，她去香港与父母团圆，在我们同住的街道上，再也看不见她的身影。我想，香港作家陈冠中，大约也是当年那些孩子中的一个。

我母亲也干预我与三楼小姑娘的亲昵，常是以抽查的方式。午觉时候回家，发现我没有在自家床上，便让保姆上楼去，将我从人家席上喊起来，小姑娘从午睡中醒来，眼巴巴望着我下楼，心里边大约也和那个小朋友一样疑惑：为什么？外婆下一日还是会来叫我，我不知道外婆对我的喜欢来自哪里，有一日，她说我长得“趣”，那时，我对上海话所知甚少，以为是说我可笑，经解释才明白原来是“俊俏”的意思，难道因为这一点向我打开大门？显然不足够成为条件。倒更像是一种争取，三楼的世界，宽敞、整洁、富庶、秩序井然，从阳台眺望，可看见弄堂前面女中的操场。这女中是一所初级中学，生源在中等水平，看她们在操场上活动，如同蚁群一般，就觉得命运很不幸，而我们断不会进这样的中学，肯定会有着更光明的前途。在六十年代上海，这样的楼层几乎可俯瞰人间，头顶上是蓝天。快乐总是被母亲中止，她一下班回家，就要找我。很快，我就学会在母亲到家之前下楼来，于是，到三楼玩耍多少变成一种地下生活。

母亲防御市民风气濡染的同时，又常有妥协，比如，她对“先生”“师母”的称谓逐渐处之泰然，偶尔的，让保姆向外婆请教菜肴的做法，还有一回，学校临时通知我去少年宫接待外国小朋友，来不及准备衣着，母亲亲自上楼借那小姑娘的裙子。外婆一下子拿出三条，母亲很有眼光地选中紫色蕾丝边的宽背带裙。因我比那女孩个头略高，所以裙摆短到膝上好几公分，篷开，类似芭蕾舞裙，很出了风头。这些学习借鉴并不妨碍母亲继续警惕我们被物质主义演变，尤其居住商业区的淮海路，红尘滚滚。那女孩的零用钱比我宽裕得多，又很慷慨，夏天，她请我去跳水池游泳。跳水池是带有俱乐部性质的游泳池，票价很昂，进出都是中产以上阶层的时尚男女，对于小孩子难免过奢了。这女孩特别有运动素质，泳技出色，而我，一口气游毕便难以为继，无论年龄、身份、技能以及孩子气的泳衣，都和跳水池的格调不搭。她呢，宁可陪我在浅水区玩水。每次去跳水池，我的心情都很沉重。接受他人的礼物，价值远远超过一支舶来品铅笔，对母亲是严重的背叛。跳水池的享乐空气更有一种颓靡，与新时代不符，我仿佛就要堕落了。避开耳目，潜出家门，又潜进来，悄悄清洗泳衣，晾在院子的一角。玩耍的乐趣尽数抵消。终于有一日，我们已经走到跳水池，排在买票的队伍里，我却突然消沉，鼓不起勇气，退出来，一个人回去。小伙伴的眼睛一直在身后，失望和不解的，烧灼着我的背影。

住在这条街上，无论纵向的历史，还是横向的阶层，物质精神，法内法外，幕前幕后，全混杂一起，相安无事。似乎有一种天然的协调功能，将各种差异甚至冲突，有效地消化，最终各得其所。比如，某一条弄堂，弄底是资产者的独幢楼房，弄口的老虎灶住着祖孙二人，卖水为生，两家的孩子且在一所小学一个班级读书；公寓里的孩子和背街上烟纸店业主的儿子，也是同班同学；如我们这幢文化机关所属房屋的左邻右舍，一家是沪上最大绸布庄老板的长房，另一家是开业的私人诊所，再过去一幢，则是市委机关事业处的房屋，多是山东籍的公务员家庭，刚从乡下出来不久的孩子，穿着土气，依墙坐在小板凳上，怯生生地看着弄堂里过往的邻人。这些公有权的房屋的住户，具有相对的流动性，迁进迁出频繁，不像那些拥有产权的老住户，从某种角度看，它们积累着这城市的历史生活。当然，积累是脆弱的，在二十世纪的战争与革命中，几近灭顶，但当大潮退下，回首望去，又露出水面，方才知道它们的顽固性。

和平的生活，自然会养成安居的概念，我们家钉着单位编号铁皮牌的白木家具或是被购买，成为私人财产，或者换成新家具，边角上带着曲线和雕饰，流露出实用以外的美学需求，是一点点过日子的奢心。我们家至少有了部分备用的床单，可一半一半地换洗。母亲的衣橱渐渐丰满，还有了几件化妆品，其中一小瓶法国香水，被姐姐打碎。她做了一朵纸花，每一叶花瓣涂一种颜色，滴上香水，准备献给妈妈从人民公社劳动归来。未及得到夸奖，先被厉声斥责一顿。后来，母亲在她的小说《给我一支枪》，使用了这个细节，笔端流淌出温暖的感动。革命者妈妈与香水彼此不搭又有搭，就好比战争与和平的关系。艰辛奋斗的目的不就是“从此过着幸福生活”，童话与传说往往如此结局。张爱玲和胡兰成登报结婚启示，向公众立约：岁月静好，现世安稳；农家柴门的楹联：风调雨顺，国泰民安，就是世俗版的“从此过着幸福生活”。然而，共产主义的理想自有超越日常性的价值，它继续启蒙民智民众，呈现周期性的节奏。于是，它又来了！

看起来，这个城市完全没有做好准备，否则，你很难解释，猝然间，满街都是被剪了裤脚和赤足提着皮鞋的男女，三轮车的生意格外兴隆，车夫们奔跑着，车上坐着表情仓惶的乘客。店铺的招牌摘下来，当街砸个稀烂。红卫兵立在长凳上向路人宣讲，清脆的北京话通过扩音器散播开来。人群朝不同方向涌动，是逃离什么，又是迎向什么。小孩子夹在其中，赤红或者苍白着小脸，心别别地跳，耳边有一个声音：出事了！在我的个人史中，“文革”就是这一日开始的，它一下子撕掳了这城市的体面，就是体面。高尚的政体尊严是属于北京这一类首善之地，现代崛起的上海市民社会，充其量是一点体面，以物质心和虚荣心堆垒起来。这城市的弄堂里，有一支流传极广的英国童谣，演变成上海话的谐音：

马铃铛，马铃铛，
大家一起马铃铛！

原文是：

FALLING DOWN

FALLING DOWN

LONDON BRIDGE IS FALLING DOWN

MY FAIR LADY

讲述了一个倾国倾城的故事，如今，“窈窕淑女”披头跣足，四下里乱窜。

狂飙过去，稍事平静，生活渐归常态。有一个夏季的午后，即将向晚的时分，还有些晶亮的阳光，停留在梧桐树叶间。公共汽车到站开门，底下站一对父子，穿了汗背心和拖鞋，儿子，一个少年人，背心染一片血，顶上敷着纱布，显然是血流的来源。那父亲与司售人员商量，能不能上车，只乘一站路。即便在“文革”时期，上海的公共场所还保持旧式的遗风，其中一条是，着拖鞋与背心者不能乘坐公共交通。那女售票员欠起身子，望着门口的父子，有片刻迟疑，然后点头，允他们上车。父亲掏出钱包，买了车票，因只是一站路，就没有落座，而是站在车门前。车厢里一片肃静，车行走在梧桐树夹道的林荫里，阳光透明。这城市依然美丽，少年的背影则抹上一笔血痕。人们已经见过许多血了，苟且心迅速将其掩埋。不用问，都想得到，眼前又是暴力相加的一幕，因是父子结伴，就更可能发生于街巷邻里。历史又来到斗争的周期，阶级性彰显于各种人际关系，有一类是原本潜藏深处，如今浮上水面；另有一类，则是新近演变。大规模的抄家之后，许多住房被征收封贴。有一些进入分配，还有一些只是闻风而动，强行入住。无论前者还是后者，大多怀着强烈的不平，自恃占领正义高地，不时发起挑衅。这是比抄家更具进攻性，一是一时，一是长久。派出所收到大大高过于往常的纠纷事故，请求公道。这也是上海市民独有的理性，相信政府，相信宪法。看起来，这一对父子就是从派出所出来，又去过医院，走在回家途中。夏日里，暑气渐消的傍晚，平铺的光线，从两边建筑拉毛的立面上，温和地反射出毛茸茸的金色粒子。多么忧郁啊！父子俩在静默中下车，车上人目无旁视，车门闭紧，继续向前。

这一幕其实已是余韵，激烈的剧情已经上演过了。在我们弄堂里，左右两户不必说了，日夜大门敞开，抄家者，滋事者，骚扰者，以及看热闹者，如入无人之境。箱笼搬到天井里，掀开盖，多年的过日子的积存，暴露于光天化日。成捆的毛线，摞起来的布料、药材、补品……还有锡箔——阴冥里的货币，如何对应阳界的财富，于我们这样的新居民是百思不得其解。我们对安居的生活尚不得概要，何谈精髓。查抄传奇十几年过去，又生后续，“文化大革命”结束，归还抄家物资，比例大约只在十分之一二，其中有一具沙发，返回修理时候，竟发现沙发芯子里夹裹着金银首饰。藏匿的人，他们家的老奶奶，按本地人称“阿奶”，绸布庄老板的正房妻室，此时已经去世。这位出身浦东乡下的女人，在弄堂里以节俭出名，碎旧布头都会拾起来，积少成多，捆扎拖把。她待人和气，毫无老板娘的骄矜。她的浦东娘家的亲戚孩子，穿着自家机织的土布，在弄堂里与大家玩耍，有淘气鬼学舌她的浦东口音，就羞涩地笑。你就可以想象一部勤劳致富的发家史，可视作中国民族资本家的缩影。那些日子，我们弄堂的夜晚，几乎家家黑着灯，就像战时防空宵禁，稍不留神就会引祸上身。在几幢机关权属的房子里，时而也会有抄家者闯入，那都是单位里的造反派，比较讲政策，查抄针对不外是书籍、笔记、资料，与意识形态有关，抑或还有枪支、电台、国民党委任状，听起来颇为荒唐，罪恶的性质也相当抽象。而对于那些旧日的企业主，敌意却是具体的，就是财富。在上海这城市，阶级的异己性，极大程度体现在贫富的差异。这个势利场，听听那些沪谚：叫花子吃死蟹，只只鲜；不怕天火烧，只怕跌一跤——意思所有家当只在一身行头；被俄国十月风暴夺走一切，流亡在上海的白俄，做点街头小生意维持生计，被叫作“罗宋瘪三”，后又延伸用于所有的落魄者，身穿洋装却不名一文：“洋装瘪三”。现在，“瘪三”起来造反了。我亲耳听见那遭受凌辱的有产者，背地咬牙切齿骂：瘪三！因此有时候，无须确凿或疑似的罪名，单是殷实富裕，便可激起愤怒。

三楼终于抄家，都不知来自哪里。老先生，我们称公公的，早已赋闲；女儿女婿都是普通职员；小儿子，我们称舅舅的那个年轻人，原本在北京清华大学读土木专业，因没有服从工作分配而成青年右派，回到上海，做一名社会青年，摘帽以后在一家工厂做操作工。外婆和邻里说起对儿子学业的投资，常提及一副模型的昂贵价格，流露出血本无归的憾意。然而，当她去北京领儿子回家，目睹的京城，其水土粗粝，生活简陋，无异于蛮荒边地，那就更不要说内陆城镇，所以，还是回来的好。造反派上到三楼，起先还寂静着，忽然就在楼梯口，起了争执。一楼二楼房门紧闭，依然有动静传来。是外婆和舅舅的申辩声，又被抄家者的呵斥盖过，然后听见舅舅下楼的脚步，走出后门，远去了。过后才知道，外婆催促舅舅快走，赶上夜班，递给一把雨伞。这天是不是下雨已经记不得了，总之抄家者一定要检查雨伞，外婆不让，于是抄家者越发生疑，强行打开，发现伞里塞着一卷存折。我很佩服外婆的勇气，竟敢与造反派叫板。

再一想，外婆这样的人，经历的事情多了去了。“上海滩”的电视剧都看过，黑白道贯通，方能立足。更加令人感慨的是，临到这时节，天翻地覆，今天不知明天，外婆还有捍卫私人财产的意识。从乱世中过来，外婆的经验也许就是，任凭哪个世道，没有钱是不行的。

我们家没有被抄，但似乎天天都在等待这一天。晚上睡觉，妈妈把姐姐的别着红卫兵袖章外衣，放在显眼的位置，表示我们也有组织里的人。事实上，姐姐的革命身份也已岌岌可危。母亲向我们公布了父亲是摘帽右派，被开除党籍军籍，所以我们都要识相点。我们严守秘密，对谁也不说。可是，有一日，三楼的小姑娘对我说：里弄张贴布告，让右派都去报到，你爸爸和我舅舅，他们都已经摘帽，应该不算！她从哪里知道的呢？当然，没有不透风的墙，却总要有具体的来源。一定是外婆，外婆就是个百事通。小姑娘和我说这个，是不是出于某种本能，安全的本能——我和她是一类人，我们不必像许多好朋友那样反目了。那时，我们是十二三岁的年龄，日子过得不错，爸爸妈妈的心肝宝贝，没经过什么事的，风暴袭来，我们在一条船上。

虽然没被抄家，但母亲的处境不容乐观，就看从哪方面解释。她属青年作家，但又属“三名三高”；她从新四军来到地方，同时呢，丈夫，即我的父亲且是摘帽右派。大字报是免不了的，靠边站亦是当然，好在，他们都在壮年，体力和精力还顶得住。饥寒、漂泊、战争、军旅生活，给他们足够的历练，吃苦不在话下。然而，安居乐业的生活使他们变得软弱了。我想，物质得失还不那么紧迫，我们家就是那种，上海人称为“脱底棺材”，还有一句话，“老鼠不留隔夜粮”。我姐姐出生军区大院，实行供给制，为给她买一辆儿童自行车，花尽每一分钱的津贴，好像不打算过日子了，事实上，日子不也是继续过下来了？此时，家中存款在银行冻结，也不再有额外的稿费来源，只靠干薪，不能开源，就当节流。可母亲就会用一包硬币——人民银行首次发行，留作纪念，崭崭新，发出银子般的光泽，母亲拿出这一包硬币，带全家饱吃一顿冰淇淋。仿佛还在当年，日子总能过下来。母亲的软肋是在另一处。

记得是一个星期天的下午，天色阴沉，并不是适宜出游的日子，但父亲母亲却决定阖家去龙华公园。动荡的世事里总还有一点点平安道。姐姐声称不去，一人留在家里看书。那时候，她正经历青春期，不愿与父母弟妹厮混。当我们四个走出家门，走过后弄，走向弄口前的淮海路，母亲突然转身折回头，再来的时候，则是押着姐姐，一前一后走来。到了公园，走在绿意薄瘠的草坪，听母亲与父亲耳语，口气愤然：我与她说，我和爸爸的问题还没下结论，不到划清界限的时候！这话说得过重了，而且，文不对题，因姐姐她并不具有什么政治抱负，只是生性喜爱热闹，红卫兵、辩论会、大串联，人多起哄的事情都要挤进一只脚。可是，那年月，父母和儿女，彼此变得可怕的陌生，如同我们想不到父亲是右派，父母也想不到我们会是什么样的人。革命将父子、母女间离，让他们依更高原则分属各阶级阵营。母亲有一位战友，后来成为我们家的亲属，孩子们一律称之为“叔叔”。叔叔他出身工商地主，家中养有民团，解放军攻城之后，将他母亲正法。执行前夜，派母亲与叔叔谈话，做他思想工作。妈妈说他很平静，情绪无甚波动。那时候，他们都是二十郎当岁的年纪，尤其我妈妈，幼年失怙恃，赤条条来去无牵挂。说别家事总是轻松的，现在，情形不同了。

红卫兵运动式微之际，姐姐她结识了一帮外校的学生，也不知怎么一拖二、二拖三，最终成群打伙。他们均为干部子弟，就读住宿制学校，说普通话，在这城市里，率先造反，呼啸过往。等浪潮平息，父母们则沦为“走资本主义道路当权派”，成革命对象，便坠入消沉，换以颓废的面目。他们偷自行车，动粗，爆料上层内幕，招惹女孩子。他们喜欢来我们家，多少因为——他们家不成家。父母被隔离审查，兄弟姐妹各奔生路，相忘于江湖。即便在此之前，他们过着一种集体性的生活，宿舍、食堂、公共澡堂，同样也没有常伦上的家庭概念。而我们家，保持着正常起居的秩序。一方面，他们时不时登门，另一方面，又极尽指责。指责我们不说普通话，而说上海话；指责我们实行私有制度，姐弟各有零用钱和糖果的储存；指责我们受保姆照顾，是旧时代的剥削的余孽？一句话，“小市民”。这话很伤了我们的自尊心，也指出一个事实，那就是，我们在不自觉中被环境同化，同化成庸俗的人生。“小市民”可不是庸俗的代名词？

革命——尽管处于低潮，这些占领者的子弟已逐到边缘，仍然保持对日常人生的批判。而在彼方，成见依旧——邻家的保姆，前边说的，用金边细瓷碗单独用餐的那一位，对这一伙人长驱直入我们房子，心怀疑惧。这一伙人，明显感受到压力，他们说，这个“小市民”有一双恶毒的眼睛。这双眼睛警醒地看着他们，令人不安，终于，发起挑衅。这一日，他们中的一个到厨房取热水瓶添茶，他们在我们家就像在自己家，宾主不分，正与邻家保姆走了个对面。他揭开军大衣，露出腰间皮带上别着的手榴弹，呲牙一笑。我相信那至多是一枚教练弹，可保姆她大惊失色，更加肯定这是一帮危险人物。她将信息迅速传播，当然，最重要的，是向我母亲提出预警。

小市民的社会在一定程度上含有联盟的性质，潜在着某种规则，可说是道德，也可说是世故，更可能是人情之常。它维护人际关系，不至于太过倾斜而失衡。这一股保守的力量相当稳固，经久而不变，许多残破的时日是依凭它度过，再聚集起碎片，回复原状。我弟弟的奶妈，因看管不力，弟弟连连摔跤，鼻青脸肿，被父亲断然驱离。于一个奶妈的职业生涯算得上大辱，自此，便从奶妈一行绝迹。母亲单位有一名通讯员，也是迫于革命心切，联合奶妈给我们家张贴大字报，被邻居们阻拦。最权威的发言人就是那位“小市民”保姆，她说不成，就是不成。若干年后，奶妈回来看她的奶儿子，我的弟弟，与父亲迎头撞上，彼此客套，大有相逢一笑泯恩仇的意思。奶妈解嘲地说了一句：都是为了孩子呀！也许就是当初众人说服她歇手的理由。

弟弟的奶妈在我们家发生这一出的时候，原先的老保姆则经历着另一番遭遇。前面说过，因家中变故不得已停工，介绍她为越剧名流帮佣，却又出来，再去又一家，方才安顿下来。这一家亦是沪上著名文艺家，家道相当殷实，这已足够成为被制裁的对象，再加上旧式文艺路线代表人物身份，没商量的，第一波就是冲他们去。抄家、斗争、停薪、进牛棚，这一切还在普遍命运，不出大格，剧烈的暴力，却来自意料外的方向。他家三个女儿中，有两个在市区普通中学就读，照理这一类中学生源主要为中层市民，不在革命的主流，可是偏不巧，其中有一所是本身聚集了造反的原动力，还是机缘邂逅北京的红卫兵。那时候，人们谈到北京红卫兵不禁色变，我们家左邻，也就是昔日绸布庄老板家的孙辈，稍有北京人来沪的风声，立刻行动起来，将墨水瓶倒空，北京人最喜欢将墨汁倾在床单，还喜欢听瓷器碎裂的脆响，于是陶瓷和玻璃器皿也需坚壁清野，心爱的玩物则向小伙伴我们转移。这家女儿所读的中学名字，可说是中国现代化的显学，会不会是因此得到启发，自觉有先驱的使命！年轻人的热情相当可怕，本来是盲目的，一旦获取名义，便失去制约。他们在老师同学中间搜索，到街上大字报上收集名单，或者挨家挨户，看见有认罪书一类的张贴，便破门而入。这一回，锁定的目标，就是同学。不晓得他们以什么身份举旗，这又全不重要，他们来了，总是有理，越申辩越有罪。老保姆向我们叙述这一切，浑身抖瑟。见多识广的她，经历过闸北轰炸，外白渡桥日本人的哨卡，白相人调戏，十六铺码头难民逃亡，可如今这一幕却闻所未闻。每当红卫兵来到，她就坐在楼梯口，听里边响动：呵斥、询问、剪头发、打耳光、取笑、辱骂，实在熬不过了，就兀自出门，到马路上转一圈，再回去。其实，就在这时候，我们的老阿姨，隐藏着一个大秘密，甚至我们，她的老东家，以至于我——她从四五岁带大，当她去了这一家，我几乎每个星期都会走过两站路去找她，因她牵线，我们姐妹俩与她们姐妹仨成了朋友——而这个秘密，她绝口不谈。直至风暴平息，恢复正常，方才一点点透露。那就是关于这家的小女儿。

这孩子与我同年级，还在小学，其时生病住院，本已痊愈，准备出院回家，而老保姆将她藏匿起来。她到孩子母亲的单位求助，亦不知出于单位的态度，还是个人所为，总之，乱世里的恻隐之心。就这样，让老保姆带小女孩晚上在单位过夜，睡在乒乓桌上，白天，主仆二人便在公园游荡，终于躲过一劫。

红卫兵上门，革命之一项为启蒙民众，他们苦心教育老保姆，守住立场，共同起义。老保姆的回答总是：我凭劳动挣饭吃。抑或反问：我不在这里做，你们能给我饭吃？然后再折回头：人要吃饭，就要劳动！围绕不超过劳动与吃饭，这两宗可是“宪法”赋予公民的基本权力。老保姆当然不会学习“宪法”，她只知道生存的道德。这一家和许多家一样，门户大敞，随时准备接受问询和搜查。这一日，又有一拨蜂拥而入，是大串联接待站人员，征收物资。来人将床上被褥一一卷走，老保姆迅雷不及掩耳，将最厚一床棉被往自己铺上一抱，说：

这是我的！来人走后，这家师母抱住老保姆失声痛哭。

有时候，静下心想想，不禁感慨，这个城市的修复能力不同寻常。下一季节来到，街上悄然兴起另一轮时尚，变通于革命和典雅。色彩当然以灰、蓝、白为主，裤腿的尺寸，鞋尖的锐度都在法定之内，骑着边线。烫发已属违禁，但修理的层次依然流露革命前的遗韵，莫说还有自家的火剪与卷发纸。天气依循自然规律，更强大的法则，更替季候，转移阴晴，梧桐树生枝发条，绿叶葳盛，铺一地林荫。她们姐妹来到我们家，那场风暴过去，我们又开始走动。我们总是向她们借《大众电影》画报，经数轮查抄，这一叠画报奇迹性地漏网，保存下来。她们则钟情我们的一台幻灯机，是我三舅舅自制，用废弃的电影胶片做幻灯片，投射墙上，其中就有她们父亲的作品。看着那一幅幅画面，恍惚间回到过去的，和平的，安乐的生活里。这一天，她们来我们家，是为修改一条裤子，将裤腿略加收缩。她们依然持有对衣着的品位，那大女儿风趣的性格也回到从前。我们家有一台缝纫机，家中并无擅长制衣的人，我们家总是盲目地添购财物。比如缝纫机；比如照相机，买来后再学习摄影；准备买唱机之前，先买来唱片。其时，是姐姐的同学上机操作，这却让那家女儿吃惊不小，在她们的经验里，“同学”是一种令人畏惧的社会关系，代表着政治正确和暴力革命。她们迟疑着不肯进屋，一再鼓励，迈入门来，看到的情景让她们又大大地吓一跳。一屋子的女孩子，姐姐的同学，十六七岁的妙龄，态度娴雅，静静地翻看《大众电影》。多么不合时宜啊！姐姐的同学，这个巧手女孩，自小被母亲教授女红，担负起父亲兄弟的针黹活计，她三下两下完成任务，还提出建议，彰显效果。她们姐妹告辞出门时，说：你们的同学怎么是这样的啊！就是这样，在我们看来，很自然。所以，遇到什么样的同学，全凭运气，是必然性中的偶然性。

现在，就要谈到这台缝纫机了。方才说了，这台缝纫机购买于我们家无计划经济时期，在弟弟奶妈执政家务中曾被使用。记忆中，还有一次，是请一位浙江女人上门，吃住几日，集中缝制衣物，似乎是以工作日计报酬的。除此，一直闲置着。如今，却又启封，开始走针引线。这一回的作业者，是我母亲。写作早二年已经停笔。先是“文化大革命”序幕式的四清运动，忙于社会实践，改造思想，接下来的一九六六年，出版社编辑部关门大吉，自此早九晚五，全日制革命和被革命。于一个文字者，无异于失业与赋闲。母亲时年刚过四十，精力还很旺盛，创作的欲望也在上升阶段，所以，热心缝纫更可能是一个移情。母亲无论教养还是生性，都与女红没有一点关系。她三岁丧母，父亲出走，跟随祖母，挣扎于饥寒，哪有一点针凿的闲情！祖母去世，曾进过一所英国教会孤儿院，日课里有习绣一项，含一点闺阁的意趣。无奈性子已经野了，只觉拘束得紧，于是逃跑出来，回到漂泊的日子。直至去到苏北新四军根据地，参加部队，方才有归宿。我以为，战争和军队特别适合流离失所中长大的人，它以"同志"的名义，将分散的个体聚集起来，从作战需要出发，划分上下梯级，左右并列，结构成秩序井然的组织单位，通常称"革命大家庭"，同时呢，保留着流动的不定的行动方式。艰苦和危险是不可避免的，随时准备牺牲，可年轻气盛，怕什么，相反，为之所吸引，尤其对那些劫后余生的人们。这样的粗犷的奔放的生活里，在我妈妈，却潜藏一丝娟秀格调，那就是喜爱文字。我母亲最爱提及越剧《红楼梦》里，黛玉焚稿的两句唱词："我一生，与诗书作了闺中伴，和笔墨结下骨肉亲。"做儿女的，往往不能想象父母的少年情景，可是，谁不是从青春走过来的，虽然家破人亡，可女儿心总是在的。我觉得当母亲伏在缝纫机上，一脚一脚踩着踏板，针嚓嚓走过布料，留下一行行线脚，就仿佛笔下生出一行行文字。这两项其实有一个共同的特质，类似禅修时的数珠，无论是死寂还是生寂，总之，安静，安静。

然而，我母亲对这台机器一窍不通，在向三楼外婆请教之前，她一直是钻到机器肚子里，用蛮力将皮带套上底盘，后来，外婆演示，脚踩踏板，带动转轮，手持皮带，顺势一送，上去了。仿佛魔术，看得她傻眼。再接着，顺针、逆针、来回针、上下针，这已经够她好一阵学的了；再是贴边、缲边、单边、双边；然后进入缝合，装袖、上领、克覆、裥折；最后是裁剪，那简直是布里乾坤。为提供母亲试手的材料，我们姐妹不停地拆旧衣服，那都是母亲的旧裙子和旧旗袍，受布面限制，外婆伤透脑筋，可谓老革命遇到新问题。为迁就用料，不得不偏离经纬的走向，母亲才又知道纹理的厉害，你不顺着它，它永远和你对着干。做成的衣服，这里，那里，就是拧和皱。我的同学至今记得那时候我的衣着，真是难看啊！可母亲乐此不疲，越深入越发现学问大。尤其西式衣裤，是立体化思维，又不是抽象的立体几何，而是人体，几可涉及解剖学。右邻那一户医生人家，有一位女婿，也擅长剪裁，与外婆的经验主义不同，他从科学出发，这就有文艺复兴的意思了。他教给我母亲，人的肩膀不是直线，而是略向前倾，所以，衣襟的前片和后片就不能一式齐。这位高级工程师曾经用一块局促的布料为我裁制一件衬衫，在那个俭素的时代里，焕发出时尚的气息，从七十年代一直穿到八十年代。我母亲的缝纫课堂向弄堂扩大，“开门办学”，提供课程的除去这位先生，还有左邻里绸布庄老板的媳妇，我的不同级同学的妈妈。她长得很美，我家左右邻的媳妇都很美。那些年里，保姆都辞退了，由媳妇们承担内外家务。每周四早上，是爱国卫生日，街道弄堂都要洒扫庭除。此时，媳妇们便走出家门，参加公益劳动。她们穿着胶鞋，戴着袖套，用围巾扎起头发，朴素的装束更显出姿容，简直是丽人行。这一位媳妇不只教我妈妈缝纫，还教烹调，其中有一道“红烩排骨”，因是用番茄酱做配料，散发着华丽的桔色，调剂了我们酱色为主的菜系风格。

大革命的洪流中，堤坝溃决，我们被同一种力量驯化，这股力量就叫作日常生活。母亲不再干预我和邻里孩子交往。借用一句好莱坞电影《卡萨布兰卡》的台词，在这大时代里，三个人的关系算什么呢？我们手挽手，在弄前的淮海路上闲逛，悬铃木的枝叶织成林荫，果实垂落，飞絮飘扬，缓和了橱窗里的肃杀表情。我们正是发育的年龄，嘴特别馋，这就是都会城市的另一面，浮丽中的健康脾胃。我们有限的零用钱光顾的是几分钱一包的熟菱角；合作食堂——它们就开在面向大马路的弄口，三分钱一碗的牛肉清汤，偶尔地，买一盘两面黄炒面分而食之；两分钱盐金枣，一口气吃完，喝一口凉水妙不可言。渐渐地，我们不好意思在街上吃东西，我们变得害羞，学会克制食欲，意味着长大成人。生活呈现严肃性，三楼外公得了癌症，这年头，得癌症的人很多，左邻里的浦东阿奶也是一个。三楼小姑娘学习打针，为外公注射吗啡。她又教会我，让我替妈妈打针。弄口私人打针护士的开业牌子在减少，直至消失。外公去世的那日，母亲推我上楼，让我把哭泣的小伙伴拉下来。又有一个夜晚，浦东阿奶去世，儿女们的哭声从后弄一路进来。黑着的窗口里是不眠的夜晚，压抑的咽声。那时节，人们的眼泪仿佛一触即发，这城市就像泡在眼泪里。晨光洗涤泪痕，太阳升起，广播体操的音乐里，沿街店铺的职员们在马路沿上，伸腿投臂，弯腰转胯，最后是，原地跳跃，新的一天又开始了。

二〇一六年二月六日　纽约

魏　庄

二十世纪七十年代是壅塞着许多大事的十年，这些大事，是曲折地波及到处在局部的个人生活。历史的动因在漫长的传递路途中削弱了冲击力，但能量并没有消解，只是分散了，不知道将在什么时候，又是以什么形态，体现出作用。回想起来，魏庄，是可用来象征这一点的。

魏庄属徐州郊区铜山县。直到八十年代地市合并，徐州是地区和市分而治之，地区由八个县组成，行署设在徐州市内，而徐州市的占地事实上又在徐州辖区铜山县，就好比美国首府华盛顿是从马里兰州和弗吉尼亚州用地。地区和市各有优势，地区八个县土地平坦广袤，特产棉粮豆麦；河流穿行，湖泊相衔，就有渔业；因是在鲁地，承继儒家耕读传统，教育兴盛，有诸多名校——我们团坐落火车站，出门常遇问路的乡下人，对女孩称作“大姐”，男孩则尊称“学生”，可以见出对知识的敬意。徐州市有铁路，矿业，这两大项直属于国家统一体系，就使这城市具有了较为开放的背景，由此再延伸出电力，机器制造等工业。其实，徐州是富庶的，但像我这样，来自商业化城市上海，对富庶的认识不免是狭隘的，总是嘲笑它商品的单调，店铺的简陋，街道的乏味，风气的俗俚，北地粗粝的水土则又使它格外显得荒凉。八十年代初，我到北京学习，领略了薄瘠的生活，其时，北京的配给中还包含着粗粮，方才意识徐州的肥腴。徐州的菜式是烈火烹油之势，用料靡费，透露出物产丰饶的气息。火车站总是人迹杂沓，饭馆里进出四乡上来的乞讨者，似乎气度都很轩昂，饭馆里人撵赶得急了，是可与人对骂；再要遇我们这样不懂本地忌讳的外乡人发出“不要脸”的厌声，那么，对骂的双方就一并责斥：什么是不要脸？怎么不要脸？你们懂什么不要脸！即便行乞，也是大国子民的尊严，不可辱的。在纲纪松懈的火车站，计划外的自由经济堂而皇之，沿广场周边挤挨着，干果，瓜枣，熟鸡蛋，自制的饴糖与饼馍……都是来自八个县的农人，蹲在地上，守一个篮子，上面盖了毛巾，执法人员巡查过来，毛巾一遮，天真地一笑，双方心知肚明，就过去了。行贩多为妇女，作风精明泼辣，当要质疑她的秤，便扬声叫：我的大妹妹啊！像是有无限的诚恳和委屈。这就是徐州地区的乡民。

我们地区文工团是在一九七六年开春时节来到魏庄。我曾在许多篇小说里写过我们团，一个地区级的全民所有制文工团，前身是江苏省柳子戏剧团。“文工团”这名字听起来就像战地服务的军事组织，事实上只不过是那时代里对综合文艺的命名。歌舞、曲艺、戏剧，确实有着灵活机动的战斗性功能，可适应繁简不同的演出场合。这类短小精悍的团体在推行样板戏的七十年代初期，几乎一无二致地扩充编制，提升标准，足够排演全场的芭蕾舞剧。一时间的辉煌过去，臃肿的人员立即成为沉重的负担。在这最先进的国家体制之下，财政要开支所有演职员的工资，而且，因效仿样板团待遇，每人每月格外贴补营养费，对以农业为主体经济的地区，如此开销不免是过奢了。现在回忆，文工团的生存一直处于忧患之中，也许不是以经济的方式，但实质依然是经济的，虽然市场的时代远未到来，政治意识形态占主导地位。具体时间记不清了，只记得我们团被定出演出场次的指标，而在此之前，我刚进入文工团的一九七二到一九七三年，慰问军队和省级汇演是我们的主要任务。相当数量的演出场次要求有充足的剧目，在剧目上，我们团提早地经历了投资失败所带来的危机，当然，还是以政治的名义，但遭受重创的是财政。准备上演的一出大型歌剧被批评为替刘少奇翻案的“毒草”，没什么可商量的，只得下马。此时，出去学习，抄谱，置办服装道具，还借人调人——每一次排演新戏，都怀着极大的期许，期许从此翻身上马，柳暗花明，于是大张旗鼓，等剧终落幕，紧接着就是遣散借调人员。我们这些年轻男女，是文工团里的小辈，文工团沿袭着旧式团体的风气，像个大家庭，凡事都有长辈扛着，我们百事不管，只是将些流言传来传去。听说事情发生以后，团里的书记——这名书记的形象、气质、装束、言语，都像是农村生产大队的书记，以此也可见得我们这个地区文艺团体的性格——书记说出一句极惨痛的话，他说：我现在要死都没处可死！

这一年的魏庄之行，带有卧薪尝胆的意思。旧历年前，我们去江西九江文工团学习了一部新歌剧，《模范山乡》。其时，全国文艺略显复兴的气象，八部样板戏外，又创作并且钦定了几部，纳入样板，比如京剧《杜鹃山》、芭蕾《沂蒙颂》。除此，各地还出台了一些不算样板却也准许演出并且传播的歌舞戏剧，各级军队与地方每年一度的文艺汇演，就是对创作的鼓励支持。虽然文艺政策拘谨，政治第一，但国家一统，亦能集中财力人力，也有另一种活跃。总之，全国八个样板戏的局面已呈破冰之势。《模范山乡》说的是第二次国内革命，历史早有明鉴，不会再生政治嫌疑，音乐是以兴国山歌为素材，老区的民俗，也不会产生文化上的歧义。于是，我们团就在它身上开始新一轮的押宝。在此之前，我们团和地区另几个剧团，梆子和柳琴，联合举办大规模的招生，四乡八里热爱文艺的青年纷纷来此报考，考试进行了好几天。这一回，我们团招募的多是声乐和器乐，说明有意识地向转型准备，从歌舞曲杂转向大型歌剧。这样的转型在我们团短暂的历史上发生过无数回，每一回都是受具体剧目的驱使。歌舞曲杂转向歌剧——为排演湖南省歌剧院创作的歌剧《农奴戟》；有两度转向芭蕾——先是《白毛女》，后是《沂蒙颂》。每一次为转型招来不同特长的人，也因此，我们团的人才很杂，做什么的都有，排什么都缺人，多少也反映了一九四九年以后新文艺的面貌。就这样，新招来的人员以实习的身份参加排演《模范山乡》，勉强凑齐一个单管制乐队和四声部合唱团，出发往魏庄去的早晨，站了满满一院子，上车则有一行，浩浩荡荡驶过狭窄的石子路，往乡间去了。

离开城里的驻地，去到郊县排练，是为排除干扰，也为向上级部门，地区文化局明志，其实有些夸张，可怎么办呢？我们团总是不景气，消耗一大堆财政，却不能有一点可喜的成绩，为领导长脸。不是不努力，而是世事不可测，我们掌握不了事态，只能在姿态上做文章。否则，真的很难解释，凭什么要在这么一部粗糙的歌剧上大动干戈。这部大戏，除了政治正确以外，从情节到音乐都很平庸，看不出有其他成功的希望。我们蜗居在这个偏僻的村庄里，夜以继日地排练着。好在，我们团已习惯这样漂泊的生活，比较巡回演出，至少是安定的。到周日休假，有家眷的回徐州一趟，当天就可来回。也有家眷来探望的，顺便领略田园风光，再买些农副食品回家。所以，日子过得还不坏。

魏庄是个生产大队，提供给我们几处空房，供住宿和排练。宿舍全是地铺，铺草尽够。乐队排练在村庄前面半里路的一间小屋，大约本是一间场屋，供看场人住，如今场院改了地方，便闲置下来。场屋有里外两间，外间大，里间小，只够安置一张床的，住两个人，看守乐器谱架等物什。早上开排，弦管鼓铙齐作，但因天地广阔，有更大的沉静，倒也不显得多么喧闹。村庄里的气氛就哗然了，合唱练声，演员排戏，又有起居饮食，于是沸沸扬扬，活脱是个小世界。伙房占了两间屋，一间起炊，一间供烧饭师傅住宿，露天下摆一些桌凳，就作饭堂。印象中从没有过下雨，否则又到哪里去用餐？虽是在乡间居住，可并没有做农活，还是和市里一样作息，却都胃口大开，多几倍的食量，大约是空气清新，思想单纯的缘故。每到开饭时间，伙房门口就挤满饥饿的人，用极大的缸和盆打饭打菜，风卷残云地吃毕，再等下一顿开饭。我们团到魏庄后，临时搭建了一口锅炉，供全团人喝水和洗用。原先团里烧锅炉是由传达室大爷兼任，此时大爷要留守文工团，不能跟随下乡，原则上就由全团人轮值。但要轮到我们这样没经验的人，只会让锅炉自生自灭，所以，事实上还是靠几个会侍弄锅炉的专司。魏庄真是一个文明的村庄，它竟建有公共澡堂，每周一次开放。到了这一日，乡人们早早地起来，带着肥皂毛巾，干净衣服，结伴往澡堂去。澡堂就是在一间空房，水泥地上砌一座大池子，大炉子从天不亮燃着，一桶桶水烧开了往里担，最终如何放水从来没想过。我们不惯泡澡，也嫌泡过澡的水不洁，所以更要赶早，早在乡人下池之前，用脸盆舀出池里的热水。前一晚就开始紧张，相互约定叫醒，次日清晨，三星还在天边，就已经上路。洗出回来，太阳刚刚升起。这一日，乡路上络绎着的，都是披散了黑发，红扑扑脸的女人，有意放缓了脚步，享受身上的轻暖清新。

回想魏庄的日子，是宁和而悠闲的日子，不知不觉中，冬去春来。去的时候，身着冬衣，夜晚的风还很料峭，麦子也沉寂着，一夜之间，树梢和田地全都绿了。有一个星期天，同事的妹妹，也是我的好友来看望，走时由我送行。走在高高的堤坝，太阳将身影投在坝顶晒白的土路上，就好像看着另一个自己，小小的，活泼泼的，新鲜的生命，心情忽变得豁朗。青春期的抑郁，前途的叵测茫然，还有情感上不尽如人意，如氤氲散开。北方的田野，即便在春阳下，也有着一种静谧的荒漠。在这空廓的天地之间，时间似乎是停滞不动的，从古至今，都是一样的人和事，也休想在我们身上发生例外。一股更大的茫然笼罩了，但不是哀戚，而是，很奇怪地安稳着。可是就在这偃止的声色中，剧变却向我们临近。

这一日，忽召集全团大会，文工团的书记——另一位书记，我们更换领导相当频繁，总是指望新的领导带来新的气象，这位书记是黄白的脸色，长年有些浮肿，很少见他笑容，很缄默。凡来到文工团任书记，多是沉郁和焦愁的表情，他不会像前一位书记那样说出惨然的话，倒也不是说他能有什么办法，处境依然是窘迫的，但他显然有更为开放的思想，因而他的忧患也更深沉——此时，他站在一面土墙前，昏黄的电灯在他脸上印下几片阴影。他的脸色更不好了，并且，忧心忡忡。与其说接下来的不安是来自他所传达的内容，毋宁说是由他的神情造成。他的可说是哀伤的面容，给人强烈的印象，似乎是，有什么大不幸发生了。书记方才从徐州地委领了指示，受命下达于各基层单位，说是北京天安门广场有暴徒滋事，是又一场斗争的新动向。他很快结束了传达，宣布散会，各种乐器的练习曲又在四下里响起来了，那些最勤奋的乐手继续练琴。余下的人颇有深意地沉默着，忽而交换兴奋的眼神，那都是较为年长的人们，历经中国政治的时局变化，他们善于从只言片语中捕捉信息，并且分辨虚实真伪。之后的几天，他们成了广播和报纸的爱好者，无论广播还是迟到的报纸都是发布新华社通稿，可经过他们的评述和演绎，越来越多的内容呈现了。在七十年代的中国，有的是这样的时政分析人才。渐渐地，所有人都相信，北京，天安门广场，发生了大事情，这就是一九七六年的“四五事件”。它离魏庄多么遥远啊！不只是地理的概念，还是政治的。如魏庄这样的地方，是历史中的永恒背景，在任何激荡的世事里，它都居不变应万变。而我们团，要浮躁些，很难避免骚动，可又只是细碎的忙碌，被余波煽动起来。多少是盲目的，要等偌多时日过去，拉开距离，从全局观，方才可归入历史。

最初的骚动过去，事情又回复到原先状态，依然排练《模范山乡》。春深了，天气越来越暖，麦子黄了。村庄里总是一股柴火气，来到村外，面对田野，就有蓬松干爽的麦香扑来。我们也要走了，回徐州去演出，然后再往地区八个县巡回，往北再往南，到最南部的睢宁县已经是仲夏。

这一年的夏季非常炎热，睢宁的剧场是新造，舞台很大，外观也不错，可是没有宿舍。我们为节约成本，不住招待所，而是就地解决。每晚演出结束，男团员四散在舞台和观众席，寻通风凉快处席地而卧。女团员安排在剧场顶楼，说是顶楼，其实是屋顶下的夹层，经过白昼里日头的烤晒，又经过晚上舞台灯光从底下的传热，这夹层就好比火上的热锅。夹层里也没有水管和下水道，洗用的水，必要从底下打了，通过灯光间的侧梯，一层一层端上，再一层一层端下倒去，女孩之间经常为窃水的事情口角。最热的时候，女孩也下楼睡在剧场，将座位翻下来，连成窄窄的一条铺，在扶手底下躺平。剧场里也是热，睡了一时，就有人热醒，三五结伴到剧场外大街上买瓜解暑。卖瓜人是睡在板车下面，随时爬起来接纳生意。午夜里，没有一丝风，整座城焐在高温、白日的光照和人的体温里，沉甸甸的热里，不时透出说话声和蒲扇扑打的声响，四处都是无法入睡的人。捧了西瓜回来，昏沉沉地吃，温乎乎的西瓜汁淌在地上，又反射出一些热来。反复折腾，天边已经亮起通红的晨曦。开演时分，灯光亮起，帷幕徐徐拉开，展露出瑰丽的人和景，人们绝想不到，这地方经过了怎样流民的、失所的一日。我曾经去睢宁县人民医院体检，企图检查出些问题好请病假回上海。人民医院清洁宽敞，墙壁刷得雪白，似乎也不显得那么溽热难耐。医生护士穿着白大褂，脸色清爽，更使人感到自己生活的不堪。检查报告出来，一切正常，又写信给家里，让母亲写一封信来，编造一个事端，让我请事假回上海。来回折腾的时候，传来唐山大地震的消息。因是在如此混乱焦虑的处境里，我们并没有感受到太大的震动，似乎没有余暇关心自身以外的事情。演出结束终于放了假，再从上海回到徐州，徐州遍地防震棚。我们团从火车站的院落里搬到地区行政干校大院，在那里的空地上，盖起了防震棚。

魏庄故事早已经结束，这是后续的后续了，但又似乎并没完，从它源起的事端还在向前发展，并且加速行进。假期中，毛泽东逝世，从上海被召回徐州，来接站的同宿舍的女孩，一身缟素，辫梢上系了宽宽的白发带，正应了一句俗话：若要俏，常戴三分孝。看上去，格外有一种韵致。文工团的女孩，就是比旁人不同些，在那样简素的时代里，依然不是这里，就是那里，流露出妩媚的女性气质。经过一个煎熬的暑天，秋天显得格外爽朗。天高云淡，极远处可见南迁的雁阵，呼吸都是轻快的。似乎是和时局不相宜的情绪，可季候就是这样笼罩着天地人，以它自有的气息，是不是其间潜伏着更强大的意志？而我们，是政治社会中小而又小的单位，在纪念碑式的历史的缝隙里，自成格局，度着一己的悲欢。接踵而至，更剧烈的震动，也就是“四人帮”倒台，我们自然也是兴奋的。文工团的人总是喜欢热闹，虽然谁也不真正了解政权上层在发生什么，但严谨的政治生活总归是束缚人的活泼劲。我们团即兴排演的一出活报剧，表现“四人帮”的丑行，在此剧中，可说大大释放了我们团风趣的天性。扮演张春桥的是后来大名鼎鼎的李保田，他着一身深色制服，戴琇琅架眼镜，摇一柄折扇，前进三，后退二地上场，真是活脱脱的。听老演员说，李保田行的是柳子戏里的扇子功。他幼年进江苏省戏曲学校柳子戏班坐科，习的是武丑，后来毕业，柳子戏专成一团，放在徐州地区，就是文工团的前身。这一个古老的几近失传的剧种，有着严格的程式，我想李保田日后事业上再走远，那也是压箱底的货。看电影《有话好好说》，他与姜文在饭馆里谈判的那场戏，一句一句地压上来，忽有一瞬松弛，再压上来，无限激越，看得出其中就有技术的训练，单靠体验派的现代表演教育是达不到的。

明澈的秋天过去，冬天来到，我们还是住防震棚。地震的警报时有时无，传闻紧张时候，夜里还安排轮值，排在凌晨那一班比较艰苦，从暖和的被窝和睡眠中生生地被叫起。但我们也挺会消磨，在炉子上烤红薯。所谓值班，就是守着地面上一只倒置的酒瓶，一旦倒下便吹哨敲锣。一整个冬天里，除了我们自己不小心推倒，没有一次自行倒下。红薯烤熟，香气四散，慢慢吃完，值班时间已过去。与接班的交割，回进棚里再接着睡。

地震棚直接搭在泥地上，芦席铺顶，很长的一条，生了炉子。也不觉得冷，但早上起床，被上都结了霜。那一年，我走路明显感到腿沉，拖不动似的。从剧场演出完回行政干校，下车后需步行一段，途中有一个坡度，每每走到那里，就感到吃力无比，就好像梦中人走路，心里急却使不上劲。后来一临近这段坡路，心中陡生恐惧。我以为我一定是患了严重的关节病，家里寄来一双护膝，却也无济于事。去医院检查，没有任何结果。很多日子过去，社会开始对精神卫生有所认识，抑郁症几成流行病，我读到其中有一症状，就是关节障碍，不由想起这一次疾患。不知什么时候，我忘记了病痛，意味着它不治而愈，而且，从此再也没有复发。那一个冬天，确实是个沉郁的冬天，我们在行政干校的防震棚住着，多少是因为房屋紧缺。火车站的本部院落，已被文工团膨胀出来的人口占满。又一批男女结婚生子成家，从宿舍搬出，独占一室，原先的集体宿舍已分割成多个单间。我们这些单身的只得留在防震棚里，日常工作移回了本部，我们早出晚归，上班下班，每日都必经过那条令我胆寒的坡路。

时局确实在变化，许多禁演的剧目开放，我们团开排大型歌剧《洪湖赤卫队》，春节隆重上演。除夕夜首场演出，我发着高烧，一个人睡在防震棚里，昏沉中感觉有人走进防震棚，大约看见棚里有灯光，是我们团的会计。走过来在我额上摸一下，说了声：烫人！走了出去。我以为他要去喊人，事实上一去不回，而我也睡熟了。次日清晨已全面退烧，晚上还是到剧场演出。我们团寄予厚望的《洪湖赤卫队》只演了十一场便封箱落幕，因为电影《洪湖赤卫队》重新公映。时代在朝好的方向转变，可我们团却日益窘迫，每一次谋求新路紧接着就是遭受重创，人心涣散，都盘算着如何离开文工团。社会在一夜之间打开无数扇门，突然间涌现那么多可能性，简直目不暇接。令人惊讶的是，经历了那么多，意气已经消沉，却发现，还有充裕的时间，我们都还年轻，来得及开创另一种命运。这在某种程度上将我们团往下坡路上又推了一把，我们团留不住人了。

我们团在一起时总是给人颓败的印象，没一件事做得顺当，可分成个人，后来证明都发展得不坏。李保田是不消说了，有一位美工师去了北京艺术研究院；一位圆号手考入艺术院校，毕业后留校；有歌唱演员和演奏员调入省歌舞团和大军区文工团；有自建民乐团名扬海内外……看起来，我们团当年方针动摇，目的不明，招募人员杂沓不齐，但却很识得人才，作为个体，都有些斤两。

关于《模范山乡》还有一件事可说，就是彩色剧照。我有一个演员队里的同龄好朋友，在《模范山乡》扮演一名村姑，戏份不多，但也拍得一张剧照——白军清乡后，从藏身的壁橱里钻出，两手推开橱门，屈膝探身。这一张照片拍得极好，都可印成明信片发行。心中很是羡慕，并且有一分戚然，想到也许不等有一张好照片，青春韶华就将流逝。文工团的男女普遍年轻，大多在十二三岁招来，满二十岁就有成人感，特别能感觉年华易逝。有一次去地区医院，听医生唤我“小女孩”，十分的不适和反感，这就是我们对年龄的概念。想不到之后还会有很长的岁月要度，很多的改变要经历，会拥有很多很多，多到令人厌烦的照片图像。七十年代是个家国情怀的年代，可在我，总是被自己的个别的人与事缠绕，单是对付这么点儿零碎就够我受的了。并不经常地，仅是有时候，我会从壅塞的记忆中，辟出一个角，想起魏庄。那一个午后，送走访客，走在春阳下的坝顶，非喜非悲，却是有一种承认的心情，承认这一切，于是就要面对。

二〇〇八年七月一日　上海

辑二

当我从虚荣里脱身，来到她的生活里，一同回忆我们小时候活着与死去的同学，亲爱或并不亲爱的老师，互相道出那时候可笑可叹的故事，在我们离开的日子里各自的遭际与命运，我觉得真实的自己渐渐回来了，我身心一致，轻松而自然。

我的同学董小苹

董小苹是我小学的同班同学。入学不久，我们就约好了，由她来叫我去上学。前一日下午，我很兴奋地向家里大人宣布了这一消息。到了第二天的早晨，只听前边大门外有声音叫我的名字："王安忆！"我，妈妈，阿姨，三人一同奔过去开门，妈妈一眼看见董小苹，就惊讶地叫道："多么好看的小朋友啊！"说罢就去拉她，她逃跑了几步，最终还是被妈妈捉住，拉进房间。记得那一日她穿了一件白茸茸的大衣，戴一顶白茸茸的尖顶帽子，脸蛋是粉红色的，一双极大极黑的眼睛，睫毛又长又密，且向上翻卷着。我妈妈始终拉着她的手，问长问短，她的美丽使妈妈非常兴奋，而站在一边的我，则满心委屈，妒忌得要命，眼泪都快下来了。当我们终于一同走出门，她很亲热地将胳膊搂住了我的脖子，这时候，心中的怒气不由全消了，取而代之的是满心的感动。

她是一个特别幸运的女孩。那时候，我们都这样认为。她不仅形象美丽，而且极其聪慧，功课门门优秀，唱歌也唱得好，口齿伶俐，能言善辩，穿着打扮十分洋气。外班的老师或同学提起她常常是说“那个娃娃一样的小朋友”。当时，我们年级共有四个班，凡是受过幼儿园教育的孩子，都编在一班、二班，还有三班。像我们第四班，都是没有读过幼儿园直接从家庭来到学校的。因此，在这个班上就出现了一种较为复杂的情况：绝大部分的同学出身都相当贫寒，甚至有一些家长没有稳定的职业。年级里学费半免或全免的同学几乎都集中在我们班，还有一些同学长期拖欠学费。记得有一次，一位老师催缴学费急了，冲动地说了这样一句话：“人家一班二班没有一个同学学费半免全免的。”而在四班里却另有一小部分孩子，出身于资产阶级或者高级职员、知识分子家庭，在学校教育之外，有一些孩子还另外请家庭教师学习英语、钢琴、美术等。在此就集中体现了六十年代初期的一种“阶级分化”情景。

董小苹所住的一条弄堂，是一条相当贫民化的弄堂。弄口有一个老虎灶，老板是一个干瘦多病的老头，也许是患有肺结核或者风湿病，他长年佝偻着腰背，却昂了头，两条胳膊向后伸着，颇像当时广播体操里“全身运动”的那一节，于是，调皮的孩子都叫他“全身运动”。他的孙子就在我们班上读书，是出名的皮大王。祖孙住在老虎灶后头一个洞穴样黑暗的破屋内。弄前是繁荣似锦的淮海中路，霓虹灯在夜晚里闪闪烁烁。这弄堂曲曲折折，坎坎坷坷，房屋不整。放了学后，有时候她邀我去她家做功课，我们走进那个烟熏火燎的弄口，踩着破碎肮脏的路面，来到她家门前。开门是一条过道，过道旁有一扇门，通向堂皇的客厅，一周皮沙发椅，围了一张西餐长桌，吊灯低垂在桌面上方。在我时至今日的印象里，客厅总是暗暗的，好像从来拉着窗帘，隔开了里外两重天地。我们顺了过道一直走向后面的厨房和洗澡间，再上了楼梯，走进她自己的小房间内。墙上挂了她与母亲大幅的着色的合影，母亲背对了照片，她正面地抱着母亲的脖子欢笑。我们做完了功课，就到楼顶晒台去玩，望着楼下破陋的弄堂，就像是另一个遥远的世界。那时候我们无忧无虑，从来没有想到这样的差别会带给我们什么样的厄运。我们在一起有无穷稀奇古怪的游戏，在她家的晒台上或我家的花园里种葱，并立志要去考农学院。我们将种出来的葱夹在面饼里，吃得生腥满嘴。我们又常常互相生气，由于都是同样的任性与娇惯，谁都不肯宽容对方。而在我们互相冷淡的日子里，彼此都是那么的寂寞和孤独。放学回家的时候，我们各自坐在课桌前，磨磨蹭蹭地整理书包，期待着对方与自己说话。和好的日子则是那样欢欣鼓舞，阳光明媚，就像是为了补偿虚度的时光，我们以加倍热烈的语言表达互相的信任和友爱，这时候，她告诉我，她的父亲是一个资本家。

关于她家是资产阶级的事情，早已在学校里传开。由于小学是就近读书，同学都住得很近，谁家是做什么的，谁也瞒不过别人的耳朵。比如某某同学的父亲住在监狱，由于印假钞票判有多年的徒刑，比如某某同学家里是摆小书摊的，他常常带了一叠一叠的小人书来学校看；还有谁家的父母是山东南下的干部，家里家外说的都是山东方言，天天吃馒头，等等。同学之间又喜欢传舌，往往会夸大其词。就这样，人们将她家描绘成一门豪富。过了许多年后，我才从她那里了解到：在她父亲还是一个青年的时候，以工业救国的理想和祖上传下的一份遗产，伙同兄弟合资开了一个铜厂。其间几起几落，几临破产与倒闭，几度危难，而终于支撑下来。在她出生的时候，工厂已经公私合营，父母怀了犯罪的心情，战战兢兢地吃着一份定息，时时告诫自己和儿女，不得走剥削的道路，要做共和国的好公民。有一次，她很认真地对我说，现在有一条内部的政策：一个出身不好的青年，如果表现特别优异，就可以改变成分。我当时听了就很怀疑，说党的政策是“出身不能选择，前途可以选择”，并不是改变“成分”的意思。而她坚持说确实有这样一条可以改变“成分”的政策。现在想想，这条政策大约是她自己从“出身不能选择，前途可以选择”的思想里生发与推理出来的。她是家中最小的孩子，上面有三个哥哥一个姐姐，父母以自己的身体承接了命运的暗影，将她温暖地庇护起来。幸福快乐的她将一切都想得那么美好，年轻的共和国且又给人许多希望。后来，我常常想：假如没有“文化大革命”，董小苹会怎么样？远远在“文化大革命”开始之前，似乎从一开头就是这样：除我之外，董小苹几乎很少好朋友，班上同学总是和她很疏远，尽管她学习优秀，参加公益活动也热心，可她在少先队中只是一名小队长。同学们背地里说起她，就总不那么满意的样子。而老师的态度也很微妙，记得有一次算术课上，她的课堂回答错了，窘迫而又憨态可掬地张着嘴，不料老师却恼怒地说：“伸什么舌头，又不是狗舌头！”老师的激怒使我感到非常吃惊和奇怪，一直到我长成一个成人之后，才理解了这位老师复杂的心情。她的美丽、聪敏、妩媚、可爱，以及优越的生活，使许多人的心里感到不安与不平。想到这里，我就发现，“文化大革命”以及这“革命”中许许多多残忍的事情，是不可避免地要发生了。

在小学最后的一年里，也就是“文化大革命”开始的前夕，我与董小苹为了一件极小的至今谁也说不清楚的事情闹翻了，两人不再说话，形同路人，为了气她似的，我故意去和一些平素并不投合的同学要好，进进出出的。就这样，一直到了“文化大革命”，小学虽不停课，却也乱了章法，成天闹闹嚷嚷的也要开展“文化大革命”。有一天早晨，有人在董小苹的课椅上写了“狗崽子”的字样，待她进教室看见了，就说了大意是“写的人是写他自己”这样的话，就有一个同学跳将起来同她吵。这一个同学出身于一个极其贫困的工人家庭，身上从未穿过一件完整的衣服，性格却很倔强。吵到后来，在场同学渐渐分为两部分，一部分沉默，另一部分帮了那同学吵，而董小苹自始至终是一个人，她却毫不让步，声嘶力竭地强调：“出身不能选择，前途可以选择。”最后，大家一并将老师找来，要老师证明，究竟是谁的道理对。老师涨红了脸，支吾着不敢明断。这时我看见很大很大的泪珠从董小苹的脸颊上滚了下来。我悄悄地退了场，心里感到非常难过。这些日子里，每天夜里我都不敢入睡，觉着红卫兵每时每刻都会破门而入进行抄家。我期待着他们敲门，心想：抄过了就好了。而他们终于没有来，不知不觉，童年就在这种焦虑与恐惧的等待中过去了。

这一年里，发生了多少事情啊！就在我们班上，有两个女生相继夭折，一个是患肝癌，另一个是急性脑膜炎。前一个拖了有半年时间，死后，她母亲托人叫我去她家取借给她看的小说书，那母亲将一叠保护得很好的书交给我，一边哭诉着她死前的情景。我望着她平日睡觉的空荡荡的阁楼，心里充满了虚无与茫然的感觉。后一个同学在一昼夜之间消亡，有同学跑来告诉我，说她给她们猜的一个谜语还没有告诉答案，现在谁也不知道那答案了，许多日子过去之后，我才知道这一年里，董小苹经历了什么。一周之内，红卫兵两次上门抄家，抄走了家中的最后一分钱，砸碎了家中最后一只完好的热水瓶。一日之间，全家做了贱民，从此，开始了凌辱与贫困的生涯。到第二年开春，我们根据地段划分进了附近的中学。在学校里，我远远地看见了董小苹。她穿了一件旧罩衫，低头默默向自己的教室走去。后来，我们就常常在校园里远远见面，可是谁也不与谁说话。她是那样沉默，几乎没有人注意到她，也听不见别人谈起她，就好像没有她这一个人似的。中学的生活是那样无聊，或者坐在教室听拉线广播，或者坐在操场地上开大会，太阳烤得人头昏眼花。

后来，我去了安徽插队，而我中学里的好朋友在我走后半年，去了江西一个林场。她从江西来信说：你知道我现在和谁在一起？和你小学同学董小苹在一起了。她信中还告诉了我，董小苹想与我和好的愿望。在经过了那么样的时日之后，两人间的一桩小事显得多么无足轻重。我回信时便附笔向她问候了，不久，就收到了她附来的短信。而正式的见面，是在两年之后的夏天，我们一同在上海度暑。有一天，我去了她家，她从楼上下来迎接我，将我带上二楼。除了二楼以外，其余的房间全被弄堂里的邻居抢占了。这时候的我们，彼此都很生分，并且小心翼翼的，似乎不知道什么话该说，什么话不该说。她穿了旧衣旧裙，扎了两个短辫，形容依然十分姣美，眼睛又黑又大，睫毛又密又长，可是脸上的表情却失去了小时的活泼与生动，老老实实的。只有当她母亲说起我们小时的淘气，她浮起笑靥，往昔的董小苹才回到眼前，可是转瞬即逝，又沉寂下来。过后，我们就开始了间歇很长并且平淡的来往。通过我中学的好朋友，我也不时能得到她的消息。我知道她在那里依然很孤立，周围有许多对她极伤害的猜忌与流言。然后，我又知道她在很短暂的时间内，以过硬的病由和极大的决心办了病退，回到上海，在街道生产组做工。这时候，我们家搬离了原来的地方，而她也搬出了原先的弄堂，被抢占的房子再无归还的希望，而十年里惨痛的记忆也无法抹平。一九八〇年的冬天，她来到我家。这时候，她已考上华东师大历史系，她骑了一辆自行车，是在星期天晚上返校的路上弯到我家。她剪了短发，穿一件朴素的外衣，态度有些沉默，说话总是低了头。我们互相谈了些这几年里的情况。我已于一九七八年春回到上海，在儿童时代社工作，从北京中国作协文学讲习所回来不久，发表了一些小说，行将走红。她自一九七五年底病退回来直到一九七九年进校读书，此间一直在一个做绣花线的生产组工作。上大学是她从小的心愿，在林场时，曾经有过一个大学招生的名额，却给了一个连一张通知都写不流利的男生，因为他有一个好出身。她听了这消息几乎昏厥，虽然她不相信会有什么好运落在自己身上，可心中却无可抑制地暗暗揣着希望。后来到了上海，一九七七年恢复高考制度，她便开始了准备。而如我们这样 69 届初中生，仅只有五年级的文化程度，一切都需从头学起。一九七七年的考试且又是竞争空前激烈的一年，自一九六六年起的历届毕业生全在这一时刻涌进了考场。她呕心沥血，最终却落榜。她后悔道，如果考的是文科，分数线就过了，而却考了理科。然后，到了一九七九年。这两年中发生了多少变化，工商业者的工资、存款、定息、抄家物资纷纷归还，生活渐渐阔绰起来。国家政策开放，出国渐渐成风，许多漂亮的或不漂亮的女孩子嫁了阔佬与洋人脱离苦境，而她还在绣花线作坊里勤勤恳恳地做一名仓库保管员，以业余时间进行补习，再一次进了考场，终于榜上有名。在天高气爽的秋季，那一个新生进校的场面，一定是非常激动人心。年轻和不再年轻的大学生们一同走进校门，谁会注意一个董小苹历经数年的奋斗呢？谁会知道她从什么道路上来？谁知道这一个沉默的总是生怕引起别人注意的女生，曾经有过一个灿烂美丽的童年，而在一切被践踏与毁坏的日子里，多少强大的男人都堕落了，销声匿迹了，这一个娇嫩柔弱的女生不仅坚定了她的自尊与自爱，还保存了一个理想，并使之实现。在秋天这个入学的早晨里，有一个理想实现了。

她读的是历史，心下却喜欢中文。大学毕业后，分配到母校向明中学任教。一年后她结婚怀孕，正遇学校实行聘任制的改革，于是以怀孕与产假期间无法正常上课的理由“不被聘任”。她连日奔忙，终于为自己找到另一份“被聘任”的工作时，教育部门又下达了师资不外流的文件。经过又一番奔波，终于调入上海社会科学院青少年研究所，办一份名叫《上海青少年研究》的内部刊物。

这时候，我已开始全日制做一名“写家”的生涯。我埋头在一些虚拟的故事之中，将我经过、看见、听到的一些实事，写成小说，我与我的文友们谈天说地，将一个个自己或者别人的故事拿来搜刮出真理。我到邮局寄信，我到银行取款，我出国在机场验关，有时候我只是在菜场买菜，会有人认出我，叫我青年作家，使我的虚荣心得到很大满足。可是，我又知道，自己不仅是人们所认识的那一些，而在那一些以外，自己还有一些什么呢？有时候，在最最热闹的场合我会突然感到孤独起来，觉得周围的人都与我隔阂着。那些高深的谈吐令我感到无聊与烦闷，我觉得在我心里，其实包含着简单而朴素的道理。就这样，我和董小苹的往来逐渐频繁起来。我很喜欢在她自己那一个简陋而凌乱的家里坐上一时，说一些平常却实际的话。她和她的丈夫、儿子住一套十三平方的往昔看门人的寓所，她的丈夫与她是生产组的同事，又一起考入同一所大学，现在教育局工作。两人都在“清水衙门”，收入绝对有限，她又不惯向人开口，即便是自己的父母。为了改变现状，曾努力为丈夫留学日本做过争取，可是人事多蹇，事情遥遥无期，却已负了一身债。她缩衣节食，幻想着无债一身轻的幸福时光，并执意培养孩子对拮据的家境有承受的能力。她在一九八七年脱离编辑工作，专搞青年学生的比较研究课题。在一个大雨滂沱的天气，我们不合时宜地在她家做客。积水顷刻间在她家门前淹起湖洼，隔壁公共食堂进水了，老鼠们游水过来，栖身在她家台阶上避雨。她安详地去幼儿园接回儿子，再去买菜买面粉，自行车像兵舰一般在大水中航行。然后她从容不迫地剁肉做馅，大家动手一起包一顿饺子。饺子熟了，我们各人端了碗找个角落坐下就吃，那情景就好像是插队的日子。在这间小屋里，我感受到一种切实无华的人生。她读书，做学问，写论文，从一个做了针线匣的纸盘中取出针线，给儿子钉一条断了的鞋带，从自己微薄的稿费中留出了五块钱，为自己买一条换洗的裙子，她的每一个行为都给我以真实和快乐的感染。在这里，每度过的一日，都是勤勉而有意义的一日。

一九八八年春天，她因与日本青少年研究所合作的课题，受邀去了日本。去之前，她将五百元置装费大都添了结婚五年来没有添置的日常衣物。当我向她提议应当做一件睡衣，她露出茫然的神色道，她连想都没有想过，还有睡衣这一件事情。我不由想起幼年时她那小公主般的卧室，心想：这一个粗糙的时代将她改变得多么彻底。如今，只有她那白皙的肤色与细腻的气质，以及某些生活习惯，比如从不去公共澡堂洗澡等，才透露出她埋藏很深的贵族气。而她现在再怎么高兴也无法像她童年时那样欢欢喜喜地大笑。她穿一件稍漂亮的衣服就引来人们羡忌的目光，也会使她惴惴不安。然后，她就去了日本。令她十分失望与不快的是，日方合作单位，出于一种成见，竟将请她去日本仅仅当作是对合作人员的一种优惠，并没有做好工作的准备。日方再没有想到，这一个中国人，来到繁华的东京，是为了和他们做认真的工作会谈，他们措手不及，最终只能真诚地道歉。她去日本的时候，正值大量学语言的上海人涌入东京街头打工的热潮中，某一些中国人卑下的行径，使得战败后成功崛起跃到世界前列的日本国人滋生了傲慢。她所居住的单身宿舍寮长，一个二十三岁的男孩，通过翻译问她会不会日语，她说不会，他便说道：你既来访日本，应当学说几句日语，每天早晨，也好向我问个早什么的。她当即回答道：你们日本要与中国长期做邻居，你也应当学会汉语。当她向我叙述这些的时候，使我想起了小时候的她：她锋利而不饶人的言辞，敏捷的反应，极度的自尊心，以及认真的求学态度。我感动地想道：在极尽折磨的日子里，她竟还保持了这些品质，这使本来就艰难的生活更加艰难。

从日本回来之后，我觉得她起了一些变化，恢复了自信心。她常说，是社科院青少所给予了她认识自己价值的机会，消除了她的自卑感，使她觉得一切尚有希望。这希望是经历了许多破灭的日子才又生长起来的。

当我从虚荣里脱身，来到她的生活里，一同回忆我们小时候活着与死去的同学，亲爱或并不亲爱的老师，互相道出那时候可笑可叹的故事，在我们离开的日子里各自的遭际与命运，我觉得真实的自己渐渐回来了，我身心一致，轻松而自然。她的生活使我能够注意到，在我的生活里，哪一些是真实的，哪一些是有意义的，而哪一些是虚假的，哪一些又是无聊的。

一九八九年八月

重建象牙塔

这是早就想写的一个题目，现在我把这个题目送给陈思和。

要去描写一个以文字和思想为生涯的人，是相当困难的。这种生涯几乎没有感性的一面，是静止的形态，还是孤立的形态。它完全没有可视性。它提供不了丰富多彩的场景，它活动的舞台是书斋这种枯燥又封闭的地方。有时候，是出于想让大家了解的好心，我们去描写他们的日常起居，个人性格，生活习惯，我们把他们刻画成人群中特出或者不特出的一员，可结果是，没有人认识他们。其实，性格于他们的生涯并没有太大的关系，他们不是社会大舞台上，性格演员的那一类人。日常生活于这生涯也无大的关系，甚至连皮毛都算不上的，这个日常的世界只是他们寄居的地方。我们不必强调他们作为“人”的那方面，他们的意义并不在于此。

我们正在经历一个人性大启蒙的时代，这个时代说实在的开始得有点晚，同时又延续得过长了。那是因为我们从无视人性的历史里走来，所以我们格外迷恋这个肯定人性的时期。我们曾有过几次走进这个时期，又走出这个时期，再又走了进来，爱不够似的，也叫作历史的重复。这是充满人道主义热情的世界，特别能够满足对人对己的感情需要。在一次文学会议上，有一位人士提出，作家不应扮演群众导师的角色，而只是群众中的一员，他所从事的职业和调酒师的职业没什么两样。调酒师，可说是包括作家在内的知识分子在这个时期中找到的位置。这里确实有着对人性的普遍尊重，以及平易近人的谦逊，还有着一点审时度势的急流勇退。这觉醒的时代里，确实不再需要给大众上课的老师了。在这同一地平线，大家的视野都是同等的疆域。所以，我们确实会混淆一个以思想为生涯的人的特性。也因为，描写这特性于我们同样也以思想为生涯的人，是有难度的，这意味着一场思想的竞争和赛跑。谁能跑过谁呢？

像思想这种抽象的东西，大约只能用文字去操作它，只有文字才可使它物质化。而文字又是什么呢？白纸上的黑字，读它就有，不读它就没有，也是够抽象的。陈思和就是和这种抽象加抽象的东西打交道。我觉得他是那样一种人，他是隔着文字去触摸这个世界的，他面对的是一个后天的人为的世界，一个思想和审美的世界。这世界也是有骨血的，也是第二手的。他看起来像对现实缺乏热情，醉心于概念之中。可谁知道呢？概念也许要比现实更精彩一些，它炼取了现实的要点。好比原始人在陶罐上留下的雷电纹、云彩纹等的图案，其实是证明了他们思维的飞跃，从具象到抽象。概念也是雷电纹一类的东西，它是经过总结的现实，虽然缺乏体温，可却包含着思想的能量。其实，这也是需要热情的，需要的是沉淀过的热情。如不是有加倍的敏感，他怎么可能透过文字的隔膜去受授于现实的生存？

从这个现实世界走进抽象世界的过程，就类似于蝉蜕的过程。现实有多少缠绕啊，你得一层层地脱了它去，才可自由。更多的时候是，你一旦脱去了那羁绊，便无可依托，无从抓挠。举个例子，许多研究文字作品的文章，需要依靠作者的生平材料，进行立论立据，这类文章其实都有些瞒天过海之术，论点缺乏说服力，就用现实材料去补充，现实材料不够用了，再上论点。哪一边的逻辑都不是完整的，说是互相补充，其实不对茬口。还有些，甚至需要你作者出来做证，要作者自己交代，为什么要这样，为什么要那样。作者都这样承认了，还有什么不算数？或者干脆颠倒过来，用他做反证，有那么多现代心理学可做武器呢，弗洛伊德，荣格，谅他也逃不出这个证人席。

陈思和却不。表面上看起来，他评论的方式似乎有些孤立。即便是对我们这些近在眼前的人，他也极少去引用我们自己的说法，也不谈纯属我们个人的事情，他只对着我们的作品做文章。就是说，他只对写在纸上的感兴趣。他承认纸上的存在，是一种现实，这是他评论的前提。说起来是封闭自己，也是给自己出难题，其实却是严谨和缜密，不靠旁证，也不借助权威性的定语，是以逻辑的推理，让事实说话。似乎是没有人性的气息，把人文的产品当作机械的产品，可是对于一个以思想为工作对象的人，这却是负责的精神。你可以说他学院派，说他学究气，我倒情愿用俚语里“书虫子”这个叫法，我觉得很准确，也很形象。你想书虫子钻啊钻的，钻进一个什么样的世界？

看陈思和写《巴金传》，会以为他要转变得具象一些，参与现实一些。这几年来，一些重要的评论家都在撰写作家传记，比如凌宇写《沈从文传》，王晓明写《鲁迅传》。你惊奇他们忽然对写人物这种写实艺术有了一致的兴趣，其实当仔细读过这些书之后，就会明白不是。他们是在寻找中国当代知识分子的思想的源。那是接受科学民主启蒙的第一代中国知识分子，算得上源头的一类人。陈思和们是在对思想进行清理和清产的工作。陈思和的《巴金传》里确实使用了大量的生平履历材料，看来，他以往的那些就事论事的方法在此受到了挑战，这是由他的研究对象所决定的。中国的知识分子的思想脉络，光是在纸上寻找是不会有结果的，他们的思想总是要受到现实的干预，同时他们也要干预现实。他们留在纸上给后人及我们的，就显得那么不完全，需要配合他们的行为一起分析才可见其真相。所以，当陈思和面对着“人格的发展”这一个大题目时，不免会感到纸上的材料很不够用，他必须去寻找现实性的辅助材料。他这个书虫子，这一回倒真是有些钻出书本了，是不得已而为。由于前一代知识分子不得已走出书斋，后一代知识分子便也必得走出书斋寻觅他们的足迹。

中国这一百年真是动荡不安，知识分子常常悲叹：偌大个中国，却安不下一张安静的书桌！而埋头于书斋的知识分子却被叫作“钻进了象牙塔”。我想，当陈思和收集着巴金先生庞杂的人生素材时，他一定会痛心于这一百年里有多少宝贵的思想流失于动乱之中。在这些生于世纪之交的敏感的头脑里，有着多少精神的萌芽，来不及生长便被扼杀了，要是由着它们成熟，将是如何辉煌的果实啊！这些果实的价值，有它的时候不觉得，没它的时候才知道。这都是一些脆弱的生命，有什么比思维这东西更容易倏忽而去？它们是需要悉心养殖的，说象牙塔一点不为过。现在，陈思和要将知识分子从广场上召唤回来，是不是就是召唤进象牙塔里？他的声音很微弱，风一吹就吹散了，可总是有声音比没声音好。

中国人的思想工作，只注意到两极。玄的太玄，讲的是顿悟，一指头过去，就要觉醒；实的又太实，讲的是投笔从戎，知识分子下海。而中间的一段却被忽略了，这一段就是劳作的过程。什么不需要劳作？思想也是要劳作的。你只看到他们在读和写，却看不到这读和写里的思维紧张的活动，它们也是在奔跑和跳跃的，并且留下看不见的记录，给后来者做标高和攀援。你看见过图书馆吗？那是故纸成堆的地方，你也许终身不会进去翻一张纸看，可有它和没它就是不一样。就好比你一辈子不会走进森林，可它却改良着你的呼吸。说起来，我们都是思想的受益者，辛苦的是他们，思想的工作者们。可谁又知道，他们的快乐呢？

他们正处在蝉蜕的过程，脱去的是具象的外衣，一层层的，都是要以认真成熟的生命去挣脱。你可以说他们是避世，可其实他们避的只是时世繁复纷攘的表面，为要钻进那核里去，那里有着一些一万年也不变，一万里也不变的东西，叫它真谛也可以。它的不变不是指静止，而是恒动的意思，你说宇宙变不变？要进到这核里去，却是说时容易做时难，要避世，也是说时容易做时难。何况，像陈思和置身的是人文学科，研究的是现代和当代，难免要人在事中，怎么摆得脱干系。这一百年的人文史就好比是一部革命史，实践比文章多，陈思和想钻故纸堆也钻不了。这使得陈思和有时候会持一个战士的姿态，发出些呼喊，比如主持人文精神的讨论。在一个早已启蒙近百年的社会里，个人主义大膨胀的今天，这种战士的姿态多少有点像唐·吉诃德。这也是没办法，是一百年革命史的尾音，也是脱去蝉蜕的挣扎，是为铺平通向象牙塔的道路。

那确是处于塔尖的所在，是人的思想的顶端，那里也是须有一些劳动者的，为人们创造出一个精神空间。文字是它的砖瓦，也是攀援的阶梯。思想者们伏在书桌上写啊写的情景，看起来很现实，毫无浪漫可言，而他们所创造的那个领域，却是真正的超然物我。但对于陈思和们来说，事情似乎刚开头，却也不是新鲜事了，一百年里，这样的头不知已开过多少回了，现在就看他们，能不能走出历史的徘徊。

这就是我对陈思和的人生的描绘。

一九九五年四月二十日　上海

英特纳雄耐尔

一九八三年去美国，我见识了许多稀奇的事物。纸盒包装的饮料，微波炉，辽阔如广场的超级市场，购物中心，高速公路以及高速公路加油站，公寓大楼的蜂鸣器自动门，纽约第五大道圣诞节的豪华橱窗。我学习享用现代生活：到野外Picnic，将黑晶晶的煤球倾入烧烤架炉膛，再填上木屑压成的引火柴，然后搁上抹了黄油的玉米棒，肉饼子；我吃汉堡包，肯德基鸡腿，Pizza——在翻译小说里，它被译成“意大利脆饼”这样的名词；我在冰淇淋自动售货机下，将软质冰淇淋尽可能多地挤进脆皮蛋筒，每一次都比上一次挤进更多，使五十美分的价格不断升值；我像一个真正的美国人那样挥霍免费纸巾，任何一个地方，都堆放着雪白的、或大或小、或厚或薄、各种款式和印花的纸巾，包括少有人问津的密西西比荒僻河岸上的洗手间——这时候，假如我没有遇到一个人，那么，很可能，在中国大陆经济改革之前，我就会预先成为一名物质主义者。而这个人，使我在一定程度上，具备了对消费社会的抵抗力。这个人，就是陈映真。

我相信，在那时候，陈映真对我是失望的。我们，即吴祖光先生，我母亲茹志鹃和我，是他有生以来第一次，面对面看到的中国大陆作家，我便是他第一次看到的中国大陆年轻一代写作者。在这之前，他还与一名大陆渔民打过交道。那是在台湾监狱里，一名同监房的室友，来自福建沿海渔村，出海遇到了台风，渔船吹到岛边，被拘捕。这名室友让他坐牢后，头一回开怀大笑，因和监狱看守起了冲突，便发牢骚：国民党的干部作风真坏！还有一次，室友读报上的繁体字不懂，又发牢骚：国民党的字也这么难认！他发现这名大陆同胞饭量大得惊人，渐渐地，胃口小了，脸色也见丰润。以此推测，大陆生活的清简，可是，这有什么呢？共产主义的社会不就应当是素朴的？他向室友学来一首大陆的歌曲——一条大河波浪宽，风吹稻花香两岸，我家就在岸上住，听惯了艄公的号子，看惯了船上的白帆。

和我们会面，他事先做了郑重的准备，就是阅读我们的发言稿，那将在爱荷华大学“国际写作计划”组织的中国作家报告会上宣读。他对我的发言稿还是满意的，因为我在其中表达的观点，是希望从自己的个人经验中脱出，将命运和更广大的人民联系起来。他特别和聂华芩老师一同到机场接我们，在驱车往爱荷华城的途中，他表扬了我。他告诉我，他父亲也看了我的发言稿，欣慰道：知道大陆的年轻人在想什么，感到中国有希望。这真叫人受鼓舞啊！从这一刻起，我就期待着向他做更深刻的表达。可是，紧接下来的事情是，我们彼此的期望都落空了。

在“五月花”公寓住下之后，有一日，母亲让我给陈映真先生送一听中华牌香烟。我走过长长的走廊，去敲他的门，我很高兴他留我坐下，要与我谈一会儿。对着这样一个迫切要了解我们生活的人，简直是千头万绪不知从何提起。我难免慌不择言，为加强效果，夸大其词也是有的。开始，我以为他所以对我的讲述表情淡然是因为我说得散漫无序，抓不住要领。为了说清楚，我就变得很饶舌，他的神情也逐渐转为宽容。显然，我说的不是他要听的，而他说的，我也不甚了解。因为那不是我预期的反应，还因为我被自己的诉说困住，没有耐心听他说了。

回想起来，那时候我的表现真差劲。我运用的批判的武器，就是八十年代初期，从开放的缝隙中传进来的，西方先发展社会的一些思想理论的片断。比如“个人主义”“人性”“市场”“资本”。先不说别的，单是从这言辞的贫乏，陈映真大概就已经感到无味了。对这肤浅的认识，陈映真先生能说什么呢？当他可能是极度不耐烦了的时候，他便也忍不住怒言道：你们总是说你们这几十年吃了多少苦，受了多少穷，我能说什么呢？我说什么，你们都会说，你们所受的苦和穷！这种情绪化的说法极容易激起反感，以为他唱高调，其实我内心里一点不以为他是对世上的苦难漠然，只是因为，我们感受的历史没有得到重视而故意忽略他要说的“什么”，所以就要更加激烈地批评。就像他又一次尖锐指出的——不要为了反对妈妈，故意反对!事情就陷入了这样不冷静的情绪之中，已经不能讨论问题了。

一九八九年与一九九〇年相交的冬季，陈映真生平第一次来到大陆。回原籍，见旧友，结新交；记者访谈，政府接见，将他的行程挤得满满当当，我在他登机前几个小时的凌晨才见到他。第一句便是：说说看，七年来怎么过的？于是，我又蹈入千言万语不知从何说起的境地。这七年里面，生活发生很大的变化，方才说的那些个西洋景，正飞快地进入我们这个离群索居的空间：超级市场，高速公路，可口可乐，汉堡包，圣诞节，日本电器的巨型广告牌在天空中发光，我们也成熟为世界性的知识分子，掌握了更先进的思想批判武器。我总是越想使他满意，越语焉不详，时间已不允许我啰嗦了，而我发现他走神了。那往往是没有听到他想要听的时候的表情。他忽然提到“壁垒”两个字——Block，是不是应该译成“壁垒”？他说。他提到欧洲共同体，那就是一个Block，“壁垒”，资本的“壁垒”，他从经济学的角度解释这个名词。而后，他又提到日本侵华时期，中国劳工在日本发生的花冈惨案，他正筹备进行民间索赔的诉讼请求。还是同七年前一样，我的诉说在他那里没有得到应有的回应，他同我说的似乎是完全无关的另一件事。可我毕竟比七年前成熟，我耐心地等待他对我产生的影响起作用。我就是这样，几乎是无条件地信任他，信任他掌握了某一条真理。可能只是一个简单的理由，就是我怀疑自己，怀疑我说真是我想。事情变得比七年前更复杂，我们分明在接近着我们梦寐以求的时代，可是，越走近越觉着不像。不晓得是我们错了，还是，时代错了，也不晓得应当谁迁就谁。

陈映真在一九八三年对我说的那些，当时为我拒斥不听的，在以后的日子里一点一点呈现出来，那是同在发展中地域，先我们亲历经济起飞的人的肺腑之言。他对着一个懵懂又偏执的后来者说这些，是期待于什么呢？事情沿着不可阻挡的轨迹一径突飞猛进，都说是社会发展的规律和终极。有一个例子可说明这事实，就发生在陈映真的身上。说的是有一日他发起一场抗议美国某项举措的游行示威，扛旗走在台北街道上，中午时，就在麦当劳门前歇晌，有朋友经过，喊他：陈映真，你在做什么？他便宣讲了一通反霸权的道理，那朋友却指着他手中的汉堡包说：你在吃什么？于是，他一怔。这颇像一则民间传说，有着机智俏皮的风格，不知虚实如何，却生动体现了陈映真的处境。一九九五年春天，陈映真又来到上海。此时，我们的社会主义体制下的市场经济，无论在理论还是在实践，都轮廓大概，渐和世界接轨，海峡两岸的往来也变为平常。陈映真不再像一九九〇年那一次受簇拥，也没有带领什么名义的代表团，而是独自一个人，寻访着一些被社会淡忘的老人和弱者。有一日晚上，我邀了两个批评界的朋友，一起去他住的酒店看他，希望他们与他聊得起来。对自己，我已经没了信心。这天晚上，果然聊得比较热闹，我光顾着留意他对这两位朋友的兴趣，具体谈话内容反而印象淡薄。我总是怕他对我，对我们失望，他就像我的偶像，为什么？很多年后我逐渐明白，那是因为我需要前辈和传承，而我必须有一个。但是，这天晚上，他的一句话却让我突然窥见了他的孱弱。我问他，现实循着自己的逻辑发展，他何以非要坚执对峙的立场。他回答说：我从来都不喜欢附和大多数人！这话听起来很像是任性，又像是行为艺术，也像是对我们这样老是听不懂他的话的负气回答，当然事实上不会那么简单。由他一瞬间透露出的孱弱，却使我意识到自己的成长。无论年龄上还是思想上和写作上，我都不再是十二年前的情形，而是多少的，有一点“天下者我们的天下”的意思。虽然，我从某些途径得知，他对我小说不甚满意，具体内容不知道，我猜测，他一定是觉得我没有更博大和更重要的关怀！而他大约是对小说这样东西的现实承载力有所怀疑，他竟都不太写小说了。可我越是成长，就越需要前辈。看起来，我就像赖上了他，其实是他的期望所迫使的。我总是从他的希望旁边滑过去，这真叫人不甘心！

这些年里，他常来常往，已将门户走熟，可我们却几乎没有见面和交谈。人是不能与自己的偶像太过接近的，于两边都是负担。有时候，通过一些意外的转折的途径，传来他的消息。一九九八年，母亲离世，接到陈映真先生从台北打来的吊唁电话。那阵子，我的人像木了，前来安慰的人，一腔宽解的话都被我格外的“冷静”堵了回去，悲哀将我与一切人隔开了。他在电话那端，显然也对我的漠然感到意外，怔了怔，然后他说了一句：我父亲也去世了。就在这一刻，我感受到一种深刻的同情。说起来很无理，可就是这种至深的同情，才能将不可分担的分担。好比毛泽东写给李淑一的那一首《蝶恋花》——“我失骄杨君失柳”。他的父亲，就是那个看了我的发言稿，很欣慰，觉着中国有希望的老人；

一位牧师，终身传布福音；当他判刑入狱，一些海外的好心人试图策动外交力量，营救他出狱，老人婉拒了，说：中国人的事情，还是由中国人自己承担吧！他的父亲也已经离世，撇下他的儿女，茕茕孑立于世。于是，他的行程便更是孤旅了。

二〇〇一年末的全国作家代表大会，陈映真先生作为台湾代表赴会，我与他的座位仅相隔两个人，在熙攘的人丛里，他却显得寂寞。我觉得他不仅是对我，还是对更多的人和事失望，虽然世界已经变得这样，这样的融为一体，切·格瓦拉的行头都进了时尚潮流，风行全球。二十年来，我一直追索着他，结果只染上了他的失望。我们要的东西似乎有了，却不是原先以为的东西；我们都不知道要什么了，只知道不要什么；我们越知道不要什么，就越不知道要什么。我总是，一直，希望能在他那里得到回应，可他总是不给我。或是说他给了我，而我听不见，等到听见，就又成了下一个问题。我从来没有赶上过他，而他已经被时代抛在身后，成了落伍者，就好像理想国乌托邦，我们从来没有看见过它，却已经熟极而腻。

二〇〇三年十一月二十六日　上海

接近世纪初

如我这样出生于五十年代的人，世纪末正是悲观主义生长的中年，情绪难免是低沉的，所以要以“接近世纪初”作题目，是为了激励自己，好去看见结束之后的开始，破坏之后的建设。

然而，目下是悲观的，不幸的感受总是更加尖锐，甚至盖住了希望。并且，悲观的理由也都准备充分了。这是一个痛苦的认识阶段，有些像瓜熟蒂落的秋收季节，摘下来的果实死亡了，枝叶藤蔓做了来年的肥料，留下荒凉的即将冬眠的土地。

世纪末就在这时节来临了。

于是，便看见了最为破碎的表情。这真是一个不幸的遭遇，不仅不能互添光色，还互减了期望。

一切都是明了的，理解的，却无法释然，唯一的出路就是陈述理由。当所有的理由都陈述完毕，相反的理由或许能够绝处逢生，现在却是未可知的。这就像掘地，穿过熟土，再穿过生土，底下是什么在等着我们呢？一个巨大的悬念，说悬念是太轻松了。

就像方才说的瓜熟蒂落，所有的理由都基于此。在这世纪的下半叶里，一些事物飞快地成熟着，从开始走向终局。还有一些事物在经历了漫长的道路之后，却在这下半叶里突然加快了节奏，进入全速奔跑。似乎是，长距离和短距离的跋涉在这一时期里，都接近了它们的目标，问题都有了答案。

这是个生产力格外发达的世纪，也是在经过漫长的起跑以后进入全速的状态。我说的生产力不仅指物质的生产力，还指思想的生产力。那是因为生产关系终于达到了最合理和最协调，于是，性能良好地发动了，效率是惊人的。

对了，这是个极有效率的世纪。当地里的庄稼都在催长素的刺激下飞快地成熟，将自然的规律抛在一边，思想这样人性的产物，便也逃不脱催熟的命运了。思想就像暖房里的蔬菜，缩短了季节。

于是，物质和思想便堆积成山，人们只能以挥霍的方式享用它们，不至辜负它们的生产者。消耗也是飞快的，消耗过后的垃圾便跟着堆积起来。

我们已经走向了我们的目标，昔日里抽象的王国终于变为具体的景象。接下来的是什么呢？

就好像一个坚硬的核，被无坚不摧的二十世纪敲破，四散落地。

事情是向人们的心愿接近，抵达之后则走上了背离的路途，似乎都是不由己的，刹不住脚。创造力在完成任务之后，依着惯性变成了破坏的力量。而破坏是比创造更见成效，更触目惊心。因力量已经度过了积累的阶段，量变到了质变。就这样，我们看见了破坏。

在我悲观主义的视野里，本世纪几乎是以破坏为结局的。这个破坏是以取消为方式实现，取消差别和界限，科学和思想的武器都非常强大，攻无不克，隔绝的藩篱拆除了，踩在脚下，余下的是什么呢？

我想将这些仔细地看个明白。

先从我们身边着眼，这是一桩小事情，也许证明不了什么，那就是美国的可口可乐打遍了全世界。这种有着强烈气体的饮料穿透了坚实森严的壁垒，无所不至。记得是一九八八年的秋天，有一次穿越莫斯科航线的经历。作为一个成功的开放的社会主义国家的公民，我惊讶地品尝了莫斯科航空公司的饮料，它们被封闭在质地粗陋的玻璃瓶里，从撬开的铁皮瓶盖下散发出奇异的气味。这是一种离群索居的气味。在洪大的可口可乐的浪潮中，它孤立其中。它带着壁垒的表情。现在，它还会在吗？我们在报上早已看见过莫斯科街头的麦当劳的照片，有麦当劳就有可口可乐。麦当劳也打遍了全世界。

还有肯德基大叔的笑脸。还有香格里拉，希尔顿，Holiday Inn，走进那里，可以想象是在任何一个国家。世界在这一刻走进了大同，变成一个地球村。写字楼也是国际化的，英语成为世界语，而真正的世界语——这个语言的乌托邦，退向边缘的边缘。

奥林匹克成为世界的节日，奥斯卡成为世界的节日，诺贝尔也成为世界的节日。当我们走通隔绝之后，就这样走到一起来了。差别仅在于谁走在前谁走在后，强者总是在前弱者则在后。

还有一桩不大不小的事情，也许依然不能证明什么，那只是发生在人类生活的一个局部，就是拉美文学大爆炸。八十年代初，那位来自偏僻的哥伦比亚的加西亚·马尔克斯来到了瑞典斯德哥尔摩，摘取了诺贝尔文学的桂冠，于是，拉丁美洲的文学撩开了神秘的面纱，展现了它们隐士般的面目。

如今回想起它带给我们的欣喜，悲哀油然而起。我们将它视作榜样，以为找到了文学的方向，就是那句脍炙人口的语录：最民族的乃是最世界的。我们纯朴地说出“世界”两个字，满心以为那真是“世界”的含义，于是虔诚地争取着世界的认同。我们从各自的所在出发，又走到一起来了。土著人的舞蹈登上了国际舞台。谁担任看客呢？

而我们在尽情地歌舞。为使我们的声音被世界听见，就特别地突出差异。而差异只存在于过去，前景是日益统一，面目一致。于是，我们只得掉过头去，往回走，直走进原始的丛林。那前方的合唱已经声部齐全，效果圆满，多我们不多，少我们不少。它将彻底吞没我们幼稚学舌的声音。

当世界如我们愿成为一个地球村，谁是村落的酋长？

再说一件本世纪的大事情，就是科学和民主。它们取消了人和自然的差异，也取消了人和人的差异。事情的开头激动人心，有多少憧憬诞生，前途壮丽。它们成为一代又一代热血青年的理想和信念，写下了多少歌泣的诗篇。

开头也总是艰难的，布满风险，并且虚无。说它是理想，其实更接近空想。它似乎只是一个巨大的动力，催促着积极的行动。就像希腊神话中的西西弗斯，永远推石头上山，而石头一上山顶，便轰然而下，再开始又一轮的推石头。不料事情忽然有了转机，二十世纪就是这样，时有转机，是力量积蓄的成果。科学和民主加快了脚步，事情终有了结果。

没有神的日子到了，没有英雄的日子也到了。众所周知，一个需要英雄的民族是可悲的。大众的狂欢日来临了。倘若要用现成的场面来形容这个狂欢日，我想最合适不过的就是《巴黎圣母院》的第一卷，在巴黎司法官上演流浪诗人的圣迹剧的一幕。那样闹腾腾，热腾腾，乱七八糟且生气勃勃。市民、商贩、学生、诗人、亲王、官员、教士、外交使节，聚于一堂，卑贱者和高贵者不分彼此，调笑和被调笑，嘲弄和被嘲弄。这是十九世纪的雨果所怀想的一四八二年一月六日的情景，他身处革命和复辟迭起的法国，进出于帝国王朝和共和体制的交替上演之中，于是便把这个大众狂欢的节日推回到了四百年前。然而，雨果却还是在大众之上创造了俯瞰人间的神——卡西莫多和艾丝米拉达。是出于他浪漫的心，还是出于先知？他处身专制就已经预感到了民主来临的恐惧。

这些我们无从推测。大众的狂欢节平均分配在我们的日常生活里，当然不那么隆重和热烈，而是细水长流，从长计议。雨果笔下的戏剧场面化成了琐碎的情节，而神是没有的。它们终被雨果关在巴黎圣母院的地牢里，风一吹，便化成了灰。灰飞云散。

精英也没有了。导师、智者、先知，所有能够在讲台上说教群众的人都没有了。大众成长起来了，启蒙的时代已经过去，那是发生在世纪初的事情了。好了，上演圣迹剧的狂欢是没有了，可是，我们至少可以一起喝酒和聊天。不再有精神的不平等，存在的差异被社会分工的合理性取消了。我们享用同一道精神的大餐。

生命真是短暂，一百年前的事情都需要去翻书本，然后依靠想象。现在，我想象的是老托尔斯泰《复活》中的场面，风雪茫茫的西伯利亚荒原，蜿蜒而行的流放队伍。队伍里有杀人犯、强暴者、纵火犯，还有政治犯。是又一个平等的聚会，但不是狂欢节，而是受难日。在这同一个受难日里，对罪行的理解和同情是唯一的安慰，就像高原上稀薄的空气，维持着艰难的生存。可是，即便是在了同一条流放途中，罪行和罪行之间的差别也无从抹煞，一些是由于卑贱而犯下，另一些则是因为灵魂卓尔不群。那些政治犯在老托尔斯泰的笔下，就像耶稣的化身，从十字架上走下来，血迹未干，是高贵的罪人，为全世界罪人受辜。他们以他们的受罚对同行者说：虽然你们位处卑贱，无奈而有过失，但是你们依然不能原谅，你们不可以无耻。

今天我们说的是：一切都事出有因，一切都能够理解。我们和你们都是一样的人，谁也谈不上原谅谁。

就像在二十年前的知识青年运动中，我们下放了我们的身体，如今，在平民意识的大力倡导下，我们积极地下放了我们的精神。我们的精神流入那些幽暗的污垢的后巷，去贯注我们的同情。结果是同流合污。

现在，灵魂工程师已经成为无数社会分工中的一种，三百六十行的一行。不再有拯救和被拯救。灵魂之光普照人间。

该谈点艺术了。像艺术这样具有虚无的精神特征的东西，到了强劲的本世纪，就更加脆弱，不堪一击。

艺术的理论就像人类开发自然的工具，有了工具，事情就有了飞跃性的进展，那就是艺术的产业大军蓬勃壮大起来了。艺术一代接一代的积累就像地底的矿藏，遭到飞快的挖掘和消耗。于是，新的理论便像新的工具，接踵而至，劳动是不会中止的。

艺术的规则显见得束缚了生产力，然后就是，打破规则。

音乐的调性已经殚精竭虑，再也不可能有新的创造，就像一块用尽了地力的老土地，那么就取消调性；小说的故事成了陈年旧话，所有的人物关系都开始了第二轮甚至第三轮的重复，取消故事也在所必然；戏剧的舞台也束住了手脚，那么就走到观众席里，和观众共同演出，本来嘛，戏剧和人生就是一回事；还有京剧，程式化的形式早已拒绝了大批的年轻的观众，而年轻人则代表着未来，因此，便证明它进不了未来，革命的呼声更加高涨。

事情就这样发生了。

音乐，小说，戏剧又走进了繁荣，美术也走进繁荣，谁说它是静止的？它也可以附着时间的流程，就像戏剧，有人的活动和行为。事情变得彼此都有些像来像去的，小说像散文，京剧像歌曲和话剧，话剧则像联欢，像沙龙。无调性的音乐彼此相像，因为一切都漫无边际，互相渗透。事情还没到头呢！

再接着，更彻底的事情发生了。无声的音乐诞生了，白纸一张的图画诞生了，总算，暂时的，无字的文学还在酝酿之中，尚未出壳。无人的戏剧也未出壳。但别着急，更惊人的奇迹很快就会来临的。

先捡那些最极端的做例子吧。让我推测一下它的动因。无声的音乐，空白的时间在指挥棒下进行了十几个小节，人们屏息期待着，音乐厅里一片寂静。这就是音乐要我们聆听和欣赏的吗？无声。中国的美学思想里有“大音稀声”之说，这就是效果吗？好了，果然，我们什么也没听见。可是，接下来的问题是：我们还要音乐做什么？音乐是应当有能力也有义务创造一切，包括创造“无声”。现在，无声就是无声。

还有，什么都没有的画，是不是同样的道理，中国人的哲学，无就是有的意境？空白的意境？此空白就是彼空白？我们为什么还要去图画展览会呢？

在取消规则的限止之后，事情的存在已经没有必要了。艺术其实就是由这些限止决定的，没有限止就没有艺术。限止就是艺术的形式。

艺术是在平地上画一个圈，让我们在这个圈里行动和表现。就像孩子们做游戏，那种造房子的游戏，脚和石子都不能压线，不能在格子里跳两跳。否则，意义不复存在。快乐也不复存在。

要说艺术，其实就是孩子们做游戏。在自然面前，我们就是孩子，艺术也是游戏。重大的事情是由自然来决定的，有些规则也是由它来限止的，一旦违抗，便失去立足之地。

和世界上的所有资源一样，艺术的资源也面临危机。本来，事情还可能悠着些，我们还可能从容些，简省些。可是，壁垒突然拆除，四面打通，我们来不及做好准备，便登上无边无沿的世界舞台。我们的资源汇入地球村的总储量，参加了重新的分配。

话又说回头去了，又说回到可口可乐的那一节，谁能说事情不是从那里开始的？我们的物质和艺术的双重资源，终于进入了国际化的消耗的轨道。藩篱拆除了。

有时候，我特别想回到最初的写作的状态，那种慎重地拿起笔，铺开纸，字斟句酌，写着写着，忽然迷失了方向，再掉过头寻觅足迹，重新出发。工作是困难得多，劳动艰苦，可是到达目的地的快乐真是叫人心里踏实。这是一种自然的状态，就好像农人收割去年种下的庄稼。种的是麦子，收的就是麦子。

今天的情形是大不同了，四面都是方向，脚下就是路，真是随风而去，随处落地开花。

倘若将稿纸比作土地，我们的笔犁破了多少地啊！肥土变瘦土。哪里还有未开垦的处女地？世界上的土地究竟是有限还是无限，人类的力量又究竟有没有止境？还有自然，自然是否至高无上？

我们是不是真是自己的掘墓人？我们奋力建造辉煌的宫殿，取土制砖，结果挖空了地基，动摇了立身之本。

也许一切都和世纪末无关，世纪末的说法，只是为自己的悲观情绪制造宽阔的背景，好有所依赖，也是软弱，生怕孤寂的表现。悲哀就是悲哀，绝望就是绝望，它发生在我们内心里，随着生命的周期按时出现，世纪末不过标明它发生的时间。

只有事情本身是有意义，时间仅是时间。

情绪低落的时分，最好是走出户外，再走远点，走出深街长巷，去到田野。那里，能听见布谷鸟的叫声，农人们平整了秧田，正在落谷。赤裸的脚插在黑肥的泥水中，一步一步，谷种扬了满天又落了满地。架子上的葫芦青了，豆也绿了，南瓜黄了，花却谢了。原来，自然依然在生生熟熟地运动，活力勃发。野草野花在庄稼里偷长，这地的劲道还足得很哪！日月星辰也在各自的轨道航行，潮汐大起大落着。

好吧，就期待着下一个周期，悲观主义终会走到尽头，快乐应运而起，那时节，就当是世纪初了。

一九九七年三月二十三日　上海

辑三

史铁生走了，还有路遥、邹志安、王小波、陆星儿、赵长天……我们这一代的人都进了天国，可是还没有来得及建立一个传统，所以，千万不要再说“读你们的书长大”的话，我们的书并不足以使你们长大，再有二三十年过去，回头看，我们和你们其实是一代人。

两个69届初中生的即兴对话

王安忆　陈思和

陈：你看过《出道》没有？就是发表在《上海文学》去年第九期上的那篇。作者真写出了一个“文革”时代上海市民社会中的少年阿Q。他的人生开端，适逢一场史无前例的灾难，他的许多朦朦胧胧的感受中，都含有悲壮的味道。

王：我看过的，好像这个人物是71届中学生，也有点儿接近69届70届的那一伙。

陈：差不多。他与你笔下的69届初中生一样，你的人物都重于自我心理分析。属于理智型，而《出道》里这个人物则是懵里懵懂，在行动上比较受外界环境的支配，他的自尊，自豪抑或愚昧在这里还只是表面现象，更主要的是揭示了无知的价值，它多少证明了十年以前的那场上山下乡运动，正是在无知的基础上展开的，它与俄国民粹运动不一样，没有丝毫的神圣性，志强这个人物更具市民社会的特征，可以说是你所写的69届形象的一个补充。

王：69、70、71 届这代人其实都是牺牲品。我们不如老三届。他们在“文革”以前受到的教育已经足以帮助他们树立自己的理想了。不管这种理想的内容是什么，他们毕竟有一种人生目标。后来的破灭是另外一回事。可 69 届没有理想。

陈：我记得你有过一篇短文章，对“6”和“9”的颠倒字形做了分析，是很有意思的。69 届初中生，就是颠三倒四的一代人，在刚刚渴望求知的时候，文化知识被践踏了，在刚刚踏上社会需要理想的时代，一切崇高的东西都变得荒谬可笑了。人生的开端正处于人性丑恶展览的时期，要知识没知识，要理想没理想，要真善美，给你的恰恰是假恶丑，灾星笼罩我们的十年，正好是十三岁到二十三岁，真正的青春年华。

王：即使到了农村，我们这批人也没有老三届那种痛苦的毁灭感，很多都有《出道》中志强那样朦朦胧胧的，甚至带点好奇和兴奋的心态。而在我们这一代人的朦朦胧胧之中，整个社会就改变了。我们这一代是没有信仰的一代，但有许多奇奇怪怪的生活观念，所以也是很不幸的。理想的最大敌人根本不是理想的实现所遇到的挫折、障碍，而是非常平庸、琐碎、卑微的日常事务。在那些日常事务中间，理想往往会变得非常可笑，有理想的人反而变得不正常了，甚至是病态，而庸常之辈才是正常的。

陈：这一代实际上是相当平庸地过来了，作为一个作家能够表现这种平庸本身并加以深入发掘，实在要比虚构出一段光辉的历史更有意义。

王：记得我刚刚写完《69届初中生》时，你说过这样的话：雯雯在前半部分是写我自己，后半部分走到平凡人中去了。这有道理，雯雯当然不是我的全部，我后来当了作家。为什么能当作家？就是因为我比雯雯复杂得多。这也是《69届初中生》简单化的地方。人还是比较有差别的，我有时候会相信古典主义，喜欢起华丽的辞藻，向往崇高。

陈：那是浪漫主义。其实69届一代人很难有浪漫气。

王：不过人的精神境界的高低还是有的。境界高的人，有时有点孤单。

陈：其实每个人都有同样的体验能力。你能感受的，人家也能感受。只是有的人意识到了，有的人没有意识到，没有领悟。即使是庸常之辈，也有很复杂的心理。我喜欢看你的小说，就是因为你把普通人写得很丰富。雯雯就是一个丰富的庸常之辈。在你写了《墙基》《流逝》之后，许多评论家都很高兴，赞扬你从雯雯的“小我”走到了“大我”。但我始终认为你更适合写雯雯这样的人物。问题是一个作品的深刻程度不仅表现在它所展示的场面的大小，还可以表现在人物心理挖掘的深刻程度上。有时很奇怪，一个经历很复杂的人，不一定感受就很深刻，有些人“文革”时期挨过整，受过苦，恢复原职以后反而变得麻木、卑琐，这是为什么？是不是经历过多，更压抑了心灵感受新事物的能力？有些人经历不复杂，可是他对生活体验的深透，心理的感受能力强，认识事物就深刻。你说歌德的经历有什么惊天动地之举，他的作品也没有托尔斯泰那样的宏伟画面去概括德国整个时代吧，但他就是把人物写得相当深刻，一个维特，一个浮士德，都展现了时代的精神。我觉得也应该从这个标准来要求你。我写了《雯雯的今天和明天》，我不希望雯雯没有明天。你完全可以把这个人物写得更深刻。我喜欢这个作品，是因为你写了一个很平庸的人物，没有英雄气，与外国的教育小说不一样。这是我们这一代人的最大特色，作品毫无做作地刻画了这一代人。

王：我们这一代人被捉弄得太厉害。叶辛曾告诉我这样一件真人真事：他在贵州插队时有一个女孩子，在知青回城时，唯独她还留在那儿。后来，村里有一个又丑又穷的无赖打她的主意。那无赖就对她说，你应该结婚，不然就要灾难临头了。不信你将一只电灯泡放在那个地方，如果三天内打碎了，那就是真的。那女孩子真的这样做了，到第三天，一不小心果然把电灯泡打碎了，她就哭着去找那无赖。无赖说，你再去把一件东西放好，如果三天内又打碎了，那你就必须嫁给我，不然你就大难临头了。她便又去把一个灯泡藏在箱子里，心想这下不会再打碎了吧？一天两天过去了，第三天恰是好天气，她忽然想去晒晒箱子，结果真的又把灯泡跌碎了。她真信了，就嫁给了那无赖。后来叶辛去看她时，她一句话也不说，抱着孩子，坐在门槛上，就是哭，一个劲儿地哭。你看，人到这种时候，什么都会相信，一张扑克牌都能决定一个人的终身命运。

陈：可惜的是这些事在知青文学中反映得太少。知青作家始终没有像西方现代青年厌恶战争那样去厌恶这场上山下乡运动，没有对它的本质给以充分揭露，实在是使人失望的。中国历史上任何一次人口大迁移都是残酷的，或者战争，或者体制性的迫害，但人口的迁移在客观上也促使了文化的横向交流，在惨重的代价下也多少推动了社会生产力的发展。知青上山下乡运动除了给国家，给一代青年白添了巨大的损失以外，我真不知道促进了多少文化的交流。知青原来在城市多少经过一点现代文化的熏陶，他们刚刚下乡时也确实抱有天真的想法，可是下乡后遇到了什么？中国落后的农村文化像汪洋大海一样包围了他们，吞噬着他们身上萌芽状态的现代文明，经过几年下乡，到底有几个人的素质提高了？

恐怕是极个别的吧。但文学作品并没有把这种倒退的历史悲剧写出来，即没有把落后的文化怎样抹杀现代文明萌芽的事实写出来。

王：不过情况不太一样。老三届下乡时，大多是满怀理想的，要他们承认自己的失败是很痛苦的，他们把这种失败也是看得很悲壮。

陈：归根结底，还是没有正视自己的勇气。

王：还有许多人去过边疆，也许他们所接触的民众，还带着原始的先民风味，感受要好一些。但我就不一样，第一是69届初中生没有理想，第二是我插队的江淮流域，那里的农民已经受到较重的商品经济的污染，所以我在农村的两年中，很少有农民对我真心好过，有时表现得对你好，也是从私利出发的，不能说他们很坏，但也绝没有那种无私博大的气质，他们太穷，贫穷实在是件很坏的事，人穷志不穷是少数人的事，多数人是人穷志短。

陈：中国农民的贫穷是值得同情的，它是历史所造成的，这个责任不是由哪一代、哪一些农民能负得了的。但我们在同情他们的人生的同时，不能不认清他们身上的许多弱点。而许多知青文学，包括你的在内，却把农村写得一片纯朴，一片仁义，把城市人原来的各种烦恼、痛苦、厌倦的心情，在农村中予以解脱，一派民粹主义的味道，这显然是片面的。

王：我只插队两年，我总不能用我两年的经历去否定别人的经历。但就我自己来说，我对下乡本身就没抱多大的希望。我那时只觉得上海的生活太无聊了，无聊到病态，就想改变一下环境。但一到农村，马上又后悔了。以后就整天想上调，找出路。我那时跟我妈妈写信说："你当时阻拦我去，只要花一笔钱，让我先到我姐姐下乡的地方去住几天，我马上就会改变主意的。"真的，下乡以后，我后悔极了。就是后来进了文工团，我还是感到寂寞无聊，早上起来后不知干什么，这是很不好受的。在阳光明媚的下午，我感到更加惆怅，总感到这么好的天，我干什么才能对得起它呢？

陈：所以，你作品中每写到人物的百无聊赖的情态时，特别传神。

王：是吗？现在就没有这种情绪了。我发觉我的人生似乎是这样的，一个是写小说，一个是谈恋爱，经过一段时期，我小说写得成功了，也结婚了，这两件人生大事是同时完成的，这样，我好像就找到自己的路了。我现在的心境的确很平静。

陈：对了，你在作品中几处写到主人公三十岁以后，有了孩子，就感到人生似乎完成了，这是怎么回事？是否是某种心理暗示的幻觉？我觉得人生在三十岁之后，会面临更多更深的内心不平衡，这种不平衡不比青春期的幼稚与冲动了，往往是变得更加深刻，更加压抑了。生了孩子以后，在自我价值的辨认上恐怕会更加痛苦。

王：但对于平凡的人生来说，这一些也就够了。我自己有时也感到这种心态很糟糕，可我也不太愿意打破这种平静，没办法了，生活环境已经把我铸成这个样子了，定型了。

陈：中国过去的女作家，如冰心等，在三十岁之后，都没有写出更好的作品，这是很可惜的事。往往人到了而立之年，社会形象已经确立，作家是作家，学者是学者，一般人都没有勇气打破这种心理平衡了。打破这种平衡，便意味着你以前所营造的一切将全部失去，这当然是很困难的。但在对自身，对人的认识上是应有不断的更新和深化的。托尔斯泰在这一点上不仅是作家的典范，也是所有人的典范。所以，怎样进一步认识自己，是三十岁以后人生面临的重大问题。对于文学创作来说，社会经历不是最重要的，关键是认识自己。对自我认识得越深，在文学上就越有创造。

王：在这一点上我也感受极深。我现在没有改变自己生活状态的需要，在创作上，过去写作是情绪的宣泄，是一种内心骚动所致，现在感到是在创造，为创造而创造，我可能遇到一种危机 。

陈：也不能说是危机。你有危机感，那说明你还是有清醒的自我意识。当你意识到自己需要改变自己时，这种意识就明确了。也用不着硬是去寻找需要。主要取决于心理上的变化，倒不是外在生活境遇的人为变化。而这种心理变化是很不容易的，所以，我对你能写出《小城之恋》，实在是抱着极大的喜悦。

王：可是我也换了不少骂。现在人们把我列为“性文学”的作家，我当然无置可否。但我知道很多人都不理解我。

陈：你在创作这些作品时，最初想表达、探索些什么？这是我希望得到你的证明的。从我的理解来说：看《69届初中生》以后我就感到你应该回到你自己。后来看了“三恋”，以为这是对《小鲍庄》的一个突破，你又回到了雯雯的反身收视状态。

王：这个感觉我也有。我曾告诉李陀说，我写“三恋”又回到了写雯雯，李陀不同意。其实我的小说确是回到了写人自身了。

陈：当然不能讳言你写了人所具有的性的欲望。这在新时代小说中有一个发展过程，认识性是与认识人自身同步深化与成熟起来的，一开始从极“左”思潮的禁锢中挣脱出来的时候，连爱情都只能写成柏拉图式的，后来写了人有爱的欲望，有性的欲望，但仍然是小心翼翼地躲藏在政治社会的盾牌后面。像张贤亮的“性文学”，还不是真正的写“性”，他是写人的“食”“色”，两种人的最大自然欲望，在不正常的政治背景下被可怕地扭曲了。而这一点，恰恰是现在的许多批评家们最欢迎的，他们以为这不是单纯的写“性”，而是通过“性”来反映社会历史文化内容，这比单纯写“性”要有意义得多。我认为，这样来理解“性文学”，说明我们的文学还没有认识到写“性”的意义，进一步说是对人的认识没有进入一个自觉的阶段。这样一些作品，当然有它们自己的贡献和长处，但这种贡献主要还体现在把人当作作家表达自己社会评判的工具这一层面上，作品最终表达的还是社会问题，如社会历史环境是如何压抑人的正常生理欲望的，这里的“性”本身，只是被借来用于揭露社会的工具。所以，这种小说可以说是社会小说，但不是真正的对“性”这种人的生理本能进行探索而写的小说。把“性”作为“工具”来描写是“性文学”的庸俗化。

王：他们对这种小说容易理解，也容易评论。

陈：这类小说有很虚伪的地方，即使在审美趣味上也是这样。一方面写性，赤裸裸的，让你得到潜在的满足，另一方面又要罩上“社会意义”的外衣，你明明是对他写性感兴趣，可进入理性评判的时候，却心安理得地大谈其社会意义，摆出一副道学家的面孔。

王：我认为有两类作家在写爱情。三、四流作家爱写，是鸳鸯蝴蝶类的言情故事；二流作家不写爱情，因为他们知道自己难以跃出言情小说的陷阱，所以干脆不写；一流作家也在写，因为要真正地写出人性，就无法避开爱情，写爱情就必定涉及性爱。而且我认为，如果写人不写其性，是不能全面表现人的，也不能写到人的核心，如果你真的是一个严肃的，有深度的作家，性这个问题是无法逃避的。

陈："三恋"的一个明显特点，就是把作品中所有的社会背景都虚化了。按理说，《小城之恋》中两个演员的恋爱婚姻，如果放在社会环境中加以考察，肯定发现它是受社会环境的多种制约的。但你把背景淡化了，从而突出了这两个人。你有意把读者的眼光集中在人自身之上，似乎打出这样的旗号：我的作品就是写人自身。人固然不能离开社会群体，但人本身又有他的独立性。你的作品就是强调后者，强调人的本体的生命力对人行为的支配，生命存在的意义，生命的延续，等等。这就好比把人放在手术台上细细地解剖一样。

王：我写"三恋"可以追溯到我最早的创作初衷上去。我的经历、个性、素质，决定了写外部社会不可能是我的第一主题，我的第一主题肯定是表现自我，别人的事我搞不清楚，对自己总是最清楚的。一个人刚创作时，虽然不成熟，但他往往很准确地，质朴地表达出一个人为什么而创作。我写《墙基》《本次列车终点》时，很清醒地意识到自己在追求什么，是在追求改变自己的创作路子，当时也的确感到走出“雯雯”世界很好，有很多新鲜的感受。但我在写“三恋”时却并没感受到很强的冲击力，也没有执意去追求写性，我觉得很自然。我写的第一个故事是四个人的故事，是有生活原型的一出爱情悲剧，四个人好像在作战。爱情双方既是爱的对手又是作战的对手，应用全部的智力与体力。爱情究竟包含多少对对方的爱呢？我很茫然。往往是对自己理想的一种落实，使自己的某种思想在征服对方的过程中得到实现。《荒山之恋》中的那个男人很软弱，但他也要实现自己逃避的梦想，而那女孩其实是一种进取型的女子，他们其实都是为了实现自己的理想而走到一起。当然爱情还包括许多隐秘的东西，如到底什么样的女人才能战胜男人，往往很自卑的女子却能得到男人的爱，这为什么？第二个故事是写两个人的故事，《小城之恋》中的人物行为如不用性去解释，他们的心理和行为的谜就始终解不开。这个作品你已经评论过了。第三个故事是一个人的，一个婚外恋的故事，女主人公感到自己已在丈夫面前什么都表现尽了，丈夫对她也熟悉无余了，她有角色更新的欲求不能实现的感觉。其实她并不真爱后来的那个男子，她只爱热恋中的自己，她感到在他的面前自己是全新的，连自己也感到陌生。所以，爱情其实也是一种人性发挥的舞台，人性的很多奥秘在这里都可以得到解释。

现在我的处境很尴尬，有人说我写性，这一点我不否认；还有人说我是女权主义者。在我这里要解释我写“三恋”，根本不是以女性为中心，也根本不是对男人有什么失望。其实西方女权主义者对男人的期望过高了，中国为什么没有女强人（有也只在知识分子中存在），就是因为中国女人对男人本来没有过高的奢望，这很奇怪。所以，我写“三恋”，根本不是我对男人的失望。

陈：真正严肃地涉及性，实际也就是触及到人性本身。在巴尔扎克的时代，人是在社会学的意义上来确认自身的全部价值，把人看作纯粹的社会动物，应该说这也是一种极端，但这种极端是被传统认可的。十九世纪下半叶遗传学开始发展，它使人意识到人性的构成除了社会文化的因素外，还确实存在着某种命定的力量。于是人们开始研究遗传学，强调用遗传等生理视角来补充人物的性格缘由。这就出现了左拉的自然主义。过去我们往往承认左拉对人的社会学一面的描写，否定他对人的遗传性一面的开掘。其实应该反过来认识，左拉在巴尔扎克之后，他对社会性的描写没有超过巴尔扎克（当然也有个别方面是超过巴尔扎克的，譬如他写了工人斗争），但他对遗传方面的开掘则是新贡献。遗传科学的意义在当时还没有被人充分认识，然而到二十世纪就完全不同了。左拉对遗传的描写是凭才气想象的，没有科学依据，但他对人类认识自身提供了某种想象的基础。我觉得你的近期小说有点左拉味道，当然你的格局要比左拉小，只顾到人的自然主义的一面。

王：我确是感到遗传对人有重要的影响。

陈：关于这一点，我发觉你在《好姆妈、谢家伯伯、小妹阿姨和妮妮》这个中篇里已经接触到了，“三恋”又有了发展。所以我说这几个作品有意义，写性，在你只是为一种更为宏大的研究人的自我确认的目标服务的。《小城之恋》突出地强调了在文学上被长期忽略的一个角度，就是把人看作一个生命体，揭示它的存在、演变和发展过程。这就必定会涉及人的种种生理与心理欲望。人之所以有性，是人作为生命体所自有的，而不是一种社会现象。人当然有与社会不可分割的一面，他的奋斗、交际、欲望等，但“性”却完全是人所“私有的”而不是社会的。在社会上人们所追求的是公有的，对公众有意义的东西，而性恰恰是私有的，隐秘的。过去从社会角度探讨人的性欲，总是把性欲看得很肮脏。对于性的描写，西方文学史上除了人文主义时期对之有强烈的赞美之外，一般也把性看作丑恶的。即便有性描写，也是因为“有利于揭露资产阶级的生活糜烂、精神空虚的丑恶”而存在的。连左拉似乎也没有摆脱这一点。而你的《小城之恋》则完全是从遗传学角度写性。性不再是一种丑恶的现象，而恰是从生命的产生到生命的延续的重要过程中，是人体不可缺少的、正常的有时是美好的现象。这样得出的结论与用社会学眼光得出的结论就是显出不同，它不是从道德去看“性”，而是从生命体价值上去肯定“性”。这样，“性”是与整个人类对自身生命体的研究的科学联系在一起了，这才会使“性”在文学中得到公正的评价，从这个角度说，劳伦斯的作品也有其值得肯定的一面。如果在他的人物中寻找社会性，其意义是不会太大的，他是把人作为独立的生命现象，他的性描写丝毫没有丑恶的感觉，完全是一种美好的感受。这是伴随着对人的更深刻的认识而产生的。这种用审美眼光来描写性的方式，在中国文化中几乎没有的。

王：这可能与中国文化传统有关。中国文化中没有一套美好的“性语言”。中国人在饮食烹调上可以有无数好听的名词，光面叫“阳春面”，蛋白叫“春白”，等等。即使是《红楼梦》，它涉及性的语言也是狎邪性的。这可能是因为中国封建文化发展过早，性太早就已经被功利化的缘故，像鲁迅说的，看见一条胳膊就会“三级跳”到私生子，因而在中国传统文化中不可能用审美的态度对待“性”。

陈：如果光从语言来说，中国古典文化中也有写性写得漂亮的，《西厢记》里就有。但关键是语言背后是否隐含了健康的文化心理。中国文化传统中当然有写性的语言，只是没有健全的眼光，把性作为人性的淫恶来对待。所以，这样的说法有其合理性：在文学中用审美的眼光来描写性活动，是不符合中国文化传统的。中国人的吃倒是审美的，非功利的。而性是为了传宗接代，是功利的。

王：中国人讲究吃的可能是性不自由的转移。中国文学中也有表现性的文字，只是并不直接去表现，而是寻找别的途径去表现性。我记得萧红有一个小说，写一个人每天独自匆忙地吃蛋炒饭，上面放着葱花，他的心理冲动给人的感觉就是一种性冲动，只有用性心理去解释他的冲动，才能了解他为什么这样吃有葱花的蛋炒饭。

陈：好像是《马伯乐》。

王：也许是的。我读了以后，再也不吃有葱花的蛋炒饭了。

陈：所以我说关键还在于语言背后的作者的情绪是否饱和，如果有饱和的情绪，情之所至，到时就非这样描写不可，绝无猥亵的感觉，读这种文字，也给人以净化之感，而绝非挑逗或者发泄。

王：阿城曾跟我谈起在陕西观察到的农民对性的看法，他说那里的农民把性看得很崇高，很神圣。我没有去过这种地方，所以没有感受到这一点。我插队的地方，农民的人口也很多，也需要繁衍，但也许他们已经比较有钱了，讨老婆不太难。所以，那里流传的许多关于性的故事以及笑话中，一点儿看不出性的尊严感，神圣感。不知阿城说的现象更有代表性，还是我感受到的更有代表性。

陈：追溯历史，在中国的神话和传统中对性也没有很好的描述，中国人对人体就没有正确的认识，这正与希腊人相反。中国礼教文化对人体的压迫很深重，总以为身体发肤受之于父母，不敢毁伤，连头发都不能减削，否则就是不孝。这跟古希腊崇尚健美的风气完全不同。

王：我读《中国娼妓史》，作者追溯娼妓的起源，以为是古代巴比伦的宗教卖淫。巴比伦的少女，一生中必有一次是在一个清晨，跪在Venus的圣堂，第一个丢钱给她的男人，则与他做爱，而此钱于她则成了一个神圣的东西。作者以此为印证，又找出一些模棱两可的史例，推想出我国娼妓的起源是殷代的巫娼。我却觉得他的推想并无可靠的根据，反而觉得我们大约正是缺少了这一个宗教“行淫”的起源，而使得“性”在我们民族心理中，永远无法美丽、光明和神圣。

陈：古典的不说，在中国现代文学史上，郭沫若、郁达夫等是中国现代文学中第一代赤裸裸地写性的作家，他们是在西方人文主义、浪漫主义思潮的影响下写性的，写得很直率。特别是郁达夫，他毫不掩饰地写性苦闷，写手淫，写窥欲，写歌伎等等，都写得坦然，但语言也很粗俗，表现了内心的痛苦和渴望。他是把性作为人自身的痛苦加以表现的。

王：他的《茫茫夜》所表现的是一种变态性心理，而且还带有中国文人的“士大夫式”的自我压抑感。

陈：对，士大夫的高雅气质是郁达夫意识中的一个方面。另一方面，他的本性又是非常从俗的，行动被从俗的欲求所驱使，高雅的一面马上从理性上对之限制和批判，于是出现了灵与肉的分离。这是郁达夫最痛苦的，而真诚地表现这种痛苦又是他小说中最精彩的地方。

王：有人批评我的小说完全脱离背景。我想现在批判写性的，最好先研究这么一个问题：为什么中国人谈到性总是摆脱不了一种肮脏感？为什么日本人对性有一种犯罪感？为什么西方人对性则习以为常就像吃饭走路一样？这种心态的差别已明显地带有社会性了。所以，社会性与人性是不可分离的，我以为，性既是极其个人的，又不是个人的，它已带有社会性了。我们以前太强调社会对人性的决定作用而忽略了人性对社会的决定作用。

陈：中国文化把性已弄得非常扭曲、非常阴暗了，现在不能再给性添以更多的阴暗了。对人类自身要有一个客观全面的认识，至少就不应该口是心非，不应该过分的虚伪。说性不符合民族欣赏的习惯，作为外交辞令是机智的，但要是拿来作为文学创作的规范则无异于赤裸裸地提倡虚伪，这倒不仅仅是对性的不同看法问题，而是一个国民性问题。

王：你看过话剧《马》吗？那个男孩是在追怀人类的童年。他带着人类初民对性的观念，性对他们来说还不是能完全公开的。我们认为，性行为是爱情的最高形式，但西方人却对之如此随便，那么，他们所面临的问题是，爱情的最高形式是什么呢？《马》是重新提出性的羞耻感，是对西方人对性的过分随便态度的反叛。而这种性的羞耻感已经带有对性的宗教般的神圣感，与中国人对性的肮脏感是两码事，这里还存在着一个否定之否定的差距。总之，人性这东西真是太微妙，太丰富了，每当我接触这种主题时总感到它是无穷无尽的。

一九八七年十一月十三日

中国和日本的未来

——日本上智大学讲稿

我报告的题目是“中国和日本的未来”，这是一个富有挑战性的题目，因像我这样，以小说作为职业的人，总是在回想过去，又要有经验过、认识过的事实，才可成为写作的材料。但是，从另一种角度说，我们从事着一种虚拟事实的工作，这要求我们具备想象力，不仅描绘出事情本来是怎样的，还要描绘出事情应该是怎样的，并且，不能是异想天开，而是必须实事求是，一步一步地从本来面目，令人信服地走向应该的面目，这应该的面目，并不存在于事实中，这是我们的心愿所至，希望它在未来的时间里也许会实现。所以，“未来”，在这里，就成了写作的源泉。因此，我便欣然接受了邀请方给我的这个题目，决心展开想象和思考，努力回答挑战。

我想，我还是要先谈一谈过去，那是事情的出发地。一九八三年，我第一次走出国门，旅行美国，在任何地方，任何人，都会问我：是日本人吗？我以为，这不仅是因为我们与你们有相同的肤色和长相，更是因为，在上世纪八十年代初期，人们不能想象中国人也会过着开放的生活。后来，西方国家出版了我的小说，封面往往是用一幅日本侍女的图画，这说明，西方世界对中国或者说对整个亚洲缺乏了解，他们用一个统一的东方主义来概括我们的文化，这种概念逐渐蔓延，上升，成为一个主导性的声音。这就是中国在八十年代至九十年代的处境。

上世纪八十年代是一个极有意味的时代，因为我的职业习惯，所以我更愿意用小说，这一文学的方式来对这时代做描述。也许这会带来某些变形和夸张，反映了中国的文学写作者对那时代的认识。在二〇〇〇年《收获》杂志上，发表的上海女作者唐颖的短篇小说《冬天我们跳舞》，说的是上世纪七十年代初期一个关于学跳拉丁舞的故事。就像方才我说的，写小说的人总是在回溯往事，这大约就是八十年代的故事却是在二十年后的二〇〇〇年写作出来。这时节，“文化大革命”结束，政治改革，社会逐渐开放，许多西方的思想文化，在禁止了三十年之后，又重新涌入中国大陆，其中有一项，就是拉丁舞。说到这里，我想起了日本电影*Shall We Dance*，说的是拉丁舞如何打破日常生活的沉闷唤起普通人生的激情，这与唐颖的故事也许没有什么可比性，但有意思的是，这两个故事都同样地选择了拉丁舞来做革命的武器。话再说回来，《冬天我们跳舞》，在这一个冬天，拉丁舞会又来到上海，小说里的“裘家伯伯”的客厅里。“裘家伯伯”的“裘”字，在上海方言中，与“旧”谐音，听起来就像是“旧家伯伯”。而“旧家伯伯”确实是一个“旧人”，一九四九年前，他是一个风流倜傥的青年，特别热爱跳舞，可是，新政府所提倡的朴素生活理想取消了都市生活方式，“旧家伯伯”渐渐忘记舞会是怎么回事，只留下一些遥远的模糊的声色。等到拉丁舞会重归上海，他的激动心情是可以想象的，他立刻张罗组织舞会。此时，还没有营业性的舞厅，没有音响设备，也很难搜索到更多的拉丁舞音乐，没有晚装，因为很少有人会跳拉丁舞，而舞伴紧缺。但“旧家伯伯”是不怕困难的，他把自家的客厅开辟成舞厅，所谓客厅，不过是在弄堂房子里的一间朝南大卧房，他找来一架录音机，和一些轻音乐的磁带，接下去的问题是速成培训舞者，我——小说里以第一人称为讲述的讲述者，就成了他的学生之一。参加舞会，使“我”的情绪变得浮动不安，因为没有参加舞会的衣服，“我”甚至害怕“旧家伯伯”通知举办舞会的消息，“我”的母亲，“旧家伯伯”的旧友，也是一个舞迷，她负责为“我”，也为她自己准备服装。服装，是一件颇费思虑的事情，在冬天没有供暖的民居里，既要穿着轻盈，适于跳舞，还要有保暖性，不至于受凉。最重要的是，服饰要摩登华丽，而刚刚从朴素年代走出的“我”，在服饰穿着上的见识只等于零。当“旧家伯伯”在家中兴奋地举办一场接一场的舞会，在另一间房间里，他的妻子则和一名男客，谈论着人生与理想的话题，结果，坠入爱河，在拉丁舞的开放的空气里，保守的生活方式，实质性地突破了。

我觉得这篇小说可说是那个时代的概括：新旧两代人穿着想象与拼凑成的摩登服装，瑟缩走过夜晚清寂的马路，赶赴家庭舞会，然后家庭主妇红杏出墙，八十年代期间是这样，在风云激荡的政治改革背景下，日常生活悄然演变。

从今天，回望八十年代，我常常会感觉到一种美感，长久生活在封闭环境中的人们，羞怯地好奇地探出头，张望着外面的世界，然后小心翼翼而又勇敢地迈出脚步，每一点点观念的改变都需要有足够的理由说服自己，著名女作家张洁在上世纪七十年代末八十年代初写作的短篇小说《爱，是不能忘记的》，以一个年轻女儿的身份，叙述了母亲的爱情生活，母亲一辈子都默默地与一位婚姻中的男人相爱，他们矜持到连手都没有触摸过，用小说中的话说，“把他们这一辈子接触过的时间累计起来计算，也不会超过二十四小时”。可是亲密的精神日日夜夜都在一起，“就像一对恩爱夫妻”。法律和道义则将他们隔开来，即便是这样一种克己自律的精神恋爱，叙述者还需要极力地申述理由，为这“离经叛道”来做辩护。我们就是这样一点一滴地开拓精神的禁锢，一点一滴地积累思想的果实，使我们进步到，可以同时借先进意识对话。

我还是要用小说来描绘这个发展的过程。也是一位上海女作家写作的小说，题目为《女友间》。在这里，时间已进行到九〇年代了，上海，不仅有了各种各样的舞厅，还有了夜总会，咖啡馆，酒吧，KTV包房，女孩子们已经能轻松赶上时尚潮流。婚外情也算不上是什么冒险了。小说里有一个意味深长的细节，在酒吧里做调酒师的小敏教她的朋友，一个医院里的护士，新婚的小妻子安安，学习做时髦的坏女孩，挑选性感的内衣，做挑逗性的动作，做爱时“假装高潮”，而当学习到骂下流话时，安安却怎么也开不了口。小敏说：操你娘的！“安安停了又停，张着嘴，就是骂不出来。”小敏就说，那么用英语来试试，怎么样？骂Fuck，于是，安安一下子张开了口，大声叫起来：Fuck，Fuck！我想说的是，当你想脱胎换骨的时候，没有比换一套语言体系，效果更加显著，可以更快地抵达目的。在这新的、陌生的、代表着现代性和全球性的语言体系中，你的所有的教养，道德观念，价值论，全会模糊隐退，事情就这样奇异地转变，而生活则变得暧昧了。

当我的描述从八十年代走来，越来越逼近“现在”这个时间概念里的情形，我感到要找到合适的小说，就有些困难，还是前边说过的那个观点，小说总是回溯过去，因为认识是需要时间和距离的。尽管有许多急切的写作者，写下许多当下的故事，可我宁愿将它们看作现在生活的现象本身，而不是描写，中国有句古话，叫作“人在事中迷”，意思是人在处境中的时候，其实是认不清处境的。所以，我就试图以讲述事实，来描绘今天，我们所处的环境。

我想讲一个有趣的故事，就发生在我和日本著名作家，前辈加藤周一先生之间。我为这件故事起名为：给加藤周一先生写信。一九九七年，加藤周一先生来到上海作家协会，我有幸参加座谈，聆听先生的教诲，在这之前，我读过《世界文学》翻译刊登的先生的著作《羊之歌》，其中写道太平洋战争爆发，实行灯火管制，而小说的主人公“我”，却去看“文乐”，只有四五个观众，可依然按时演出了，于是，眼前便呈现出一个可怕的与现实完全不同的世界。我很崇敬先生的思想，所以，见面时带去了我的一本小书，送给先生。想不到，时隔几月，收到了先生的信，宽厚地夸奖了我的小说。信是写在一张紫色的薄而结实的信笺上。接下来，故事就开始了。我当然要给先生写信。于是，我郑重地着手准备，而我很快就为难起来，我找不到合适的信纸。我们通常用的信笺，都是单位里统一印刷，上面印有“上海作家协会”地址电话的字样，看上去就像一份公函，而且显得我们没有私人生活似的。我就到商场去买信纸。如今，四处都是Shopping Mall，在偌大的Shopping Mall里买一叠信纸，可谓大海捞针，我终于找到了信纸，可质地粗糙，纸张薄脆，上面印的行线粗细不一，歪歪斜斜，并且，因为长久没人购买，边缘破损或是染了水迹。我想是因为如今已很少需要写信，通讯发达的时代，写信变得那么落后。可我必须再找信纸，我无法想象与加藤先生打电话。后来我在一个昂贵的商场，看到一种洁白整齐的纸张，隐印着行线，显得还雅致，可是再一看，却见底下有东京制造的标记，这似乎不妥，难道我就找不到一张本国生产的信纸？何况中国是发明纸的民族。于是再继续寻找，然后就在一家小文具店里看到一种鲜艳的信纸，每一页上印了不同的花样，还配了诗句，比如月亮下的一条小船，诗句是，让我这艘寂寞的小船，驶进您温暖的港湾，这少年浮华，于我于加藤先生都太不合适了，简直有轻薄之嫌。万般无奈中，有朋友为我建议，干脆就用最古朴的毛边纸，返璞归真的意思，可是等毛边纸到了跟前，我发现我根本不会写毛笔字。写信的事一拖再拖，时间就到了二〇〇二年春天我随上海友好协会代表团访问日本，在东京期间，我上门拜访了先生，我就带了一叠毛边纸信笺，当面递交给先生，并且向先生讲述了这个写信的故事。故事到这里还没有完，先生为这个故事又缀上了一个结尾，这结尾就是，就在那一年的秋天，加藤周一先生再一次来上海，我陪先生晚饭，先生竟然为我也带来了信纸，美丽的，精致的，文雅的各种信纸，七夕笺，因州笺，王朝继纸纹样等。

这就是"给加藤周一先生写信"的故事，我觉得这故事从某种角度写照了我们这个时代的尴尬处境，一种富足与匮乏，发展与缺失的矛盾处境。二〇〇〇年的时候，我在上海译文出版社出版的杂志《外国文艺》上，读到过日本女作家村田喜代子的小说《蟹女》，由于日本先发展几十年的时间，写作者就获得了打量物质生活的从容的时间。所以，我也想用它来映照我们目下的生活。小说写一个精神科女病人与她的医生的谈话，这位女病人病症是，她总是被过度丰饶幻想所迷惑，她向医生讲述，小时候，那是在战后，衣食紧缺，她与小伙伴玩偶人游戏，用剪刀剪纸衣服，她们剪了许许多多的纸衣服，纸衣服从地板上堆起来；然后是"方舟游戏"，假设她们像《圣经》中的诺亚，造了一艘方舟，躲避大洪水，她们想象她们的方舟，容纳了越来越多的人，牛羊，鸽子，满坑满谷；再然后是登山仪式，在日本的传统节日里，日出之前就开始上山，等日出以后，登山的人越来越多，遍山皆是；再有家族，亦是越来越庞大；最后是生育，她想象自己生下无穷无尽的儿女，甚至牛羊，就像“地母”。总之，每一种状态，都是多，并且有繁殖力，于是，越来越多，包括她在讲述时看医生吃饭，便当里的牛肉汁，也在变得稠厚丰饶。这真有点像我们的时代，什么都是多，多了还要多，有一种无法控制的力量在推动着这种奇怪的繁殖力，而生活却变成不真实的了。

现在，我要说到“未来”——我的主题，也是我讲述的登陆地，我该如何来预测未来呢？我根据什么来推断未来呢？这实在是一个难题。对这茫然的前景，我不由又要到小说中去寻找，去寻找小说中那个“生活应该是怎么样”的面目，至少是反映了我们的期望。对未来，我们也许只能说出我们的期望。

还是在那本《外国文艺》的杂志上，一九九七年第二期翻译发表了日本作家神吉拓郎的短篇小说《鲑鱼》。小说写得非常单纯，以一个妇女给她的闺阁好友写信，信刚开头便中断了，原因是出走的丈夫突然回家。过了数日，才把信结束，信中这么写：“四年外出之后，突然他回来了，就那么死了……他完全像鲑鱼那样，拼命地溯流而归。”我的用意不在丈夫回家不久死去这一个意思，而是“拼命地溯流而归”，丈夫出走的原因，在外面如何度过四年的时间，又为什么突然拼命要回家，小说全然没有叙述，但是这位男人却给人一个非常寂寞的表情，在这寂寞的表情之下，有着如何激荡的内心活动呢？他终于是“拼命地溯流而归”。回家，此忽有了一种令人感动的意向，它也许能给我们，指点一个未来的可能性。

关于“回家”的观念，我新近还读过一篇小说，更为详细地描写了它的内容，那是发表在《上海文学》今年第六期上，一位年轻的写作者李约热所写的，名为《李壮回家》。小说写中国内省鄱阳湖畔一个叫千张镇的渔村，那里有个青年叫李壮，李壮在省城读了师范，在村小学做一名教师，他一心一意要离开他的家乡，这是一个衰败的家园，鄱阳湖里的鱼越来越少，父亲捕鱼捕得伤了腰，哥哥炸鱼没炸到什么鱼，倒炸瞎了一只眼睛，镇上愿意嫁给李壮的姑娘杨美有狐臭，患过小儿麻痹症，所以一条腿长一条腿短，而且，已经和十二个男人睡过觉了。李壮终于去了北京，去了北京之后，每隔几天就给瞎眼哥哥和驼背爸爸写信，已写十几页，写来写去，就是北京的长城、故宫、天安门、王府井、颐和园，或者是十三陵、卢沟桥，北京的防空洞，后来家人们发现，李壮信中所写的一切，都是从一本《北京名胜古迹录》里抄来的，那么，李壮到底在哪里呢？在做什么？有什么样的遭际？就在这时候，家乡发生了最后也是最彻底的变故，那就是政府决定，对千张镇进行生态移民，就是说这地方已被科学论证不适合人类居住，因此就把居民全部迁徙到邻省广东去。父亲和哥哥为了等李壮回家——他们相信李壮一定会回家，而他回家，就只能回千张镇，于是，他们一直拖延到最后一刻，才恋恋不舍地离开了千张镇，去到广东省内的新家。可是，到了中秋节，瞎眼哥哥独自一人来到千张镇，他想中秋节这样团圆的节日，李壮一定会回家。——我以为这是小说中最抒情也是最有意味的图画——瞎眼哥哥回到千张镇，千张镇已变成废墟，街道上长了草，房屋都空着，瞎眼哥哥就在这些空荡荡的房屋里游荡，今天睡在这里，明天睡到那里，然后有一天他睡到了那个想嫁给弟弟李壮的有狐臭、跛脚、和十二个男人睡过觉的杨美家，就在这天夜里，李壮回来了，穿过空无一人的街道，直冲着杨美家的洋房，越走越近，大声地喊道：杨美，我爱你！

我不试图分析小说中的每一个细节，进行比照和象征，我只是感觉到，这小说的主人公李壮，非常勇敢，他敢于走出去，然后又敢于走回来，他担负起的命运，其实非常沉重，沉重到不是一代人，而将是几代人的使命，所以我以为他不是一个真实的人物，而是产生自想象。可说是类似英雄的那样一种人物。因为，当他终于回到家乡时，家乡已经变成荒凉的废墟，我希望我们的未来能够更加幸运。

谢谢大家！

二〇〇四年十一月八日

教育的意义

——二〇一二年复旦大学研究生院毕业典礼发言

同学们：

下午好。在这个庄严美好的时刻，能够代表导师们做一个发言，感到荣幸，感谢大家给我这个机会。

你们更上一层，完成学业，真是令人欣喜的事情，我为你们高兴，更是羡慕你们。我没有受过正统的高等教育，是我终身遗憾，也因此对学府生活心向往之，可说是个教育信仰者。请不要把我当作一个在大学门外完成教养的范例，事实上，倘若我能在学府中度过学习的日子，我会比现在做得更好。以我这样一个对教育没什么经验的人来看教育，一方面是觉得深不可测，你可能穷一生也不能略知一二；但另一方面，似乎又很简单，那就是——有时候，我会庆幸自己是一个具有阅读能力的人，我想，假如我不能阅读，生活将是多么凄惨啊！受教育也许就是这样，使得人生变得有趣一些，不那么无聊。在今天这送别的时候，我不打算对你们谈论深奥的那一方面，因为那可能不是由我来告诉你们，而是需要你们和我们共同探寻，一代又一代，永远也得不到完整的答案；所以，我只想对你们说些浅显的嘱咐。

首先，我建议你们不要尽想着有用，而更多地想些无用的价值。这个世界上有用的事物已经太多了，所有的因果逻辑都是循着用途连接和推动，那些边缘的次要的性质从因果链上碎裂下来，被淘汰出局，生活和人生本来是弥漫的氤氲般的形状，质地也具有弹性，如今越来越被过滤干净，因而变得光滑，坚硬，并且单一。今年千分考面试的时候，我与一位报考临床医学的考生面谈，我们谈到医学伦理的问题，她说“安乐死”是一种奇怪的人道主义，我问为什么？这位女同学说，一个人的生与死不能用意义来核算，我说，你的意思是还有感情的因素，也就是关系到他的至亲、家人？她说也不是，而是——她思考了很久说，生命本身就有价值。我希望我们学校不要错过这位考生，她解释了我的关于有用和无用的观念。

其次，我希望你们不要过于追求效率，效率总是以目的论的，事实上，我们都是处在过程中，这大约可说是生活的本质，只是这过程越来越被划分成细小短促的目的，偷窃了我们对未来的观念。乔布斯确实改变了世界，但是让世界更好了还是更不好，远不到下结论的时候。后来的人们，会不会以为，存在就隐藏于那苹果机的屏幕之后，所有的到达与归来就在于手指头轻轻的一触碰。无论是体能还是智能的劳动全被缩减成零，我们还能做什么？又还需要做什么？不做什么，是更幸福了还是不幸福？在效率至上的社会里，过程被轻视成为一种累赘，它核计为成本，然后被压缩甚至消除，为演算的方便考虑，它概括为符号，在这人工模拟的系统里，我们如何认识存在的实质性呢？假定说我们可以放弃认识的权利和义务，我们又如何去确定我们的目的？

第三，我劝你们不要急于加入竞争，竞争难免会将你们放置在对比之中，影响自我评定。竞争还会将你们纳入所谓主流价值体系，这也会影响你们的价值观念。而我希望你们有足够的自信与主流体系保持理性的距离，在相对的孤立中完善自己。倒不是说要傲视社会，而是在时间的长河里，人类史只是一个阶段，我们所处的时代是阶段里的阶段，所以，在我们可视的范围之外，实在有着更大的价值，而竞争会限制我们的参照物，在一时一地以内选择标准，决出胜负。而胜负的概念也是我们要警觉的，因为这里面已经潜在着不公平，只是用措辞平衡了合法性。

最后，我想说的还有一点，今天的教育确实有着许多问题，有一些还相当严重，可是无论怎么样，教育也不会因此而损失它的意义，它是迄今为止，最有可能公平地给予我们变好的机会，不仅使同学你们，也使我们，单是想着，你们慷慨地将青春交给我们负责，就不敢有半点怠惰。感谢同学们！

二〇一二年六月二十九日

在同一时代之中

——二〇一三中国作协青创会发言

领导们，同行们，朋友们：

大家好！

在这样的盛会上发言，在我既感到光荣，同时也感到困难，我说什么好呢？照理应当说些鼓励的话，可又觉得我自己才是更需要鼓励的，写作了这许多年，难免会感到疑惑，时常问自己，写作究竟是为什么？写作又究竟是什么？写作得越久疑虑越深。最初时候的猛进，在日复一日的劳动中消退，单纯的激情也在平息，随着操纵这一职业的熟练，创造的欲望也在降低，仿佛得了职业病，就像王蒙老师在他的小说《组织部来了个年轻人》里，那个资深的布尔什维克刘世吾说的，“炊事员的职业病是缺少良好的食欲”，顺便说一下，生活中的刘世吾真是多，随时可遇。写作者也有职业病，我想就是虚无主义，我们终日都在思想和表现，生活应该是什么样的，人应该是什么样的，我们用文字在纸上企图建立一个虚拟的世界，结果是将自己都变成虚拟的了。在这个离开年轻却又没有完全觉悟的年龄里，实在是低沉的，让一个沮丧的人来鼓励你们，能说出什么有力量的话呢？

那么，就谈谈我的经验，是不是能对你们有所贡献，这个主意却带来新的困难。我们的经验看上去果然是与你们的很不同，但不同的这一部分很可能会使我们像个“九斤老太”，想想自己年轻的时候，对年长者说话多么不耐烦啊，“陈谷子，烂芝麻”就是用来形容老经验的，反过来，“不听老人言，吃亏在眼前”的说法，且像是一种恐吓，胁迫着人们来听自己絮叨，我也不希望变成你们讨厌的人。而在另一方面，我们的经验其实和你们的似乎也没什么大不同的，无非是挫败，迷茫，焦虑，犯错误。情节和细节也许不一样，可内里的实质却是相近的。有一部青春片的名字很有意思，叫作《那些年，我们共同追过的女孩》，“那些年”三个字取消了所有时间上的差异与隔阂，真是的，谁没有追过或者被追过呀！这个话题就也被否掉了。

然后，或者，我们一起来讨论讨论写作的技术问题，就是说，怎么才能写成一篇好作品，在我，就是好小说。这些年，我在复旦大学中文系开课教授写作实践，积多年的教学，大概可以说些什么。然而，在这里我不得不向大家坦陈，真正的写作是无法教和学的，小说课堂更多的是施加某种影响，使学生们对文学建立信任和亲近，这也是我所认为的文学教育。我从没有期待课堂上诞生一个作家，因为作家是需要天赋的，当然，有了天赋还要刻苦用功，但刻苦用功不也应当算在天赋里面的吗？和任何一种天赋一样，写作自有它特殊的需要，它要有超凡的想象力，就是我方才说的，想象生活和人应该是什么样的；而这想象又不能太离谱，不能将生活变成神话，人变成超人，生活还是生活，人还是人，所以，就要有对生活和人深刻的认识；接下来，我们要把想象中的生活、人化作文字，文字是一桩神奇的物质，它平凡到家用的流水账都是靠它记录，它又高深到哲人用它来建立著述，一方面它具体到日常的应用，另一方面它又是如此抽象，你说为什么一撇一捺要叫作“人”，“人”字拦腰一横要叫“大”，“大”上再一横则是“天”，“天”这个字就复杂了，不只是指实有的“天”，还指向自然大块的规律法则和约束。这就是写作者的工具，不是以手的灵巧，而是以心和脑的灵巧，不知经过多少时间的进化最后侥幸得到的才能，从何教起呢？

尽管有这许多为难，可是既然已经站在了这里，我就必须将发言坚持到底，我能不能谈些感想？在今天的日子里，很自然地让我想起多年前我参加青创会的情景，那是一九八六年末或者一九八七年初，开幕之前，在工人体育馆举行一场文学晚会，由我们自己发起和组办，总导演是张辛欣，她写作的《在同一地平线上》引起极大的反响，现在她定居在美国，但还继续着汉语写作。记得开场部分是三代作家亮相，第一代冰心先生以一束追光象征性地到场，接下来是张洁，她可说是最早恢复个体在文学里的合法地位，开启新时期文学又一重帷幕，第三代的代表，就是我们中国作家协会的铁凝主席，她是知青作家中间最年轻的一个——晚会中，而知青作家则是八十年代的年轻人。看起来，人和事还是在变化，而且变化很快，可作家不是永远都在跟踪着变化中不变的，我们称之为“永恒”的性质！那一个晚上的年轻人已经不再是年轻人，常常会有人说：我是读你们的书长大的。这话一方面让人感慨时间过去很快，都有人看着我们的书长大了，另一方面呢，又觉得事情并不应该如此，因为传统并不是在二十年、三十年甚至五十年形成的，它不只是一本或者几本书，而是一脉思想，“读着长大”的应该是更久长深远的作家和书，比如曹雪芹、比如托尔斯泰、比如鲁迅，那也是我们正在读着并且成长着的。事实上，我们和你们，是在同一个时代，呼吸着同一个天空下的空气，经历着同一个历史，用当年的总导演张辛欣的说法，就是“在同一地平线上”，创造着同一种传统。那一年的青创会，在我个人还发生一桩重要的事件，那就是与萧军先生见面。在一个晚宴之前，有人领我去见萧军先生，在场的还有骆宾基老师。重要的不是和老师们说了话，又得了他的签名本，而是面前的人，是和萧红共同生活，互相参与命运的人，是亲耳聆听过鲁迅的教诲，扶过先生的灵柩的人，是五四新文学发轫的亲历者，我们今天所写作的小说，自然有中国小说的影响，但更是得五四启蒙主义的精神，是他们，将中国小说从《海上花》《目睹二十年之现状》《何典》等，对现实的沉溺中引领到人生和理想的严肃面对。和萧军先生面对面，分明是在经历着一个历史，隐藏在日常生活后面，却提升着日常道德原则的历史。今天，不仅是萧军先生，骆宾基先生，连同辈人史铁生也成故人——史铁生，在那个文学晚会上也没有到场，他觉得坐着轮椅上台也许挺有舞台效果，但这样的戏剧性，不合乎他的，也是文学的本意，所以只是播放了事先的一段录音，他的话我还记得，意思是历史承担了责任，路还是要我们自己走，八十年代正是一个批判和反思的年代，他提出了自己的责任。史铁生走了，还有路遥、邹志安、王小波、陆星儿、赵长天……我们这一代的人都进了天国，可是还没有来得及建立一个传统，所以，千万不要再说“读你们的书长大”的话，我们的书并不足以使你们长大，再有二三十年过去，回头看，我们和你们其实是一代人。文学的时间和现实的时间不同，它的容量是根据思想的浓度，思想的浓度也许又根据历史的剧烈程度，总之，它除去自然的流逝，还要依凭于价值，我们还没有向时间攫取更高的价值来提供你们继承，所以，还是和我们共同努力，共同进步，让二十年三十年以后的青年能真正读我们的书长大。谢谢大家！

二〇一三年九月

相逢俄克拉何马

——俄克拉何马大学发言

这是我第一次飞往俄克拉何马，经过半个地球的路程，来接受“纽曼华语文学奖”。这个奖项所激赏的代表作是写于二十四年前的长篇小说《纪实与虚构》，据我了解，这部小说并未翻译成英语或者其他外国语种，于是，越过距离、时间、语言，我和它又一次相逢在纽曼华语文学奖，而这些隔离与邂逅又正是这部小说——《纪实与虚构》所试图给予描写的。我从“我”在浩瀚时空里占位的一个点，辐射出去，尽可能抵达更深更远，用文字——我们的方块字，仿佛一种图案型密码，扩张一个大“我”的世界。这项工作从开始起，就决定它徒劳的命运，时间是无形的，空间也是无形，文字呢，有形，一个一个，却是谜语。中国自古传说，先祖仓颉造字，鬼夜哭，天雨粟，意味什么？我猜想意味天地透露给人类一点机要。这一点机要，像是精灵，闪烁不定，你往东，它在西，你往西，它又在南。又像禅语，不能说，不能说，一说就是错！如此这般，无形加无形再加错误，就是小说《纪实与虚构》。

感谢评委，尤其感谢推荐人，将这部早已遗漏于视野之外的荒谬之作打捞出来，至少让我自己觉得，二十多年前做了一件对的事情。不仅是我，还是小说，虽然错中错，但留下一个错误，也算是提供一个线索，去向虚空茫然追寻“我”的存在。回想写作的当时，还很年轻，心力和体力都有一股子野蛮劲，倘若是现在，也许就会生畏，然后放弃。这活计真不好做，用虚空的家伙，在虚空的大块里，挖掘一条虚空的隧道。我记得那个暑天，早上开工，中午打尖儿，提着饭盒走到户外去买午饭。太阳当头，蝉鸣鼓噪，眼前闪着晶亮的树叶上的反光，恍如白日梦中。折返户内，吃完午饭，坐到书桌前，空白的稿纸上，中断的横切面里，再一次进入，就觉得回到现实。傍晚时分，西去的光线柔和下来，现实和梦境的边缘不再那么尖锐，软化成类似液体的性质，滑润、透明、胶着、富有弹性，劳作也使人疲劳并且妥协，于是，衔接处变得模糊、暧昧、合二而一。这样的交融状态在下一日的黎明时刻再又分裂，断口坚硬，甚至比上一日更加陡峭，跋涉则更加艰苦。

事实上，它代表了所有的写作，只是在它，由于内容的关系，就成为显学。倘若是一个具象的写实的故事，进来和出去会比较顺利，因为笔下的世界和真实经历的生活有着同一的表象，而《纪实与虚构》断然不同，它将存在分割成两部分，互相混淆，彼此难辨，因为每一部分自有存在的理由。实体性的生活如此具体，感官的亲历源源不断补充储备，更新经验，纸笔间的虚拟世界则不时面临枯竭，危机重重，它们建立在形而上，要求着更为严苛的逻辑，向哪里索取呢？山穷水尽时候，我去到图书馆，捧来一堆故纸，严格的图书管理员检查我的随身物品，不允许有洇染和污损字纸的携带，比如墨水笔，茶水罐，湿手巾，这使人产生幻觉，似乎眼前的书籍其实有仙缘，稍不留意，就会触动魔咒，消遁得无影无踪。一方面我更加确信，其中就有我要的，另一方面，又击退我的信心，因为我要不到。那个我企图结构起来的形而上的存在，建材相当可疑，仿佛莫须有，但我一定要它有，并且以为，要它有，它就有，因为，我需要。

这种强行的需要，实际上很张狂，它的张狂在于竟然无视知觉的局限，非要超出知觉，认识知觉以外的世界。就是说从“我”出发，走到“无我”的时间和空间，为“无我”建筑一个乐园，以有限建筑无限。我又没有称手的工具，就像旧石器时代的原始人，同时呢，却掌握了高度文明的产物——文字，是文明时代的原始人。文字这东西，你说有就有，说没有就没有，它也是有仙缘的，魔咒一念，顿入乌有。张狂的背后又有一种虚弱的怀疑，怀疑“我”的存在，从哪里来，往哪里去，放眼望去，左右上下都是“无我”，“我”在其中坠落，准确说是失重地漂流，得一个立足之地刻不容缓。拿什么来救你，从“无我”中生出一个“我”。

回过头去，再看《纪实与虚构》，禁不住有些胆寒，放到现在，也许真不会做这无用功，倘若做，亦当以迂回和借道的方式，而不是这般直接，开宗明义“创造世界方法之一种”。透露一个小秘密，最初时候，我曾起书名“创世纪”，可见有多么大胆，幸好没有，否则，也许就会因渎神遭谴。为了让他人也让自己信服，我顾不得误解的危险，使用过多的真材实料，有历史的亦有个人的，所以，它常被判定为家族史和自传体，又正逢家族写作的风潮。现在，我已经不反感纳入潮流，我们总是自觉和不自觉地被风潮暗示，风潮是个好东西，它顺向或者逆向地推动你，推你上路，一旦上路，你就可去往任何地方。就算是“自传体”也不错，“无我”之中，唯有“我”才是有形，从形走向形而上。年龄和阅历教训了我，时时处处提醒我是谁，越知道“我”是谁，就越知道“无我”的不可能，但这样的自知并不使人气馁，而是相反，更加向往，在“我”的边界，仰望无边无际的“无我”，真是深邃，你的目光将接壤处推远，推远，远到无限。

二〇一七年一月二十日　上海

辑四

文学史大约就是这样弥漫开来，氤氲般涌动，边界是模糊的，又是错落的，也许在很长时间段的重复之后方才突破一点，冒出新元素，所谓铺路的石子，指的就是这种重复。在重复中增量，同时介入个体的经验和想象，最后达到质变。所以，并不是简单的重复，而是渐趋渐进。

音乐生活

一

初到维也纳，见识的第一件事，就是兜售音乐会票的“黄牛”。“黄牛”们看起来相当职业化，身着古代宫廷服装，假发、绑腿、白手套、镶金扣的大红紧身衣——最常见的莫扎特的装束形象就是这一款。后来，凡看见这帧画面，无论是印在巧克力金箔纸上，还是马克杯、购物袋、T恤衫、铅笔，想起的不是莫扎特，而是“黄牛”。在维也纳国家歌剧院门前，一位着盛装的“黄牛”向我们推销当晚的芭蕾舞票，可我们意在次日晚上的歌剧《马侬》。那是法国十九世纪浪漫主义作曲家马斯内（一八四二年至一九一二年）的作品，作品以抒情美艳著称。他流露出为难的表情，因为那票不好搞，所以价格不菲。在他银色的假发底下，是一张沧桑的脸，他绕开《马侬》，又回到当晚的芭蕾，一股劲地赞扬，态度无限恳切，眼睛里则透着精明，使我想起一类人物，就是上海弄堂里的“爷叔”。虽然人种、所在城市不同，照理生活背景也不同，可是奇怪地相似着——有些江湖气，又是保守的；挺会算计，却不无豪爽；有一些些市侩，又有一股子义气。看到我们坚持《马侬》，他便很大度地领我们到另一位“黄牛”跟前，原来，他们之间是有分工的，这一位大约专司芭蕾票，那一位则负责歌剧，但显然他更希望我们购买另一场交响音乐会的票，对于销售《马侬》兴趣不大。后来，我们知道，《马侬》很叫座，能够由他们支配的票子自然也就有限，我甚至怀疑有还是没有。买卖没有成交，可已经彼此认识，下一日，再看见我们，老远地，那“爷叔”便大喊“马侬”，而从此我们也给他起了个名字：马侬。

“黄牛”们手里多持有一本册子，里面是剧目的照片与说明，“爷叔”则是徒手，显示出在这一行的资历以及业务的熟练。他们散布在游客聚集的每个地方：斯蒂芬大教堂周围的空场，金色大厅附近，马术学校门前，市立公园约翰·施特劳斯像或者城堡花园莫扎特的像底下，那里总是有观光团体照相留念……推销的心情虽然殷切，却绝非猴急，保持着一定的风度。天底下的“黄牛”都难免是油滑的，维也纳的也不例外，但要优雅一些，是服装使然，还是文艺复兴的浪漫主义遗风？头一回去斯蒂芬大教堂，如此庞大的一座建筑，几百年时间里，从主体不断派生繁衍配殿和副楼，占去整整一片街面，不知如何得门而入。绕着墙角走，或是被修葺的脚手架篷布阻断道路，或是铁栅栏，或是紧闭的门，有一处门倒是开着，陡直的石阶通往地下室，只出不进，一名导游守在石阶上，向上来的观光客收钱。出来的人不知是因为从暗处到了日光下，还是有别的原因，个个神情迷离，就像是从地狱出来，而那个导游——是又一个“爷叔”，面相要粗鲁与蛮横许多，他就像地狱的守门人，收缴买路钱，问他如何进去，他简捷地回答说：每人四欧元。再向前去，最后到了广场，正四顾茫然，一名“黄牛”过来搭讪，打开宣传册子，一一介绍。可我们无心买票，执意要进教堂看看，就询问怎么进去。这其实有些犯规了，他是卖票，并没有指路的义务。他本可以回答不知道，可是他昂头看着空中飞翔的鸽群，说：飞进去！另有一次，我们打听周日上午，哪一个教堂的大弥撒演奏十九世纪维也纳作曲家布鲁克纳的弥撒曲，曾经在某座教堂门上看见通告，过后却再找不到那座教堂，于是，又向一名“黄牛”打听。这也犯了规，“黄牛”负责的是商演市场，教堂里的音乐会不在他们的司职范围。但这位尽责的“黄牛”还是抓住时机向我们推介音乐会，将他的宣传册一页一页翻给我们看，但见我先生没有兴趣，便将册子合拢，臂肘对我一弯，说：他不带你去音乐会，我带你去！

后来，我们在歌剧院的票房里买到了《马侬》的票。下午的歌剧院的前厅幽暗冷清，与外面的“黄牛”世界相比，真是冰火两重天。灯暗着，只票房内亮着，临窗坐的票务员无论长相还是神情，都与斯蒂芬大教堂地窖的导游相仿，也像美术史博物馆的票务员，还有兜揽生意的观光马车夫，他们看起来就像是一个人——中年，壮实，粗粝，四方的脸型，面部有横肉，这就使他们看起来有些凶，但也许只是厌倦。向他买当晚的歌剧票，他出示了座位图，最便宜的站票总是最先告罄，只有次便宜的楼座上两侧的票，却不能使用信用卡，因为票是退票——我十分怀疑就是门口的“黄牛”返回给他的剩票，此时离开演只有几小时的时间了，谁又知道在这项黑市交易中剧院的票房担任什么角色？这倒与我们无碍，然而，更大的陷阱却在之后才暴露。其时再回想，这位“爷叔”的动作就十分可疑了，他很琐碎地将票子从这个信封倒出来，又倒进那个信封，这两张对对，那两张配配，摆弄来，摆弄去，直到人失去耐心，才将两张票交到我们手中。交割完毕，走出剧院，高高兴兴的，就等着晚上看戏了！

事情看起来很顺利，早早就到了剧院。观众们似乎都很性急，拥在前厅里等待入场，票房前则蜿蜒着一支队伍购买退票。两位领票员各守一具楼梯，以倒计时的精确度等待入场的那一刻。终于秒针走完最后一圈，两人共同举起双臂欢呼一声，仿佛迎接一个重大的庆典。簇挤在楼梯下的人们转眼间分散了，似乎被高大的穹顶吞没。正厅、楼座、包厢里空荡荡的，人都不见了，只在最后排的站票席栏杆上，系了一排围巾领带手绢，表示占了位置。但依然有一种激越的情绪，在疏阔的空间里流动与聚散。撞上这一日的演出相当幸运，乐队是著名的维也纳国家歌剧院团，饰演马侬的女演员则是正当红的俄罗斯新秀涅特布克，她的传奇故事伴随名声在全世界的爱乐者中间流传。故事说，涅特布克本是圣彼得堡马林斯基剧院的扫地女工，偷偷学艺，终遇伯乐，然后一举成名。流传的过程中，不知增添有多少枝节，使之越来越接近一出美国旧电影《卖花女》的情节。听一对早早到场的母女和领票员聊天，领票员对女儿说：你母亲说的是什么话？好奇怪！女儿说：她说的是俄语。原来这是来自俄罗斯的客人，大约专奔了涅特布克而来。观众中多有旅游者，穿着旅行装束，甚至携着背囊和拉杆箱，行色匆匆。于是，歌剧院也不得已放弃了着装上的清规戒律，允许任何服饰的观众入场。满场看去，却也有一半以上人数遵守古训，盛装出席。显然是本地人，不仅在仪表上，连同神情态度，都流露出安居的闲定从容。这部分观众，往往到得比较晚，临开场几分钟才姗姗迟来，显示出是这城市的主人，歌剧院离他们家大约只有几步之遥。问题就出在这里，而我们浑然不觉。

第一遍铃声响起来，剧场里变得喧嚷，人越来越多，站票席上的观众也都逛回来了，插蜡烛似的挤簇着。大幕静默地垂着，显得遥远和深邃。就在这时，领票员引来一个老人，年纪约在八十上下，穿着郑重，表情威严，他的座位竟然与我们中的一个重叠。他看了我们的票，遥遥地对了左侧一指，然后便在座位坐下，再不理睬我们。这才发现，我们的票子其实是分开在左右两边，我们白白早到这么长时间却没有仔细核查，领票员也没看出这个错误。时间已经很紧，必须在第三遍铃声之前赶到属于自己的座位。歌剧院的楼座极宽阔，这边到那边似乎有半站路的距离，而我们还存妄想，也许有可能在那一头换取并列的座位。分开坐也一样看戏，但对于旅行生活终究是扫兴的。那一头，相邻的座位上是一位女士，虽然没有着晚装，但也穿着整齐端庄，风度相当文雅。她一看情形，立刻明白了我们的处境，她站起身，拉住领票员，急促地对话几句，从态度上看出，她是要得到应许与我们换座，回答是可以，你们自己决定，于是迅速将她的票塞进我们手里，抽走了我们的，临别时，对了我们无限的感激，还来得及诚恳地说一句：没关系，好好享受！转眼间消失在这一侧的通道。第三遍铃声中，我们翘首以望那一侧她的身影出现，倘若晚了，便不能入场，只得等待第二幕。就在铃声落地，指挥台灯亮起的一刹那，她冲下观众席，并且看见我们。她伸手大大地向我们挥动，序曲响起了。

事后我们难免要讨论这一次小小的事故中的教训，当然，随之而来的必是那一个温暖的际遇，它使这陌生的城市产生出类似乡谊的感情。我们无疑是遇到好人了，她那么娴雅，亲切，热情，显然受过好的教育，是一名知识女性，也许就是音乐圈内的人，热爱歌剧，不料被两个外国人打扰了，没有一点怨色，反而成全了人家。那位老人呢，不好也不坏，能够一个人来看戏，总要有点雅兴，看形貌也是中产阶级。没有家人陪伴，走过街道，天还在下着小雨，登上楼座，在逼仄的席间找到自己的位子，也不能指望他再做好人好事了。最坏就是那位票务员！两张单张的票可以想象多难出手，大约在“黄牛”手里也滞留了几日，最后返还给他。终于从天而降两个傻瓜，只关心票价，别的什么也不问，并且对维也纳的窗口服务极端信任，此时不出手更待何时？认真追究，黄牛交易其实都有内线，否则无从解释供货渠道，是票务员这类人担任着里外串联的角色。“黄牛”确是搞乱了市场，也搞乱人心，可是话又说回来，“黄牛”

却是畅通开放的信息渠道，是那位“爷叔”告诉我们可以穿牛仔裤入场，时代已经大不相同。他们将音乐会的节目单传递到四面八方，最偏僻的角落里都可见到他们的身影。相比之下，正规的窗口就显得冷淡、机械和傲慢，看起来他们也想有所作为，在景点上都设摊，有穿便装的职员向游客推销票子。在马术学校门口，曾有一位职员告诫我维也纳票务黑市的内幕，不外是低价收进，再高价出手，从顾客身上盘剥一层。但这些售票摊点显然不如“黄牛”活跃，放得下姿态，掌握更多的行情，同业间团结一致，互通有无，为人民服务的态度更殷切。而且“黄牛”有服装，他们没有，就显得职业化程度不够似的。在这资源与服务不对等的情况下，于是产生了票务员这类人物，他们坐收渔利。

走入音乐之乡维也纳，遭遇的人和事似乎多与高雅生活无大干系，倒是充斥了俗世的纷扰。就好比读罗曼·罗兰的《约翰·克利斯朵夫》主人公的少年情史，第一段“弥娜”最合乎爱情的甜美伤感；第二段“萨皮纳”，一个杂货铺女老板所诱发的情欲，罗曼蒂克多少打些折扣，但因为她意大利圣母型的长相，为她带来了文艺复兴的气息，就有了艺术性，再加上她超然物我的形态，似乎是尘世外人，又是那样无果的结局，作为一段哀史就也说得过去；紧接其后的“阿达”就离谱了——

那一回，克利斯朵夫结伴郊游的同伴都有些离谱，一个是银行的职员，一个是布店伙计，两位女伴是帽子铺里的店员。他们对音乐谈不上什么教养，也没太大的兴趣，只是慕他宫廷音乐师的身份。有意思的是，其中那位布店伙计倒是听过克利斯朵夫的作品，还哼出了一段，这就是德奥体系的乡民了。有一回在巴黎，星期六的早晨，遇见小酒馆走出醉鬼，吹的口哨是格里格的“培尔·金特”。倘若是在老北京的街头，拉住一个过路人，哼的大约就是京剧中的“小开门”了。话说回到阿达，女店员对于爱情终是让人扫兴，一个上班族，朝九晚五，自己挣自己花，当然要比流水线上的女工略胜一筹，不是出卖体力，更不是做人奴婢，出卖自由，可女工和奴婢自有一番哀恋之处，类似灰姑娘辛德瑞拉，无所依托，等来了白马王子，比帽子铺女店员适合做浪漫剧的女主角。

大街上的女店员，经济与人格都是独立的，无须依附于人，却也难免养成剽悍的性格，如阿达，何等的粗鄙啊！她和她的女同事，常是让克利斯朵夫不知所措——“她们不顾体统的好奇心，老是涉及无聊的或是淫猥的题目，所有那些暧昧而有点兽性的气氛，使克利斯朵夫极难受，同时又极有兴趣，因为他从来没见识过。一对小野兽似的女人说着废话，胡说乱道地瞎扯，傻笑，讲到粗野的故事高兴得连眼睛都发亮……”看起来，唯有阿达才能让克利斯朵夫真正开窍。像他这样敏感的天性，不幸又没有受过好的家教，在混乱的亲情中兀自成长，生理和心理可说都处在蛮荒中，不晓得拿自己的情欲怎么办。与萨皮纳在郊外客栈中度过的那一晚，两人隔了一扇门，激动得浑身打战，就是推不开门去。萨皮纳的障碍在体统中，身为女性，又是守寡的人，没有得到明确的表示之下，自然不敢轻举妄动，更何况是那样慵懒怠惰的性情，克利斯朵夫呢，主动权明明在他一方，而他坐失良机。到了阿达，情形则完全两样，她绝不会让克利斯朵夫漏网，事情凡到她手中，一律变得简单并且干脆。他们邂逅的当日就一起过宿，也是一家乡下小客栈，两具肉体不加犹豫地胶合一起。即便是女店员，即便是越过感情，直奔性的目的，如书中所写："情欲的巨潮把思想卷走了"，那一幕依然有着自己的神圣感——"整整的一生在几分钟内过去了：阳光灿烂的岁月，庄严恬静的时间……"克利斯朵夫的身体在一个女店员手里完成了嬗变。

罗曼·罗兰在克利斯朵夫的人生中，安排了许多力量型的人物，与另一类精神性人物，比如安多纳德、奥里维、格拉齐亚做平衡，第八卷"女朋友们"，其中有一位赛西尔·弗罗梨出场，那时克利斯朵夫身在法国，安多纳德已去世，奥里维交了女朋友，自有生活，格拉齐亚还未长大，进入他的视野，克利斯朵夫平静而寂寞地过活着，在一个小型音乐会上听到赛西尔的钢琴演奏，大为欣赏。赛西尔，二十五岁，矮而且胖，头发浓密，胳膊粗大，就像个乡下人，却是国立音乐学院钢琴头奖的得主。她出身市井，父亲活着时很窝囊，死后自然不可能为妻子儿女留下什么福利，兄弟且不争气，所以是由她赡养母亲，支撑家庭，日子过得很清苦。左右环视，似乎看不出有哪一点眷顾了她在音乐上的才能。倘若归结为天性，她的天性甚至与通常以为的艺术气质是背离的——“她为人正直，合理，谦虚，精神很平衡，一无烦恼：因为她只管现在，不问以往也不问将来。”总之，挺务实的，而艺术家不是应该纵情放任？赛西尔显然是乏味了。克利斯朵夫有时会很惊讶地看见——“音乐的光芒像奇迹似的照在这个毫无艺术情操的巴黎小布尔乔亚女子身上。”事实上，也许正是这样稳定的性格才让她担得起枯燥艰苦的训练，进入音乐的自由内心，攫取了乐趣。当今巴黎的音乐界，脱颖而出一位中国裔钢琴演奏家朱晓玫，从她的故事听来，大约也是赛西尔这样的禀性。当然，一个亚洲人要接近西方的艺术，是必有特殊的教育背景打开通道，而赛西尔，则是生于斯长于斯，就连朱晓玫那么点传奇性也没有，但在某种程度上，却可能更接近于事情的本质。

有一晚，克利斯朵夫来赛西尔家吃晚饭，耽搁晚了，天又起了风雨，就留下宿夜。睡在客厅里临时搭起的床上，与赛西尔的卧室只隔一层单薄的木板，听得见彼此的呼吸，可是却没有引起丝毫欲念，双方都平静入睡。关于赛西尔的故事就此波澜不惊地结束，之后，也没怎么发展。对于被称作浪漫史的小说，一个巴黎小布尔乔亚女子，大约再也提供不出什么惊艳的情节，所以，她只是在克利斯朵夫生活里相对来说的空白阶段，稍作填补，但却留下颇有意味的一笔，似乎暗示在欧洲浪漫主义抒情性的表面之下，其实是一种俗世的人生，它平庸却坚韧，结结实实的，是音乐生活的中流砥柱。

然而，罗曼·罗兰并不甘心就此放弃天才成长的奇峻性，稍作休憩，他继续要注入给“小布尔乔亚”澎湃的激情。我时常要揣测罗曼·罗兰在他本国的文学地位，为什么远没有达到当代中国的我们的期望。我们与法国同行谈论罗曼·罗兰，总是会产生分歧。在他们，当然，罗曼·罗兰也不错，是个有趣的作家，但是，并非那么重要；在我们，这位作家无疑影响了几代人，现在，还在接着影响下去。理由也许有很多，傅雷先生的译文华采斐然，他古今中外贯通，《约翰·克利斯朵夫》可说是一部长篇美文。在中国现代到当代，一批大学问家从事西文翻译，他们创造了一种新白话文体，远远脱出明清话本式的旧文体，又极大程度拓展和丰富了五四新文学文体。共和国以后生长的我们这一代写作人，多是在这译文体中教养学习。傅雷先生的意译几乎是将小说重写一遍，我们无缘阅读原文，就难以比较，证明是评介不同的原因。或者还因为，罗曼·罗兰的英雄崇拜不怎么对法国人口味。克利斯朵夫是个德国人，是理想主义的种气，而他天才的超强吸纳力很快消耗了日耳曼民族的资源，小说进行到三分之一的篇幅，卷四的末尾，惶急之中，踏上驶往法国的火车，他在心里叫喊："噢，巴黎！巴黎！救救我罢！救救我罢！救救我的思想！"将思想的拯救任务交付给法国，是身为法国人的作者别无选择的选择，还是一个有意的安排？小说第七卷"户内"开首之前，作者专有一篇"卷七初版序"，"序"中有这么一段文字："我要呼吸，我要反抗一种不健全的文明，反抗被一般僭称的优秀阶级毒害的思想，我想对那个优秀阶级说：'你撒谎，你并不代表法兰西。'"我们自然不能单听写作者的主述，一旦进入特定的情节，就有一种潜在的更强权的力量主宰人物的命运，但至少我们可以据此假设克利斯朵夫这个人并不为法兰西认同，人们可能更对雨果笔下的冉阿让、卡西莫多抱有热情，那都是被注入神性的存在；或者，索性从天上降到人间，降到左拉的"小酒馆"，抑或福楼拜的"包法利夫人"，以写实主义来做精微的分析与批判。而罗曼·罗兰不巧正在中间，他没有神，亦没有凡人——有凡人，但不是为他们自己而存在，而是为英雄的诞生做铺路石。英雄，就是罗曼·罗兰的世界。

当克利斯朵夫在巴黎闯下大祸，再一次逃亡，越过边境，去到瑞士，投奔同乡哀列克·勃罗姆医生。说起来很有点意思，勃罗姆夫妇与包法利夫妇有许多相似之处。勃罗姆他们所居住的小城类似包法利后来迁往的永镇，风气保守狭隘，生活难免枯乏。先生们都是医生，都有一副好心肠，亦同样是乡下人般颟顸的性格，头脑平庸。太太们呢，都具有比丈夫高一筹的才情，内心丰富。两位太太年少时的教育也有着共同之处，都是在宗教生活中长成，爱玛是被送进修道院，阿娜——勃罗姆太太则是在宗教狂祖母手下长大，老太婆将这个儿子的私生女看成"罪恶的产物"，让孩子过着苦修般的了无意趣的生活。所幸她们都遇到婚姻的机会，避免了老姑娘的命运，可世事难料，日后她们都发生了婚外恋情。不同则在于包法利夫人外表甜美可人，情致婉约，更合乎一个情人的罗曼蒂克气质。勃罗姆夫人的情形却要复杂得多，从外形看，她显然缺乏女性的柔媚，甚至是阴沉粗野的，"郁积着一股暴戾之气"，笑起来含着些杀气，身体是健壮高大僵硬——她的形貌举止多少让人想起

《简·爱》中，藏在阁楼上的疯女人，随时可能爆发出原始荒蛮的力量，一旦作用于爱情，那将是多么可怕的灾难！也因此，阿娜的感情就更具有严肃性，接近悲剧的崇高性。事情从开端起就显出不祥之兆。

有一日，宁静的小城忽然涌动起激荡的情绪，一对意大利姐妹爱上同一个男人，相持不下，决定用抽签的方法决定谁进谁退，所谓退让就是主动投入莱茵河。可是抽过签后，退让的那个却毁约了，于是两人发生争执，先动口后动手，最后又相拥而泣，结果做出一个骇人的决定，将那情人杀死！小城里，每户人家的晚饭桌上都在讨论这件情杀案，勃罗姆家也不例外，医生首先叫道"她们是疯子"；克利斯朵夫的意见是"爱就是丧失理性"；阿娜的态度呢，她平静说道："绝对不是丧失理性，倒是挺自然的。一个人爱的时候就想毁灭他所爱的人，使谁也没法侵占。"这样的爱情果真发生了，结局不难想象。福楼拜的可人儿爱玛是一死，死于债务逼困；罗曼·罗兰的阿娜没有死成，只得继续受罚，那是比死亡更残酷的炼狱。两个"布尔乔亚女子"，前者顺其自然被放置在现实生活该当的后果中，后者却被升华，升上十字架，成为女体的受难者。这就是理想主义和自然主义的不同价值取向，同时也与古典浪漫主义区别开来，古典浪漫主义的女主角是艾丝米拉达，从天上下降人世的埃及小女神。

勃罗姆夫人也是一位天生的音乐家，克利斯朵夫在琴上试奏他的新作，勃罗姆夫人不学自会，一下子唱出其中的精髓——克利斯朵夫大为惊奇，对歌唱者说道："我竟有点疑心这是我创造的还是你创造的。"阿娜的回答是："我不知道。我以为我唱的时候已经不是我自己了。"克利斯朵夫又说："可是我以为这倒是真正的你。"说来也奇怪，克利斯朵夫总是在平庸的市井中邂逅知音，他的创造者怀揣什么样的用心呢？

二

在一个阴冷的小雨天下午，来到莫扎特的故乡萨尔茨堡。观光客的人潮中，这市镇显得格外的小而逼仄。粉彩色的涂壁和小巧琐细的花饰，使它们就像玩具，木偶戏台上的布景。莫扎特的故居，在萨尔茨堡河两岸各有一处，都是狭小的公寓，可见出生计的动荡和拮据。穿过市镇的河面，与两边的街道相比，显得阔大，甚至有些苍茫，特别令人想起罗曼·罗兰的《约翰·克利斯朵夫》里，起首的一段："江声浩荡，自屋后上升。雨水整天地打在窗上。一层水雾沿着玻璃的裂痕蜿蜒流下。昏黄的天色黑下来了。室内有股闷热之气。"莫扎特的家里，如今拥满游客，整个萨尔茨堡都被游客覆盖了。雨水的潮湿气味壅塞了房间，有些郁结，但终还是散发出一股清新，因人群的流动带进新的雨水和泥泞。当年的隔宿气早被洗涤一空，无从想象莫扎特一家活动在其中的景象。有一间展室里陈列着那个时代的药材，细弱的草茎和黄白色的云母片，透露了对付疾病的无奈和挣扎，想到那个家庭不断有人夭折的命运，不由心生戚戚。

欧洲城市里的民居格式大致相同，贝多芬在波恩的故居记忆中差不多也是这样，都是公寓里的一套——几间相连的房间，木条地板，木百叶窗。在维也纳还去过海利根斯塔特的贝多芬旧居，在一条僻静的马路上，以收藏贝多芬一份未曾兑现的遗嘱而著名。走入一个小院，上一具木楼梯，贝多芬曾经在此短暂逗留。也许正处于人生的低潮，于是写下了这份遗嘱，可显然境遇又好起来了，或者说情绪的周期过去，便按下不提。居处是几进小小的套间，迎门赫赫然一具玻璃柜，陈列着后世称之为“海利根斯塔特遗嘱”的那份文件。参观者除我们外，又来了两名日本女生，大家都在留言簿上写下敬仰的字句。下了这一侧木楼梯，再上对面的楼梯，推门进去，门厅内坐一老妇人，向我们卖票，出示了方才的门票，回说不管用，因为是两个机构，对面是贝多芬研究协会，这里才是贝多芬真正居住过的地方。至于“海利根斯塔特遗嘱”，这里的才是原件，对面只是复制品。看起来，全世界各地都存在文化资源过度开发的问题。不过，实话实说，这一处更像是一个潦倒的音乐家的客居之地——只一大间屋子，家什用物比较多，显得拥簇，于是就有了些生活的气氛，可是，谁知道呢？多少年前一个房客，租住于此，那时候这里一定相当荒凉，是维也纳的远郊，没有人会注意这人是谁，来自哪里，怀揣怎样的心情，又将去往什么地方……所有一切故事都是在之后被丰富起来。如今的海利根斯塔特却有着一股宁静与明亮，并未染上艺术家阴郁的心境。街面上很少人，偶尔见有年轻的母亲领一群孩子走过，不知哪里有一个幼儿园或者小学校，喧哗声一波一波传来。巷口的空地上有一座贝多芬的立像，用粗粝的石材塑成，表情严峻，可更多的是餐饮招牌上的贝多芬画像，有些像啤酒招贴。教堂的钟声按时响起，钟声在蓝天红顶之间回荡，渐渐送远。

中午，我们在一家名叫“萨尔茨堡熊”的餐馆吃饭，门面很窄，走进去，门厅也很窄，窗台壁架上满满当当地堆着那种“萨尔茨堡熊”绒毛玩具，显得更加拥挤。可是却想象不到的纵深，望不断尽头，上楼打探，竟是惊人的场面，几乎有半条街的面积，而且全部客满，似乎海利根斯塔特的居民都集中到这里用餐了。女主人将我们安排在楼下临窗的桌子，点了菜人就不见了，邻座上一位先生主动过来服务，端这端那，看他稔熟的态度，就猜他是女老板的男朋友。而所有的客人都互相认识，全是街坊邻居。爱因斯坦也曾经在这里住过，不远的公寓楼前钉了一大片名人的铜牌，其中就有他的，算是一个老街坊。

在维也纳市里，还有一处贝多芬的旧居，寻找的过程且要曲折得多。向无数人打听，回答各不相同，天下着雨，从小雨到中雨，遂又成急骤之势。雨中走过来走过去，直到午前方才走进那幢公寓楼。贝多芬所居的那一套在四楼，按了门铃，大门便开了，这倒有些意思了，好像我们是与贝多芬预约的访客。推进去，经过穿廊，来到天井，天井的地面上铺了青苔，四周的后窗蒙了灰垢与水汽，窗下还有一具水斗，多么熟悉的景象啊！在上海殖民时期遗留的欧式公寓里，多有着这样的天井，被后窗一层层环绕，形成桶状，那窗户格子里，都是触类旁通的生活。沿楼梯上去，贝多芬的邻人们都闭着门，上班的上班，上学的上学，身后有一批来自美国的访客超过我们，楼梯上顿时脚步杂沓，家居的安宁被打破了。博物馆有两名职员，一个年轻人，看起来有些颟顸，另一个是老人，有一具断臂，显然是主事的，交割钱票，介绍须知，回答各种询问。贝多芬在此地租住的时间也不长，生活相当漂泊，但重要的作品也是在这个时期里写成。而莫扎特还未活到贝多芬命运跌宕的年纪，就早早凋谢，留给世人一个神童的印象。

时代已经变更，可在欧洲有时候却又觉得没多大变化。在火车站，猛一回首，所见那铁轨，电缆，隧道，站台，站台上候车的旅客——早春的寒冷阴潮气候中，男女多是穿黑色大衣，裹着围巾，刹那间所有的色彩都褪去，褪成黑白两色，成了黑白老电影，那些二战的故事片。或者，在塞纳河岸，对面走来的路人，他们的脸部线条，表情姿态，甚而至于手里牵着的狗，都像是从文艺复兴时期油画上直接走下来。在那里，有一种极其稳定的秩序，潜在于时间的深处。

萨尔茨堡的太阳一落山，未等暮色升起，就萧条下来。游客散去，商店打烊。和所有的旅游地一样，一旦游客离去，就剩下一个空城。市面冷清，扇扇门闭得铁紧，窗户里也看不见灯亮。试着推门，不料推开了，店堂里大约三成客。歌台上无人，寂寂地立着音箱，话筒，谱架，时间正介于狂欢之夜的前夕，座上客多是老派人。一个身躯魁梧的汉子安静地享用他的晚餐，砧板样的餐盘上是一具巨大的猪腿，汉子耐心且文雅地用刀切割，一片一片送进嘴里。这就是莫扎特的街坊吗？他让我想起《约翰·克利斯朵夫》里的“于莱一家”——众人都以为《约翰·克利斯朵夫》是为贝多芬作传，尤其第一卷“黎明”，作者自己都承认来自贝多芬的传记材料，可他同时也声明，约翰·克利斯朵夫不是贝多芬，他是贝多芬式的“英雄”，而千真万确，萨尔茨堡就让我想起克利斯朵夫。父亲去世，家境更加窘迫，不得已从老房子搬出，迁到另一处，在我看来，就是从萨尔茨堡河的这一边搬到那一边，然后就邂逅了于莱一家。

这是一段凄凉的日子，搬到菜市街，住进于莱家的出租屋，方才知道这一回是真正地落魄了。家中虽然长年拮据，父亲嗜酒不止使得债台高筑，更使家人蒙受许多不堪的羞辱，然而，世代相传的宫廷乐师身份，毕竟跻身于小城的上流社会。他们有着自己独立的住宅，面向莱茵河，视野开阔，紧邻的院落中就有参议官的遗孀，即弥娜的母亲家的祖屋，算得上是高尚的区域，而于莱家，却是地道的小市民。菜市街，听名字就知道是什么样的地方，总是在平民聚集的旧城区，那里房屋挤簇，人车纷沓，景象要庸俗许多。于莱老先生是一名退休公务员，精气神被琐碎的事务消磨得差不多了，剩下的那一点又在失意和暮年的心境里殆尽；女婿是爵府秘书处的职员，作者用一句歌德的名言形容，就是“郁闷而非希腊式的幻想病者”，说白了就是毫无浪漫气质可言的多愁善感；女儿阿玛利亚原本是健康活泼的，可在父亲和丈夫的消沉情绪影响下，也变成悲观主义者，她的抑郁是以焦虑为表现，不停地劳作，同时不停地抱怨，房子里充斥着她的脚步声和叫喊声；两个孩子，男孩莱沃那，女孩洛莎，在紧张的气氛里养成两种截然相反的性格，一个是格外的静默，另一个则是加倍的聒噪——说到“聒噪”两个字，便想起八十年代，上海作协在金山召开一个中国当代文学国际研讨会，汪曾祺老注意到我的发言稿里用了一个词，“聒噪”，专门问我这个词的出处。我想了一时回答，《约翰·克利斯朵夫》里面描写于莱一家时用到。汪曾祺老一拍案：所以嘛，傅雷的译本呵，他是什么人？大学问家！我便知道用了有渊源的词，得到了前辈的激赏。就这样，于莱一家的聒噪打扰了克利斯朵夫，我想，不只是一个音乐家本能地对噪音排斥，更是因为这种喧嚷所透露出的软弱人性，生活在走下坡路，他们只得随风而去。

初读《约翰·克利斯朵夫》的时候，正值青春年少，读到此处，只觉气闷，尤其是刚经过“弥娜”一节之后，良辰美景一下子沉入黯淡的尘世，情何以堪。因此，对于莱一家更添厌憎之心。可是，随了年龄增长，阅读经验积累，这一节在不知觉中呈现出趣味。有意思的是，即便是这样碌碌无为的人生，也有着些微的音乐生活。虽然，他们的认识全错，全与克利斯朵夫拧着，可是克利斯朵夫是专业人士，还是天才，而他们不过是普通的爱乐者，连爱乐也谈不上，不过是单纯的消遣而已。小说中写道，于莱老人诚挚地邀请克利斯朵夫弹奏钢琴，他一开头，老人便与女儿大声地交谈起来，谈的又都是一些庶务。只有几曲俗丽的老调才能让他们安静下来，可是反应又过于强烈了——“那时老人听了最初几个音就出神了，眼泪冒上来了，而这种感动与其说是由于现在体会到的乐趣，还不如说是由于从前体会过的乐趣。”这有什么不好呢？一场音乐会里，返场的耳熟能详的小曲子最使观众疯狂，各人有各人汲取音乐的路径。然而，克利斯朵夫更加生气了，好像被亵渎了什么似的。于莱家的女婿对潮流略有了解，却也和他的岳丈一样排斥现代音乐。罪过就更大了，克利斯朵夫认定他坚持古典不是出于什么认识，也不是像他的岳丈简单因为听不懂而不喜欢，其实只是一种虚无主义，因为不得意所以就不认同自己的时代——“倘若莫扎特与贝多芬是和他同时代的，他一样会瞧不起，倘若瓦格纳与理查德·施特劳斯死在一百年前，他一样会赏识。”在罗曼·罗兰写作《约翰·克利斯朵夫》的上世纪开初的十年时间里，现代音乐正以瓦解调性拉开帷幕，宣告着一场革命发生，罗曼·罗兰不会预料到一百年后的今天，现代音乐走入怎么样的困境，许多勇者先锋掉转车头，走向复古主义。

倒不是说于莱翁婿有什么远见，而是像他们这些小市民，也许持有极朴素的审美观念，从官能出发，以顺耳不顺耳论。当然，才情所限，他们无法承当克利斯朵夫的知音，可是，谁才是他的知音呢？

克利斯朵夫对宫廷里的音乐早腻透了；为了生计教中产阶级家庭的小姐弹琴，揭开了沙龙音乐的底细；幼年懵懂中按下琴键发出乐音，使他浮想联翩："它们有如田野里的钟声，飘飘荡荡，随着风吹过来又吹远去……"这种感性的愉悦在训练中被压抑，然后又在更复杂的乐音结构中升华，要求着更大的满足——德奥体系一上来就走出音乐的原始性，进入文明阶段。书中几乎没有涉及民间音乐，克利斯朵夫跟随萨皮纳去乡下参加她教子的洗礼，宾客多是乡下人，乘船走在归途，人们唱起歌来，唱的是什么？四部合唱。克利斯朵夫的舅舅，一个游走乡间的货郎，曾经唱过一支歌，从描写中推测像是一支民歌——"又慢，又简单，又天真，歌声用着严肃的，凄凉的，单调的步伐前进，从容不迫，间以长久的休止"，显然是单旋律，自由体，可是谁知道呢？说不定从哪一首赞美诗即兴演变，或者是哪一部歌剧里截取下的一个动机，因为歌唱者的情感和阅历变得接近原创。接下去，舅舅引导外甥聆听夜声，那不只是听觉，还是视觉与触觉融为一体而纳入圆大明朗的月亮，晶莹的水面，浮动的雾气，蛙鸣，蛤蟆叫，蟋蟀野唱，夜莺呢喃，风吹枝条——又是风，看来文字对于声音真是无能为力，那是极其虚无的存在，任何修辞都太过托实，而且伤感主义，法国人大约就因为此而不怎么欣赏罗曼·罗兰。舅舅说："还用得着你唱吗？它们唱的不是比你所能做的更好吗？"舅舅说得全对，称得上真谛，可是要将这些自然的恩赐收揽起来，重现于世，还是需要经历枯燥乏味甚至如同数学样机械的人工步骤，这就是音乐。

知音就好像打碎的宝石，散落在四下里，不期然间闪烁一下，随即又熄灭。那一个走穴到小城的法国戏班子，名排末尾的女演员，饰演奥菲利娅。她与莎士比亚的奥菲利娅浑身上下无一点相干之处，相反，她高大健壮生气勃勃，她的声音富有音乐性："纯粹，温暖，醇厚，每个字都像一个美丽的和弦；而在音节四周，更有那种轻快的南方口音，活泼松动的节奏，好比一阵茴香草与野薄荷的香味在空中缭绕。一个南欧的奥菲利娅不是奇观吗？"她几乎要将克利斯朵夫唱哭了！次日，他便去拜访女演员。这法国人和德国的布尔乔亚女子赛西尔完全不同，她们都有才能，赛西尔是以诚恳劳动实现上帝恩赐的禀赋，带有天道酬勤的意思；法国人高丽纳则完全意识不到也不珍惜自己拥有的才情，仿佛造物是出于偶然选择了她，她无须学习和用功，自然就判断得出什么是好什么是不好的音乐。有一回，克利斯朵夫给了她一个和声生辣的小节，她不喜欢，理由是："我觉得它不自然。"克利斯朵夫自觉有义务将她的本能推进到理性的范畴，启发道——"'怎么不自然？'他笑着说。'你想想它的意思罢。在这儿听起来难道会不真吗？'他指了指心窝。高丽纳说：'也许对那儿是真的……可是这儿觉得不自然，'她扯了扯自己的耳朵。"这又在另一方面切中音乐的本质，就是感官性，关系到享乐主义的人生观念。假如说赛西尔是以物理性的认识进入音乐的核心，那么高丽纳就是从官能进入。曾在卢浮宫看见过一幅画，不记得作者是谁，显然也算不上特别著名的收藏，但印象却很强烈。画面上是无数双纤手，从堆纱叠绉的袖笼里伸出，相互环绕间，绰约是美人的细腰。旖旎到颓靡的格调，真可谓声色犬马，大约可与高丽纳做一比。这样快乐佻达的天性，尤其是对凡事紧张严肃的克利斯朵夫不谓不是一副心理药方，然而两人到底量级不同，一个轻，一个重，一个肤浅，一个深刻，幸而时间短，倘若持续久了，新鲜的乐趣过去之后，就会露出破绽。

当克利斯朵夫与宫廷绝交，出版的乐谱又大大亏本，只得在一所中学谋个音乐老师的教职糊口，百事不顺的处境里，得了一个粉丝的来信，奉承地将他与勃拉姆斯相提并论，又让他大大地生了气，他可是最讨厌勃拉姆斯了，但粉丝的名字和地址还是在不经意间留在了记忆里。这一日，他去拜见童年的偶像，著名作曲家哈斯莱，不得其踪失望而归，又阻滞于归途中，正所谓人倒霉喝凉水都塞牙，不由想起了那位老粉丝：大学教授兼音乐导师彼得·苏兹博士，于是投奔而去。老苏兹为迎接克利斯朵夫组织了一个亲友团，成员有法官和牙医，都是爱乐人士，在苏兹的影响下，又都做了克利斯朵夫的粉丝。这场聚会甚至比萨皮纳教子的受洗仪式更具有质朴热烈的乡村情调：美食，美酒，弹琴，唱歌，畅快极了，唯一的遗憾是那位牙医出诊去了。这两位提到牙医时，令人神往地说道："嘿！要是他在这儿，他才会吃，会喝，会唱呢！"心情愉悦的克利斯朵夫便做了一个慷慨的决定：多留一天！牙医卜德班希米脱出场的一幕也带有乡村谐谑剧的效果，一切都是热闹得过了头，夸张到荒唐，却百分之百的诚挚。那卜德班希米脱的长相就是谐谑剧的人物：高大，肥胖，方脑袋，红头发，大眼睛，大鼻子，厚嘴唇，双下巴，短颈脖，爱说话，爱笑……就是这么个"又笨重又庸俗的"大块头，却绝无仅有地传达出克利斯朵夫的思想——"他从来没听见一个人把他的歌唱得这样美的"，这也是一个造物主漫不经心拼凑起来的怪物，竟然把那么艰深的才能随随便便摁在了如此粗糙拙劣的器形里面。这又是一个浑然不自知的天才，一旦要自觉起来，刻意地追求某一种效果，情形立马变糟了。克利斯朵夫分明觉着自己的音乐在被作践，于是心情大坏。

怎样才能将碎片收拾起来，集为一体，打造成完整的崇高的样式，建立起克利斯朵夫与世界的通道，因而走出孤绝？克利斯朵夫离开德国，去往法国，将拯救的希望寄托于邻邦，那里会有什么命运等待他呢？音乐在巴黎几成泛滥之势，到处是演奏会，新作品，乐评人，乐评报刊，音乐团体，歌唱学校……用罗曼·罗兰的话，或者是傅雷先生的话说，就是“制造和弦的铺子”。汹涌澎湃之中，真正的音乐却少之又少。克利斯朵夫很快就厌倦了，他挣脱出音乐的裹胁，“想去访问巴黎的文坛和社会了”，结果也是失望。文学界也差不多，一派繁荣中是病态的实质，至于社会，说起来就有点意思了。克利斯朵夫对巴黎的强烈印象——“就是女人在这国际化的社会上占着最高的，荒谬的，僭越的地位。”这个说法要是遇上女权主义，明摆着就是找骂，但他只是为了说明巴黎的颓靡，就像前边说过的卢浮宫的那幅不知名的画，女性往往不幸成为都会浮华的代表。鲁迅先生在《南腔北调集》中,《上海的少女》那一篇，写到城市的势利眼，如何在其中讨生活，首先是“穿时髦衣服的比土气的便宜”；“然而更便宜的是时髦的女人”；于是，“惯在上海生活了的女性，早已明白着这种光荣中所含有的危险”。为什么独独是女性？我们同样不能简单地将鲁迅先生视作男权主义。现代城市的消费型经济很容易将女性作对象，追根究底是产生于男性中心的模式，却将女性推至前台。出生于上世纪初的西蒙·波伏娃正在成长，第二性的理论尚处于准备中，我们只能将罗曼·罗兰的女性观理解成一种修辞，那就是用以代指矫情与空虚。事实上，当他进入到具体的描绘中，男性也同时登场了，他们甚至比女性更“女性”，轻浮造作有过之无不及。所以，我们更有理由认为,“女性”在此只是象征性的用语，当然，很不谨慎。然而，就是在这一个莺莺燕燕的世界里，生出为克利斯朵夫视为神圣的葛拉齐娅。人生向晚的时节，克利斯朵夫请求与她结为伴侣，葛拉齐娅的回答堪称爱情经典，她说：“我们没有让友谊受到共同生活的考验，没有在日常生活中把最纯洁的东西亵渎了，不是更好吗？”以此可见，罗曼·罗兰其实对女性保持着圣洁崇高的观念。

话说回去，当克利斯朵夫从文学界和社交界败走麦城，空手归来，命运安排他邂逅了一个新朋友，奥里维。此时，奥里维所住地方和克利斯朵夫在德国的居处，菜市街于莱家的出租房相似，狭窄的小街，黑黢黢的门洞，肮脏的楼梯，墙壁上满是涂鸦，楼道里充斥孩子们的吵闹声，同样也是——“墙壁每分钟都给街车震动得发抖。”手头略为宽裕的克利斯朵夫动员奥里维搬出来，两人合租公寓，于是，他们住进了一幢六层楼老房子的顶楼，作者称这所老公寓为——“那是一个社会的缩影，一个规矩老实，不怕辛苦的小法兰西，可是在它各个不同的分子中间毫无联系。”我想，这大约就是作者对法兰西精神规划的空间轮廓，它既不在上层，也不在底层——底层的社会固然可映照天地不仁，激发起悲悯之心，可从另一方面来说，并不利于内心生活，它以受折磨的方式接近着肉体感官。克利斯朵夫在寻找思想的知音，他需要有精神的余裕，而巴黎，正是以一个布尔乔亚的社会主体迎接着他的知遇。因此，这一次搬家意味深长，虽然没有制造具体的情节，可是却促成了认识的嬗变，在英雄的历程上又推进一步。

好了，现在可以看看这幢楼里的居民们。小说中介绍，楼房的结构是每层两套公寓，一套三室户，一套两室户，没有仆人的房间，但底层和二楼却是将两套打通，所以另当别论。这样的公寓楼，在巴黎随处可见。去过我的《长恨歌》法文版译者乐老师的家，就是两室户型的那一款，和上海殖民时期的老公寓相仿，大多没有厅，窄小的过道直通房间，开间不大，但天花板很高，顶角有花饰。有趣的是电梯，挤在楼梯井中一线天，只能容两个人，或者一个人和一具箱子。墙壁和地板缝里，都是隔宿气，简直是有体温的。有一日大清早，在蒙马特，街上人迹寥寥，只见一个女孩子穿着单薄的T恤，手里握一根超市出售的长棍面包，神色惶惑地在一幢幢公寓楼前试探着推门。很显然，刚到巴黎不久，临时出门买面包，找不到住处了。所有的楼房看上去面目相似，石砌的墙面，门楣上多有一帧浮雕，刻着使徒或者圣器，看多了也觉出恹气。就在这时候，不知哪一幢楼上的窗户里，直浇下来一盆水，紧接着响起孩子得意的笑声。每一个城市都有这样的坏孩子，无所禁忌，缺乏管教，惯会恶作剧。走过蒙马特的慢坡，远远看见一座天主教堂，门庭冷清，没有观光客，却停了一驾马车，车主走开了，马遗下一大堆粪便，热腾腾地冒气。走进去，见一位神甫正与一位教民谈话，大约就是所谓的“告解”，另有一位黑人妇女安静地坐在一侧等候。过一时，又有一位神甫来到，较那一位年轻，他向我走来，带着询问的表情，意思是有什么需要帮助吗？我回答只是看看教堂，神甫转而迎向那位等候的妇女。两人面对面坐下，女人从椅子上滑到地上，双手合在胸前，神甫的手按在她的头顶，默了许久。这一幕令人感动，似乎是，即便在这样偏僻清贫的地方，游客都不来，上帝依然没有忘记照应他的子民。

我想，克利斯朵夫和奥里维合租的公寓要比蒙马特地区阶层略高一些。在他们所住的顶层六楼，另一户住的是一位神甫，四十来岁年纪，被罗马教廷视作异端受到贬抑，且又不屑于抗辩，与邻里也不交道，依作者的话，便是——“他的傲气使他把自己活埋了。”五楼，与克利斯朵夫和奥里维同一侧的底下，是四口之家，丈夫是工程师，日子过得有点窘，出于自尊也保持着独来独往，但事实上原因还不止此。年轻的夫妇曾经全身心投入一场持续七年之久的“德莱弗斯事件”，和所有的革命一样，胜利之后接踵而至的是成功果实的分配和争夺，于是，陷于消沉。五楼的另一套住户住着一名电气工人，出身低贱，经过教育和努力，终于过上了一种知识分子的生活，从此再不愿回到小市民中去，而中产阶级却无法摒除成见接纳他，他的尴尬处境也体现在他的邻里关系。他刻意地疏远周遭的人，却企图接近克利斯朵夫，以为音乐代表着上流社会，可却轮到克利斯朵夫躲着他了，因为——“他更喜欢跟一个平民谈谈平民的事。”四楼的两家，一是婆媳两代守寡人，另一户则有些神秘了——一位华德莱先生带着一个十来岁的小姑娘。华德莱先生据传是革命党，参加过一八七一年的暴动，被判处死刑又不知怎么逃脱，经历过生死劫难之后，他大彻大悟，退身为无政府主义，放弃暴力，投入温和的改良工作，这工作听起来无论是目标还是用途都相当渺茫：“他要创造一种为普及音乐教育用的新的世界语。”那女孩与华德莱先生并无血缘关系，是一对工人夫妇的遗孤，这就有点接近中国现代京剧《红灯记》的剧情，国际共运的故事都有些相似之处。克利斯朵夫曾经试图联络小女孩和工程师的一双女儿结伴，但双方家长都不热心，宁愿让孩子们寂寞着。三楼的大房型公寓是房东自留的一套，可从来不住，空关着。小一套的租客是一对教师夫妇，年龄在四十或五十，过着清贫俭朴的日子。其实是真正的爱乐者，知道克利斯朵夫的大名，但出于谦逊的性格，也因为对音乐抱有过于严肃的态度，他们敬而远之，从不敢生出半点前去结识的念头。二楼的打通了的公寓，为一对有钱的犹太夫妇独占，但一年里有半年住在巴黎乡下，与邻居形同路人。六十岁左右的先生是考古学家，人极聪明，出身优裕，照理能够拥有丰富的精神生活，可性格害了他：刻薄，褊狭，与社会不相融。这性格也带累了他的太太，本来是乐善好施的内心信仰，却也染上了傲慢病。一整个底层住的是退役军人和三十岁未嫁的女儿，相依为命度日……就这样，人们携着各自的历史，关着门户各自生活着，互不往来，互不了解，许多才情被压抑着，终至萎缩，许多思想内耗着，无法惠顾众生，可是——克利斯朵夫不得不承认——“可是大家都在那里工作：怀疑派的老学者，悲观的工程师，教士，无政府主义者，不管是骄傲的或是灰心的人，全都工作着。顶层上更有那泥水匠在唱歌。”这都是自食其力的人，不是吃俸禄佃租的贵族，也不是赤贫，这就是城市的主体社会——小市民。他们的能量涣散于封闭的个体中，就看克利斯朵夫的鼎力，能否将其收揽，积攒，凝聚，进化成更高级的文明。

萨尔茨堡蜿蜒的街道，两边是小小的店铺和公寓楼，莫扎特挟着琴跟了父亲去到山顶上皇宫里演出，为自己和家人挣衣食，像极了约翰·克利斯朵夫的少年时期。但他身体孱弱，易感风寒时疫，靠那些疗效叵测的药材也解不了什么事，年纪轻轻便夭折，贝多芬的身体也不怎么样，都没有活到克利斯朵夫的身心和谐的日子，在生命的终点，听见颂歌合唱：“你将来会再生的。现在暂且休息罢！”也就是中国人所称作的“功德圆满”。他们都缺乏克利斯朵夫强悍甚至于粗粝的体魄，就像那个一个人吃一大个蹄髈的萨尔茨堡“大块头”。看来，罗曼·罗兰塑造他的英雄，首要人物是增强体格，给他一副好身胚。谁的身胚最耐折磨？市民。不仅是身体手脚在劳动中有锻炼，更有繁杂的人世打磨神经。再说了，克利斯朵夫不是那类征战或者垦荒的模范，原始性的，而是音乐家，文明社会的英雄，他需要学习与训练的环境，就只能将他托生在市民的阶层中了。

维也纳斯蒂芬大教堂，流连在外墙根，墙上的圣徒雕像连绵不断，墓碑铭刻也连绵不断，有一位光头黑衣男子也在伫步仰望，他与我说，这里曾是莫扎特成婚的教堂，还藏有莫扎特的遗骸。我问他从哪里来，他回答了一个陌生的地名，就在附近，再要多问，他忽然害羞地退却了，说：“我只是一个厨子。”一个厨子，这就是莫扎特的乡人。

三

前面说过，我们曾经满城寻觅演奏布鲁克纳弥撒曲的那一所教堂。不过几日，看见一所教堂门上张贴告示，下一个周日上午将举行大弥撒，演奏的曲目是布鲁克纳的作品。当时的印象清晰而且肯定，也很自信记忆力，所以未做任何记录。临到那一日，一早就出门找教堂。周日商店多不营业，沿街的门窗紧闭，早春的天气一片清冷，石卵地上蒙着寒霜，脚步踏上，四下里都响着清脆的回音。几乎是在一刹那，广场中间，拱门底下，街巷里，突然冒出早起的人们，渐渐汇成三个一群，五个一伙，朝各自方向走去。可我们再找不到那个教堂，记忆中的那个门上不再是布鲁克纳的曲目，而且，维也纳的教堂远比想象的要多得多，转弯就是一个，过街就是一个，而所有的路人，都在往教堂走去。过后才知道，这一日是耶稣的一个大节日，每个教堂都举行大弥撒。大弥撒是带乐队合唱队加入的仪式，在旅游的潮流中，就演变成了音乐节目。当我们疑惑地徘徊着的时候，有一位游客招呼我们随他同往，去往的教堂已排起长队，但却是维也纳男童合唱团，也是这一天大弥撒中最热门的，起早的人们多是来赶这一场，可我们还是要找布鲁克纳。而布鲁克纳就好像人间蒸发，再也不见踪迹。我相信我们至少已将维也纳的教堂搜索了一半以上，一个多小时里，不歇气地穿过一个又一个广场，叩访一个又一个教堂，都有大弥撒举行，可都没有布鲁克纳。也不知道是哪一根筋别住了，我们谁也不要，就要他！后来，隔年的二〇一一年中国国际艺术节，柏林爱乐在北京上演音乐会，曲目正是布鲁克纳的交响乐，从电视看见堂皇的音乐厅里，乐队演奏的场景。那时节的渴望已然平静下来，大师的身影回归进他的同时代人的名列，复又化为西方音乐史上的一个标记。也不是说它抽象，乐音总是具体的，现场亦总是有预期之外的戏剧性，而是背景，背景不同了。在维也纳，一座教堂里，面对着它的教众，即便其中掺杂有一半还多的游客，看西洋景似的，布鲁克纳也是回了家乡，就有一种原典主义的意味，将音乐单纯的本意辐射开去，穿越时间与空间，和我们这些异乡人，也是异教徒，萍水相逢。

终于是没找到布鲁克纳，四顾茫然中，却听见哪里传来乐音，循声而去，推开一扇沉重的木门，高大的穹顶下，有女声回荡，安详而壮丽。声音来自后上方管风琴的位置，乐队与合唱队在排练，为十一时的大弥撒做准备。席座间有数十人仰头聆听，听一会，离开去，又有新来的，交互错往中，渐渐聚起更多的人。有一位先生，中年肥胖的身型，摊开着乐谱，安营扎寨的样子，过去借他的谱子看，他抬起头，转过来，是一张天真烁烂的笑脸，就好像遇见了同道。他慷慨地让出谱子给我们，告诉说是舒伯特的弥撒曲。他的脚边放了一只拎包，因为陈旧，黑色的皮革已经磨损，又因为塞了太多的乐谱臃肿得走了形，看上去很像我们上个时代里上班养家的男人，手里拎着的包。他的衣着同样陈暗守旧，灰色的夹克棉袄，宽大的也是没形的裤腿。他一定是附近的居民，因为没有旅行的装备，也没有旅行者那种刺激紧张的猎奇表情，而是松弛和安心，又有些怠惰，流露出居家的气息。他胖墩墩地坐满在座椅间，从头至尾没有挪动地方，眼睛在一行行乐谱上流连，核对着乐队奏出的每一个音符，当演奏中断，眼睛就移回去，从头再来。时间在向十一点接近，有神职人员来发放祈祷词和弥撒曲目录，顺便有一行文字，敬请每人交付八个欧元的奉献。教堂里不断进来人，转眼间满了大半。也有起身离去的，那是一些穿着休闲，神态闲散的人，显然是本地人，趁早进来蹭听一会儿排练，然后及时抽身，给难得一来的观光客让出位置，给自己呢，也节省下一份“奉献”的开支。人潮如同灌水般涌入，只见神职人员不停地搬来折叠椅加座，走道上都站满人。后来知道，这是维也纳的又一个大教堂，圣奥古斯丁教堂，重要地位不下于斯蒂芬，而且，以舒伯特弥撒曲为演奏主题的又是一场最隆重的大弥撒。我们无意中撞了个正着，因为来得早，占了个好位置，回头看看，“舒伯特”——那位忠实的爱乐者长得真有点像舒伯特，“舒伯特”没动窝，还有一对来自美国的游客也是从排练一直坐到此刻，再是我边上的一个背包客，不知来自哪个国家和地区，他大约是刚到维也纳，不期然撞上一个大庆典，茫然无措的样子，老看着我们，我们做什么，他也做什么。我们这一丛人因来得早，彼此就有些相熟，生出情义似的。

一名着黑色长袍的教士来点蜡烛了，举着长长的引火杖，一盏一盏点燃蜡烛。在此同时，顶上的吊灯从前排往后排，顺序亮起，顿时大放光明。钟声响起。身在教堂内部，钟楼上的钟锤变得遥远，分不出是这一座还是那一座，无数铜钟敲击，钟声穿行，真是神圣辉煌！

教堂里人头济济，却鸦雀无声。钟声满城回荡，足足有一刻之久，然后静寂下来，仪式开始了。

乐队与合唱队在教堂后上方，于是，乐声就好像在天庭响起，尤其是女声，有一股说不尽的富丽堂皇，蕴含深厚的慈悲，引导情绪向上，再向上升起。神甫以德语布道，听不懂说什么，但从动态表情，以及听众反应的活跃，可猜出言语风趣俏皮。这一谐谑的段落过去，又是庄严的乐声，令人肃然起敬。高耸的穹顶几乎像是直入云天，彩色玻璃闪烁着神秘的瑰丽，乐音沿着石壁攀援，于壁饰、圣像、浮雕之间回旋环绕。

我们曾经在巴黎圣母院参加过一次弥撒，有点经验，当进入到互相握手的桥段，便主动与前后左右的邻人们握手。一直从排练听过来的人们自然不消说了，大家热切又开心地摇着手，另一些较为陌生的听众，则惊异这两个亚洲人竟也懂得规矩，反应更为强烈。坐在后排离开老远的一位老妇人，她一定是当地人，可能就住在本街区，这样的年龄独自一人外出，至多只能去到家门口的教堂里了，她从那么远处，努力欠过身子，执意要与我们握上一握。为让她达成愿望，半排座位的人都让道与她，我们也极力抻长身子，两下里终于牵上了手。大弥撒在乐声中结束，人们鱼贯走出教堂，捧举奉献箱的人员早候在各个出口。我们向“舒伯特”告别，再次问他索查乐谱，他慷慨地倾囊而出，供我们一一翻检。他显然很激动，不停地说道今天的乐队很棒，合唱队很棒，指挥很棒，演奏棒极了！离开“舒伯特”，离开相伴三小时之久的邻人，年轻的背包客的眼睛一直跟随我们，大有不舍之意，在他的旅途中，很可能是相守最久的伴侣了。走出圣奥古斯丁教堂，阴雨连日的维也纳竟放晴了，阳光洒下，气温也上升，真是春暖时节。每个教堂都涌出人潮，汇集起来，再分流出去。鸽子飞起来，又降下来。观光马车拉到了客，马蹄在石卵地上嘚嘚地响。

我曾经请教一位德国文化领事，为什么西方人格外地重视诗歌？是不是因为戏剧来源于诗歌。他沉吟一时回答道：完整的顺序应该是这样的，戏剧来源于诗歌，歌来源于音乐，对诗歌的重视可能更基于对音乐的敬意。这么说来，音乐是起源性的，那么音乐又生自哪里呢？我还听一位生长于巴伐利亚的朋友说过，他的艺术教育，包括音乐、美术、文学，都来自于教堂。果然不假，人们都知道，英国“达人秀”中脱颖而出的苏珊大妈，就是她所在那个小镇教堂里唱诗班的成员。

还是回到约翰·克利斯朵夫，我们有必要检验一下他的宗教生活。当然，如克利斯朵夫这样被派作天才的人物，他可从万物万事中听取乐音。小时候，随了祖父乘坐在马车上，朦胧中——“马铃舞动：丁、当、冬、丁。音乐在空中缭绕，老在银铃四周打转，像一群蜜蜂似的；它按着车轮的节拍，很轻快地在那里飘荡；其中藏着无数的歌曲，一支又一支的总是唱不完。”这是天才的禀赋，但禀赋是需要物化才能够实现于人世的，像孩子的祖父，禀赋始终不能成形于可视可听的存在，是因为天分不够强大，也因为本身器质孱弱，不足以将内在造化为人工，简单说，就是缺乏表现力。而克利斯朵夫则一定要完成使命，作者必须为他提供条件，按部就班，接近目标。极小的时候，祖父带他进教堂——德奥地方，遍地都是大小教堂，它是每个村庄社区的政治经济伦理的中心，克利斯朵夫在教堂里，接触到了管风琴，这可是一件人类文明的产物，是将天籁转变成人手可以操作的一架机器，它将灵魂在天地间的感悟模仿成为可辨析的声音。作者这么描写道：“忽然有阵瀑布似的声音：管风琴响了。一个寒噤沿着他的脊梁直流下去。”后来的钢琴也是，那一个一个琴键发出的音响，其实是将田野树林的美妙动静收揽起来，再整合成乐音，又在天才儿童的听觉里，还原成自然。接着，他接触到歌曲，歌剧，交响乐，音乐的物质部分越来越铺陈开来，也将对自然的收揽与回放处理得越来越复杂和困难。这一切的起头，就是教堂里的管风琴。

音乐的器物性不断扩张着数量和质量的同时，宗教也在克利斯朵夫身心里繁衍着意义，好比一棵大树，越生长越发出枝杈，歧义派生，旧的歧义上又派生新的歧义。首先，关于创造。头一回看歌剧，听祖父说到作曲家，小克利斯朵夫不由骇然："怎么！这是人造出来的？"称得上石破天惊。可是，接着，舅舅，那个行贩高脱弗烈特却否定了人的创造力，认为一切都是——"一向有的。"然而，世事难以抗拒，题名为"童年遣兴"的独创音乐会开幕了，一个音乐家的职业生涯就此起步，要度过许多日子，克利斯朵夫方才从歧义中走近那个千条江河入大海的归宗之地——其实，他毕生所在做的就是要创造出舅舅所说的那个——"一向有的"存在，就像爱斯基摩人对雕刻的理解，将本来没有的去掉。究竟是上帝创造世界还是人创造世界？这个问题终于和谐为一体，是上帝选择了他最忠诚的子民的手，开辟了"一向有的"万物的源泉。

那么，人们如何被上帝选择呢？被选择的命运又是怎样的？菜市街于莱一家的聒噪中，唯有一个静谧，就是那个准备进教会的男孩子莱沃那。克利斯朵夫和莱沃那在圣马丁寺的回廊底下，进行了关于宗教的对话。克利斯朵夫期望莱沃那能帮助他从信仰中汲取生活的力量，可是莱沃那则对人生毫无兴趣，认为那只是短暂的滞留，从无穷无尽的时间里错误攫取的一段。这可是重重打击了克利斯朵夫——其时，他真的有点像中国的贾宝玉，凭临虚无境界。区别在于，贾宝玉所在的大观园是天上人间，而克利斯朵夫，却是硬扎扎的人世，遭际命运都是残酷艰难，连自己的身体也助纣为虐，一并折磨他：饥饿，劳顿，欲念——这是困他一生的桎梏，也因此，对生命的渴求也就变得更加强烈，甚至野蛮，全然没有贾宝玉的优雅，情欲也止在意淫之间。可无论前者后者，一律要完成使命才可谢世，退回莱沃那所谓的无穷无尽的时间，也就是《红楼梦》里“大荒山无稽崖青埂峰”。这必定的使命在克利斯朵夫可视作罗曼·罗兰在篇首题词中写的，“献给各国的受苦、奋斗而必战胜的自由灵魂”，那“受苦、奋斗而必战胜”的经历体验，在贾宝玉则是一个字，“劫”。总之一句话，不熬过就参不透。有一则中国寓言，说的是一个吃饼的人，一连吃到第三张饼方才饱了，他猛醒道：倘若上来就吃第三张饼不就早不饿了？这实在是觉悟中的迷途，莱沃那就是那个吃饼的人，宗教似乎是为他们的遁世建立的避难所，其实不是。陀思妥耶夫斯基的《卡拉马佐夫兄弟》中，长老目睹卡拉马佐夫一家乱糟糟的丑剧之后，就要逐他们家的小儿子阿辽沙出修道院，长老说：“这里暂时不是你的地方，我祝福你到尘世去修伟大的功行。你还要走很长的历程。你还应该娶妻，应该的。在回到这里来以前，你应该经历一切。”同样，克利斯朵夫必须经历命该经历的一切，不躲滑，不偷懒，不取捷径，尽职尽能地步到终点。

这就来到宗教最重要也是最后的命题——死亡。克利斯朵夫第一次接触死亡的概念，是在衣橱里翻出几件陌生的孩子的衣物，方才知道曾经有一个小哥哥，在他出生之前死了。这使他十分震惊，一个人竟然能够消失得无影无踪，不是吗？生活照常进行，该吃的时候吃，该睡的时候睡，有说有笑，没有一丝缝隙，是为那个生存过的人留着的。似乎是为加强印象，不几日，街坊家里，一个玩伴弗理兹得伤寒死了。如此贴近的死亡更加显得可怕，这说明，死亡无所不在，不定哪一天就会落到自己头上。上帝的关于“天国”的描绘也安慰不了他，因克利斯朵夫是这么一个现世的人，他要求实际的证明，任何理论的诠释都说服不了他。小说写道：“这些关于死亡的悲痛，使他在童年时代受到许多磨难——直到后来他厌恶人生的时候方才摆脱掉。”

我想，克利斯朵夫“厌恶人生”是不是意味着一种裂变，精神和身体趋向分道扬镳，在最后的弥留的时刻，他好像分成两个自己，一个看着另一个——一个肉体，“又病又猥琐的肉体”——“好罢，它把我关也关不多久了”。他的一生都是被这个肉体拖累，欲念总是最大的敌人，这欲念不单是指性，还是指热情与创造力，每当这些能量达到某一个饱和度，井喷般冲出地表，携带着毁灭性的危险，疾病就来临了。克利斯朵夫要么不病，病就是大病，疾病使亢奋的精神颓败下来，同时也是松缓紧张，让身体暂时得到休憩，迎接再一轮的勃起。而当疾病都救不了他的时候，他便动手自己解决自己，那就是在与阿娜发生不伦之恋的时候，当然，是与阿娜联手。阿娜是他所有女朋友中与他能量最接近的一个，也是他最后一个肉体的女朋友。他们两人一样的疯，又一样的宗教狂，触犯上帝的戒律，就有同样的自毁的倾向。那一幕写得惊心动魄，终于没有死成，却也如同行尸走肉。克利斯朵夫逃离阿娜家，一个人关闭在北欧的小村子里，这一回，疾病并没有应约来到，似乎是身体已经丧失调节的功能，从一张一弛的戒律上脱轨，抑或是终于脱胎换骨。肉体离他渐行渐远，等到下一次疾病降临，就已是最后的时刻，就是“它把我关也关不多久了”。

极富意味的是，面对这最重大也是最本质的命题的时候，克利斯朵夫并没有像之前的两难境地那样，走过一个二次否定的过程，螺旋式地上升到原点，让对立面两相合一，在西方哲学是辩证逻辑，东方哲学则是一元世界。具体地说，克利斯朵夫并没有与死亡和解，而是寻找了另一条出路，那就是音乐。他的垂死的耳畔，响着汹涌起伏的乐声，他的意识急促地跳跃着行走在刀锋上，他一忽儿想道："让我的作品永生而我自己消灭罢！"相信留存了自己的"最真实，唯一真实的部分"；再一忽儿想到音乐的虚无，附在时间上流逝，一去不回，"我们的音乐只是幻象"；可是乱梦过去，乐队又奏起颂歌，世界又复活了，恰似小时候的经验，一个孩子死了，生活照常进行，乐队照常进行，他努力追赶着——"别这么快，等等我呀……"克利斯朵夫将死亡的救赎交给音乐，这意味着他其实承认了莱沃那的无穷无尽的时间的观念。音乐确实具有时间同样的物理性，瞬息即逝，但是它毕竟充实了时间的空洞，就是迷乱中所出现的那个物名：堤坝——"人的理智必须有那个堤做保障。"音乐使无意味的时间有了意味，莱沃那是那吃饼的人的第三张饼，克利斯朵夫则是勤勤恳恳从第一张吃到第三张。然而，作为一个哲学命题，他还是不能够形而上地解决，他必须要赋予存在以物质的形式，这个形式就是音乐。克利斯朵夫，或者说罗曼·罗兰是相信人力的，天地自然非经过人力而不可显现，例如教堂里的管风琴，就像一种化学试剂，使得无形转为有形。这就是英雄的来源，理想主义的来源，我猜测法国人不怎么看好克利斯朵夫说不定原因在此。

法国人是信命的，克利斯朵夫和奥里维在他们合租的公寓里，足不出户八日八夜讨论法国精神——奥里维是隐匿在一整个公寓的小市民里的精英知识分子，他具有一种“安安静静的宿命观”，他为法国人的慵懒颓靡的性格辩护道：“对于这样一个民族，你不能绝望。它有那么一种潜在的德行，那么一股光明与理想主义的力，便是那些蚕食它破坏它的人也受到影响。”事实上，这也是身为法国人的罗曼·罗兰对他民族的期许，然而法国人似乎并没有领情。对精神价值至上的法兰西民族来说，罗曼·罗兰无疑是太崇尚行动与实践了，在他的世界里，没有未知的力量，即便是上帝，他也相信是由被选择的人事人物分担了神职。看起来极像是那么回事：他企图以音乐来实现宗教，然后再以小说来实现音乐。这两者都透露出野心，一种将世界物化的野心。他要将存在的虚无全截流住，如同筑一道“堤坝”。

我们很少有人能如傅雷先生那样谙熟法兰西文字，我们只能隔着傅雷先生的中国文字阅读罗曼·罗兰。那是极富修辞性的中国文字，是中国一代知识分子在西方启蒙运动及浪漫主义潮流影响下所形成的语言，从中国精练雅致的贵族美学中走出一个新天地。张可先生翻译的法国泰纳（一八二八年至一八九三年）的《莎士比亚论》，选引莎士比亚数首十四行诗之后，这样写道：“这种热情洋溢的矫饰描绘，趣味横生的刻意雕琢，真可与海涅以及但丁同时代人媲美，它们表示绵绵不断的欢乐梦想集中在一个目标上面。”他又说：“他们有声有色地表现自己的思想，运用丰富的比喻；他们纵使在谈话的时候也充满了想象和独创的风格，措辞亲切大胆，有时滔滔不绝，但又往往不遵规矩法度，因为他们只是按照突发的感兴侃侃而谈。”……如果没有这些学贯中西的前辈创造出的新文体，我们如何能见识那一个恣意汪洋的文字世界！这些连绵起伏的状语和形容词，漫长的句式，环环相扣的比喻，将感情大大激发张扬。你可以说是滥情，可有时候真的需要滥情，将压抑着的身心做一个解放。在这解放中，许多不自觉的思想与情绪变为自觉，继而繁衍滋生，由外在到内在，丰富了精神。

傅雷先生翻译的《约翰·克利斯朵夫》，或许就是在这里，唱和了文学青年的心。先生几乎将世界万物都交付于文字，多少不可表达的表达了，多少潜在的浮出水面，多少无语的有了语汇。爱、恨、死、生，在中国人的意境中，或尽在不言中，或顾左右而言他，在此全被最直接最热情的表述覆盖，一层不够，再加一层，二层不够，又上第三层，叠叠加加，繁繁密密，山重水复，水复山重，你可以说是堆砌！人到中年以后，安静下来，会倾向于平白如话，可是，假如青春时候没有阅历过这锦绣文章，就好像没有体验过爱情一样。年轻是必要癫狂的。中国上世纪上半叶的译文体，就是癫狂的文体，它培养了现代文学写作，更重要的是，它养育了我们的浪漫主义精神。

话再回到音乐。音乐这东西，倘若脱去文字的修辞——这些修辞可说是为乐评的传统建立了基础——它可能显现出两种极端相反的特质，一端是极度的物理性，我曾经听上海作曲家金复载先生讲解音乐，他说音乐的所有成分都可用“数”的概念解释。在物理性的另一端，则是极度的抽象，它所予以表达的内容，其实相当暧昧，无从界定，最终还是归于感官。在这两极之间，是否存在有略微折中的形态？

《约翰·克利斯朵夫》里有一个人物总是感动我，那就是孩子的祖父，约翰·米希尔，一名退休的大公爵的乐队指挥。当年轻的大音乐家哈斯莱光临小城举行个人音乐会，约翰·米希尔被邀复出，屈尊担任合唱队的指挥，因为乐队要由哈斯莱亲自指挥。小克利斯朵夫“童年遣兴”音乐会大获成功，被皇亲贵族团团包围——“他瞥见祖父又高兴又不好意思的，站在走廊里包厢进口的地方；他很想进来说几句话，可是不敢，因为人家没招呼他，只能远远地看着孙儿的光荣，暗中得意。”这个老人，一辈子和闪烁不定的灵感周旋，没有能够攫住它，只能将孙儿的胡乱哼哼记录下来，编辑成乐曲。这个细节可视作象征，象征着音乐从玄思到实有的过程，一个物化的过程。

约翰父子，克利斯朵夫的父亲曼希沃和祖父米希尔，每周三次和邻居共同举行室内音乐会。曼希沃担任第一提琴手，米希尔操大提琴，再有一个银行职员，一个老钟表匠，隔三岔五地又加入一个药剂师。听众都是附近的街坊。演奏者以对待机器的态度对待手中的乐器，严谨而刻板地一曲一曲演奏，听的人呢？喝着啤酒，并不过量；抽烟，空气因此变得浑浊，但并不妨碍他们的专注，按着拍子摇头顿足。作者写道："他们对于音乐，容易学会，容易满足；而这种不高不低的成就，在这个号称世界上最富音乐天才的民族中间是很普遍的。"

老祖父就代表了这个普遍的人群，他体现了音乐里最实际可操作却也绝不可少的性质，那就是劳动。

尾　声

看见过调音师做活吗？无限的耐心与专注，对比着琴键和音叉间的振动频率。频率，在这里就是频率，完全没有克利斯朵夫头一回从琴键上听见的——田野上的钟声，随风远近，羽虫飞舞，喃喃细语……

在巴黎圣叙尔皮斯教堂听管风琴音乐会，如今，全球性的旅游业发展趋势之下，无论教堂音乐会，还是大弥撒，都成为观光活动的部分，真正的教区居民，有也有，却有限。不再是克利斯朵夫的时代，约翰父子的音乐会上，来的都是邻居街坊。管风琴装置在教堂的后壁上方，为便于观看，在祭坛前设一幅投影荧屏，只看见，演奏者忙个不停，将音栓一会儿塞上，一会儿拔下，乐音就在这紧张的操作下响起来，连贯成曲调。演奏持续有一个半小时，有古典作品，也有演奏者自创的曲子。结束之后，人们走出圣叙尔皮斯教堂，绕过广场上著名的四主教雕像喷泉，分散在辐射于周边的各条街道。有几位和我们同路，络绎走在蜿蜒的长巷，两边的门窗大多暗着，有几扇亮灯的玻璃门，是旅馆，有人推进去，不见了身影。然后，我们也走进我们的旅馆。这样徒步走到本街区的教堂，听一场音乐会，使音乐变得很日常。

约翰·克利斯朵夫穷其一生，就是和平庸做斗争，试图将自己从俗世中拯救出来。他曾经两次邂逅高贵的精神，都是以爱情为代表，一是安多纳德，一是葛拉齐娅。安多纳德几乎是灵光一现，稍纵即逝，她实在是太精致，因此太脆弱了。这一个真正的贵族，可惜生逢这一阶层的末世，就像断了翅膀的天使，落到巴黎的市井，经不起那股子粗野的生气的摧残，早早夭折，天人两隔。留下她的同胞兄弟奥里维给克利斯朵夫做朋友，也是同样的美丽纤细。他在红尘中流连得稍久一些，来得及恋爱婚姻，于是就有了一个儿子乔治。葛拉齐娅，出身意大利的古老家族，意大利人天生比较强壮，也比较守旧，在缓慢的社会进程中，保持了家业。那地方至今还有许多老贵族呢！幼年时候，葛拉齐娅的形象就像是拉斐尔画笔下的小圣母，多年以后，再次相逢，则成了一个“俊美的罗马女子了”。事实上，她就像是克利斯朵夫的圣母，看着他受苦受罪，直至尘埃落定，回复平静——“现在你已经越过了火线。”而他和她，永远是两股道上跑的车，永远不会交错，一个是圣母，另一个呢？是“亲爱的疯子”。好比《巴黎圣母院》里的艾丝米拉达和卡西莫多。克利斯朵夫注定必在俗世间，与俗物交道，他期望音乐能带他从芸芸众生中脱拔而出，可是连音乐自己的高尚性都受到质疑。颇有意味的是，最后，奥里维的儿子乔治与葛拉齐娅的女儿奥洛拉好上了，这两个孩子都要比他们父母逊色一些，奥洛拉略有些瘸，心思也欠细腻，依作者的说法：“她很快乐，爱享受，精神非常饱满。没有书卷气，也很少感伤情调。”乔治是真正属于他那一代，用现在的话说，很“潮”的年轻人——“轻浮，快乐，最恨扫兴的人，一味喜欢作乐，喜欢剧烈的游戏，极容易受当时那一套花言巧语的骗，因为筋骨强壮，思想懒惰而偏向于法兰西行动派的暴力主义，同时又是国家主义，又是保守党，又是帝国主义”——总之，乱七八糟一锅粥。他们使我想到《呼啸山庄》里，希克厉用于报复的一对小儿女，卡瑟琳和哈里顿，他强行将他们“混搭”一处，培育毒怨仇恨。但是，他们并没有如其所愿再次上演互相残害的惨剧，而是真的爱上了。也和这一对一样，一个二十，一个十八。爱情选择了年轻的，也许是肤浅的，却有生机的种子，灌注它的力量。

如今，作为一个旅行者在欧洲游荡，一方面，觉得所有的情景似曾相识，和文艺复兴时期的油画，西方小说和电影里的描写全无二致；另一方面，又时常会诧异，自己忽然在了什么地方啊！我的在场本身就表明了一种变化，那就是现代旅游业正改变着这地方的某些性质，生活中的经典元素在进一步的世俗化。

在旅游旺季的罗马，歌剧院在卡拉卡拉大浴场举行演出，八九点钟的时间，还亮着天光，人们聚在入口处，一边拍照，一边等候进场，外国人和外省人占了一半以上，本地人总是穿着光鲜隆重。有一家人极像是来自乡下，无论老小，身体都敦实健壮，饱满的脸颊红扑扑的。放人的时间一到，便打开随身携带的旅行袋，掏出西装一一穿上。那小男孩的一套明显大了许多，就像是借来的，但更可能是有意做大，可以多穿几年。西装很新，也是难得穿的缘故，硬邦邦的，有棱有角，裤腿堆在鞋面。虽然不合身，却是完整的全套，也有衬领，扎着一个蝴蝶结。经过检票口，徐徐进入，暮色渐浓，中世纪大浴场的断垣残壁退到天幕前，空茫遥远。两具大烟囱间的舞台变得很小，背景上张起巨大的荧屏——又是荧屏。人们都在互相拍照，说话声散得很开，天空无边无际，几可望见地平线。一对盛装的夫妇由领票员带上梯级，先生和夫人都有着硕大的身躯，表情威严。我们小声说：黑手党的老大来了！“黑手党”夫妇就停在我们这一排，然后，面对面地挪进座位，夫人鹰隼般犀利的眼睛从坐定的人们脸上一一扫过，好像在审查她的邻座是什么东西。场子里坐满了，照相机的闪光此起彼落，萤火虫似的。天彻底黑下，转而呈一种蟹绿深蓝，星星出来了，嵌在穹顶，四周的残垣反逼近过来，成为一道剪影。这一幅场景确实挺壮观，而且具有历史的意蕴。乐队谱架上的灯亮起来了，指挥走上来了，音乐会开场了。

在这样无遮无拦的露天场地，交响乐队是拿它无奈何的，音响上人们一定动足脑筋，可效果还是不怎么样。乐音一旦出来，即刻在空廓中稀释，变成单薄的一片。与演奏同时，荧屏上出现映象，画面紧扣曲目的标题——《罗马狂欢节》《罗马的喷泉》《罗马的松树》，为听众做视觉的阐述，好比MTV。巨大荧幕之下的乐手们更成了豆样的小人儿，奋力拉奏手中的乐器，乐声细弱地进行。可有什么要紧呢？此时此刻不单是要听什么，视觉，感觉，嗅觉——天空里有着露水和青草的气息，还有冥想。你就想象吧，多少时间在这里流淌，音乐只是装饰在时间上的附丽，从废墟上漫过去。音乐会结束，回到市区，已是午夜，可冰淇淋店还开张着，游人还在街上穿行，凑着路灯在地图上检索，手指头上挂着数码照相机。罗马的夏夜，就是一个永不止息的大欢场。

罗马另一回音乐生活的经验，也别有意趣。走在闹市区，忽然斜穿过来一位武士装束的年轻姑娘，递上一份歌剧的广告。这才发现，临街面的咖啡店，其实是一所剧院，咖啡座只是一个小小的前厅。演出的剧目是著名的《茶花女》，剧团和演员却是不知名的。一是想丰富度假的内容，二也是对那座剧院好奇，再则票价也合理，比前一日的“卡拉卡拉”便宜一半还多。座位只分二等，显见得是个小剧场，于是买了次等票。演出前半小时来到剧场，门前已经排起入场的队伍。凡剧场演出，不论大小高低，一律是郑重的，用北京话说，就是“事儿事儿的”，上海话则为“像煞有介事”。人们很规矩地沿马路站成一列，等待放人。终于，门开了，却不能全进，而是由一位西装革履满脸堆笑的先生来领。五六人一放，五六人一放，经他检查了票，然后指点是堂座还是楼上包厢。堂座前排为头等，后座及包厢为二等，不对号，自由选择。略加对比，上了二楼。这座剧院，说实话破旧得可以，壁上的花饰全凋敝了，油漆也剥落了，包厢的栏杆边缘，天鹅绒垫布掉落下来，还吸饱灰尘，地板上染着不明所以的污迹，气味也很不好闻。但就这么小而旧，却五脏俱全，该是剧院有的，一样不缺：堂座，楼座，前厅，过廊，酒吧，乐池——极窄的一条，舞台上凡有名有姓的角色也都挤下了。

乐队很简约，但各声部齐全；演员呢，不能做大幅调度，就如清唱剧似的站在原地，稍做表情。这一支小型的演出团体，就和浙江县级的越剧小百花差不多，四处走穴。它还令我想起约翰·克利斯朵夫家乡小镇曾经来过的那个法国戏班子，女主角也像那个饰演奥菲利娅的女演员高丽纳，长相十分甜美，养眼得很，声音也甜美，而且皮实，三个半小时下来，一无倦意。阿蒙则长得极似下一日我们吃烤鱼那饭店里的伙计，高大剽悍，上半场声音有些喑哑，到了下半场放开了，竟然变得辉煌。中场时候，乐手们走出乐池，与观众一并坐在墙脚的长椅上歇息。香槟照样打开了，至少有一半观众着正装，态度庄严地踱来踱去。相邻的包厢里两位老夫人，假发，浓妆，低胸的晚装，金银玉翠琳琅满目，脸上却始终挂着生气的表情，中途就消失不见了。总觉得她们是愤愤离去，因为不满意剧场的破烂，不满意演出的简陋，还不满意如我们这样的旅行者，穿得乱七八糟就进了戏院。这剧场再配不上她们了，而她们，真有些像狄更斯小说里那个蜘蛛网下的老新娘。演出结束，演员在化妆间卸装更衣，乐手们收拾收拾乐器出了剧场，那一个长笛手正与我们同路，在我们前面十数步远，看他穿过熙攘的人流和车流，大步流星，回他的家去。罗马的旅游潮简直了不得，夜夜笙歌。

就在写作这篇文章的时候，又增添了新阅历。在布达佩斯，安多西拉大街，有些纽约百老汇的意思，大小剧院三步一亭，五步一座。那晚，本是奔国家歌剧院的瓦格纳《唐豪瑟》去，不知是我们记错，还是临时变动，剧目竟为《费加罗的婚礼》，因为刚在布拉格看过，便转而走入下一家剧院。这里两天前曾经上演音乐剧《西贡小姐》，这晚则是一出陌生的轻歌剧，英文名叫《吉卜赛公主》，决定试一回。这一家剧院与国家歌剧院不同，即便是在冬日的旅游淡季，国家歌剧院还接待游客观光，观众也有相当一部分是旅游者。这家显然本土化得多，更接近上海的“共舞台”“美琪大戏院”一类，满座之间，唯有我们两张亚洲面孔，招来众多好奇的目光。

下午四时许去买票，尚有三分之一余票，到了六点半入场，已经全满。门厅里设有面包摊和饮料摊，供作简单的晚餐。人们衣着整齐，气氛照例是隆重的。我们的座位是在最左侧的两个，看见两位女士正与领票员争执，听不懂说什么，但猜得出大概，领票员的意思是她们的座位应当从右侧进，而那位年轻的不时指一指年长的，表示她已经上了岁数，倘若走右侧还需绕一个大圈子，因没有中间走道，观众都必须从两头入座。争执过程中，那老妇人局促不安地站在一边，捏捏衣角，抻抻袖口，衣服虽简朴，却是整洁的，还留有折叠的印痕。她看上去很像来自外省的某位亲戚，比如从宁波来上海做客，于是带她去看戏。最后，她们终于没有服从领票员的意志，而是从这头挤到了那头。

《吉卜赛公主》在我们闻所未闻，但却为布达佩斯人熟悉，后来回家查找，才知道是一出名剧，为匈牙利作曲家卡尔曼（一八八二年至一九五三年）所作，甚至，与我们还有些渊源。据记载，上世纪的一九三九年和一九四〇年，上海俄侨组建的俄国轻歌剧团将此剧献演于兰心大戏院；一九四三年十一月十三日，上海虹口提篮桥地区避难的犹太艺术家，又在东海大戏院演出。

剧场里的气氛蒸腾极了，许多对白引起会心的大笑，甚至话未出口，已经笑在前头了。那些节奏明快的段落，观众似乎老早等着的，一来到便全场随了拍子鼓掌，于是演员很“人来疯”地再来一遍。要是让克利斯朵夫看见这一幕，他又要气死。可是这就是音乐生活里的大众，也是中流砥柱，思想的重任就由少数天才扛着吧，就像耶和华扛起了十字架。

《吉卜赛公主》散场了，同时有好几个剧场也到剧终，几股人流潮汇集起来，又分流出去。我们走在旅馆所在的长街上，夜深人静，只听身后有急促的脚步声，于是停下来，靠边等待，让后边的人先过去。那人道了谢，走到前面。我们的速度也不慢，紧随其后，竟然看见他也走进和我们同一所旅馆。等我们走进去，他的电梯门还未来得及关上，于是，我们就乘了同一部电梯上楼。又一回惊讶地发现，我们与他住同一层，而且门对着门。双方都有些错愕，有些喜悦，晓得都是看戏归来，看的不定就是同一出，互道了晚安，各自回房。次日早晨起来，看他的房大开，进出着打扫的清洁女工，已经人去楼空。

二〇一二年三月十八日　上海

文章所涉及书目：
《约翰·克利斯朵夫》[法] 罗曼·罗兰著，傅雷译
人民文学出版社 1980 年
《卡拉马佐夫兄弟》[俄] 陀思妥耶夫斯基著，耿济之译
人民文学出版社 1981 年
《读莎士比亚》[德] 歌德等著，张可、王元化译
上海书店出版社 2008 年

朝　圣

去博物馆看名画名作，很像朝圣。比如，巴黎卢浮宫里的《蒙娜丽莎》，断臂的维纳斯——去到那里，能不拜谒一下吗？跟前挤挤的人群，挨都挨不到近处，远远地、敬重地望着，稍事停留，完成使命，方才退步离开，去看别的。比如维米尔的《戴珍珠耳环的少女》，倘若住阿姆斯特丹，就要早起了，乘火车到海牙。下火车就看见满街挂珍珠耳环女孩的旗帜，沿着走去，就到美术馆，已经排起长队，等着开馆售票。这一幢小楼，受捐私人宅第，经改造布置，总还不离生活起居的格式，说是展馆，更像是热衷收藏的家庭。客餐厅、卧室、书房、走廊，满壁的画幅，伦勃朗著名的《尼古拉教授的解剖课》正对着门厅，上楼就撞到眼睛，因为人多热闹，驱散了阴惨的气氛，那个时代，外科手术是可怖的，类似惊悚片。《戴珍珠耳环的少女》则有不期而遇的意思，大小画面里的一幅，不留心错过，再回头上下找，找到心里就踏实了。由于太经常在印刷品上晤面，几乎可称熟稔，乍一见，即像他乡故知，同时呢，亦觉平淡，没有预期的激动。这些名画，一律都要比想象中的尺幅小，颜色暗，暗又不是年代久远的古旧，相反，经现代洗画的技术处理，颜色全焕发簇新的油亮，我说的暗是和印刷品比较，没有那种卡纸的光鲜。如我们这样的外行人，无法将其纳入美术史分析，实际是难以辨别特殊处的。再则，我相信在同时代里，由同类型的材料、技术、题材而使一派风格呈潮涌之势，名画则出于某种机缘夺取先声，突起于水面，为众人瞻目。总之，寻访名画的经历多免不了怅惘，如不是事前的准备，很可能都注意不到它，也正是事前准备使我们失落于期望值。

寻访中最接近朝圣的一次是在罗马。早晨，酷烈的日头底下，大马路混凝土地面反射着白炽光线，炎热与厉亮中，茫然行走十数观光客，仿佛白日梦里的游魂，沿旅游指南到此，却不甚了然何为名胜。孤立一座石砌门楼，看起来有年头了，刻有罗马字的时间与铭文，人们多是视而不见，唯一个老人支起三脚架拍照，于是上前请教。老人显然欢迎我们的问询，表情欣喜，铺开手中地图——是所有酒店免费领取的格式化的旅游图，我们也有，区别在于他的图上布了小小的贴士，写下细密的笔迹。老人来自美国科罗拉多，恰是我们曾去过的小城博德，显然，这一趟旅行是朝觐的主题，所标注地点均与教皇有关，由此又学得一个生字“Pope”，教皇。他认为回答我们的问题必从根源说起，所以建议到罗马第一个要去的地方是梵蒂冈，并且告诉街对面的62路巴士可直达。梵蒂冈本来安排后几日计划，倒不为教皇，而是奔《创世纪》穹顶画，经撺掇，便提前行程，往那里去了。

仲夏季节，正是旅游高峰，罗马被游客占领，仿佛劫城。梵蒂冈人头攒动，放眼望去，沙盘似的广场上有几条流线，是排队的长龙阵，盘互交错，各向目标而去。圣彼得大教堂，梵蒂冈博物馆，西斯廷礼拜堂——此条路线包括艺术博物馆，《创世纪》就在里面，所以队伍最长，逶迤广场外围，绕街区行，走到队尾就花去不少时间，不等站定，身后又已接续下去，好像一具活物，不停地生长。许多年轻人顺着队伍叫喊：五个欧，五个欧，可免排队！毋庸说，是黄牛了。数百米的长队，五欧元便可换取赦免权，令人生疑，多数采不相信的态度。有随“黄牛”去的，不过是仗了与守卫的私谊，于某一段进入排列，简单说，就是“插队”，北方话叫“加塞儿”，道德的付出，加上排队者的舆论，所以，常常中断交易，原路返回。队伍虽长倒不阻滞，匀速前进。充沛的日照让人心情好，度假者无庶务缠身，悠闲得很，就不觉是苦事。随队伍缓行，入场已是正午。参观的路线和排队差不多同样漫长，穿过无数大礼拜堂、小礼拜堂、祈祷室；从无数穹顶底下走过，无数祭坛和圣器；无数过廊与侧厅，半数辟为展馆，陈列绘画和雕塑，有旧藏亦有新创，然后是卖品部。照常规，卖品部已是展览的终端，可在这里却远非结束，《创世纪》的天庭画没有出来，而卖品部则反复出现，让人怀疑是不是错了方向，事实上，我们一直排在队列里，向前，向前。路途漫漫，不知哪里是个头。展室里的陈列越来越抽象，进入当代艺术，趋向终止，就在这时，山回路转，陡地进去一扇门，人声从四壁折射，合成轰鸣，一个雄壮的男声穿透而来：安静，安静！抬头望去，著名的《创世纪》正从遥远的天顶望着众生。脚一软，就要跌倒讲台沿，身边那早一步跌下的夫人却被警卫托住双臂，缓缓扶直，看上去很像慢速的双人舞，就也跟着立稳了。讲台上巡回的警卫，大声向人群喊话：安静，不准拍照，不准录像，不准电话！这建筑就像回音壁，本是为传送福音，如今只是将俗世的喧哗放大，灌满空间。人和人之间挤得不能再挤，却都不离开，气氛很像有大事情要发生，难道是教皇接见吗？人们面面相觑，都有些困惑似的，穹顶上的湿壁画本是引我们来的终极目标，终于来到底下，崇拜的心情倒退去些了，仿佛不够伟大。当然，天庭华丽，即便在今天，色彩亦是新鲜明亮，更毋庸说十六世纪初始，颜料和配方都还有限，可以想象当时的惊艳。所以，还是要纳入美术史的大背景，才能认识深刻。走到街上，是下午四时，阳光却没有偏斜的意思，地球停止运转了吗？亲见名作无疑是一种福气，更要紧的，这福气并非信手拈来，而要付出劳动。曾去长白山看天池，火车汽车，到山脚下了，再要换乘吉普，那吉普坦克般地，压过乱草粗石，上到岩壁，余下的路就要靠步行。此时，狂风大作，气温降至零度，伏身埋头，手脚并用，一抬眼，越过山的呲裂，那一池水静静卧着，不禁骇然。那一夜，宿在山里面，日裔朝鲜人开的客栈。同去的友人从卖品部购得一幅油画，作者为朝鲜功勋艺术家，据说曾为万景台作画。客栈开业十数年，卖品部从未售出一件物品，于是，上路时候，经理职员全体站在路边为我们送行。当我与友人回到上海，走在浦东机场，忽然觉出这幅画具有的某种价值，从偏僻又闭锁的国度，陌路的人手，辗转旅途，来到世界的又一隅，隐含未可知的命运。画的尺幅很大，需有开阔的墙面，比如会议室和报告厅，大约是社会主义文艺家擅长的规模。画的是湖泊和仙鹤，油彩很薄，颜色素淡，特别宁静。

伦勃朗《夜巡》的现场，是人间景象。阿姆斯特丹国家博物馆里，占据一整面墙，左右各一名警卫站岗，背手叉腿而立，警惕观察，随时制止好奇的人手痒。是有意安排，或者交通形成，《夜巡》处正是往来枢纽，人们在此集散和休憩。画中人和真人等高，栩栩如生，活的一般，就和观众合为一体，只是姿态特殊。但美术馆是造作的空间，将常态的人和事转化成非常态，所以，画中人物就也不显得突兀。倘若退远，抽离出来，画里画外，一笼统地看，就有戏中戏的效果，大约这也是美术馆的意趣所在。我还很喜欢在美术馆看见临画的人，遇到过一个老人，还有一个女性，所临都是小幅的风景，不定是名作，而是偏于一隅，少有人停留。临摹者身穿工作服，支起画夹，拉一根直线，绷直，依托握笔的手，不至抖出去。绘画显现出手艺活的性质，还有西人对工具的讲究，当属科学和技术的进步。整个上午，就作手指甲大小的一片，笔触的横竖，颜色的叠加，与原作分毫不差，可算作镜像艺术。看他们临画，心中真是静谧，美术馆的公共空间里其实也有着私人性的生活。还有种时刻，不知是谁，恐怕连他自己也未必觉察，越过界限，警报器锐叫起来。于是，人们从角落与廊柱背后悄然步出，探身张望。此画面颇似电影《尼罗河惨案》里，游客走在神庙遗址的巨大废墟里，那个俯拍的镜头，大石头从天而落，每个人从各自方位走出来，没有不在现场证明，都带着谋杀的嫌疑。不过，美术馆里的被艺术刷新的历史，总是明亮的，一扫沉重阴霾。所以，在里面走走，懵懵懂懂的，也很好。身前身后，上下左右，总有什么进入视线，留下印象。那都是经时间淘洗，筛子上的留存物，此刻邂逅，相见然后相忘，际遇里恩情已经惠顾过了，合适的契机里，也许再会相逢，就成故知了。

维也纳的艺术史博物馆就是这样的经历。早春的寒雨中，走进去，温暖的场馆，有换了人间的心情。描绘圣战的巨幅画作，其实很难综观全局，头顶上的部分透视变形不说，反光还模糊轮廓。再上去，顶着天花板，还有一排，同样看不真切，只是被油彩的光影照耀。就是这样，满满的光影，一劲地往外溢，你放弃辨别差异，全盘接受。征战的武士与马匹，殷红的伤口和血扑面而来；贵妇身上的绸缎，绅士的黑礼服，妩媚与严峻的脸，圣人、神祇、天使的婴儿脸，顶水罐的裸女，扑面而来；树林，林中小径，断崖上的奇石，田野伸向地平线，还有海，平静和发怒的，卷裹了桅杆，扑面而来；又有一小幅、一小幅，多半是在侧廊的壁上，尖细的笔触，渐变的明暗，有些接近中国画的笔墨趣味，嵌在框架的中心，将目光吸进去，去到另度空间。套叠的展室总是让人混淆，无数次来到同一个展厅，同时还有漏网的，就像台风中心那个眼，也就是盲点，永远擦肩而过，但也许，陡然打开，出现眼前。沿着编码是一个办法，但难免会错数，或者跳数，结果乱成一团麻，索性将错就错，跟着感觉走。时间和闲心终让人平静下来，汹涌澎湃的印象渐渐分出经纬秩序。总体性的，包括展厅的建筑细节——深浮雕、浅浮雕、描饰、镶嵌，繁复到堆砌，却又精致平衡，一并归进观看，此时化整为零，服从视觉有限的局部。于是，尽管你既不太了解美术史，也没有过绘画实践，但还是依着自己的爱好，专挑出一路。脚步不由得慢下来，流连在某一区域和某一件作品。

无论你去过多少美术馆，都必经过这样的阶段，没有一次能够跳跃。就像中国笑话里吃饼的故事，吃第一张饼不解饥，第二张下去也不足，第三张饱了，吃饼人遗憾道：早知道，直接吃第三张岂不节约？事实上，没有捷径可走。记得在慕尼黑古绘画馆，向一位女警卫打听路线，她微笑一指，依序数道：埃及、希腊、罗马、法、德、荷兰——不错，沿着这条脉络走，就可到达所钟爱的，总是让我停留下来的风俗画兴起的时代。每一次都如此，也许是个仪式，但又不止于仪式，还像一个准备，也不仅于准备，抑或就是历史中的时间的性质，你必从源头起步，顺流而下。

就这样，风俗画，那些有人物，有生活的图画，总是它让我安静下来。我喜欢人世的热闹，中国古画的山水总是有寂寞之感，水墨亦是虚无，所以倾向写实的西画。在二维平面中由透视原理，明暗影调立体出来的具体和生动，让人喜悦。说起来有些小儿科，好像看绘本的口味，其实也是，小说的叙述的乐趣，和直观的绘画不完全符合，可是仿佛寻找知遇，风俗画里分明是有故事的踪迹的。乡村婚礼是一大主题，形形色色的人、服饰、食物、酒、踢翻的桌椅、杯盘狼藉，就看绘画者截取哪一个时间段做表现。婚宴的开头部分，人们端坐粗木餐桌周围，故作的矜持里是勤俭的生计，对酒肉的渴望，也预示着之后的放纵，上菜的抬着餐台穿行而来，庄稼人的食量大，那餐台是一张床的规模。画面难免有些呆，却又是庄严，有一种类似中国汉代的敦实浑厚——后来才知道这千真万确是名人名作，荷兰十六世纪的彼得·布鲁盖尔，也知道维也纳艺术史博物馆千真万确是一个重要的美术馆。与布鲁盖尔老实规矩的婚宴形成对比的，题目大意是“婚礼上发现新娘的出轨行为”，场面自然是混乱的，前景上是掩面号哭的女人，在娘家人的簇拥里，外围是看热闹的宾客，背景上有一扇门，门内显然正发生激烈的冲突，不停地掼出东西来，瓷器在地上砸成碎片，画面里有一种滑稽，就像歌剧里谐谑的段落。是出于作画人幽默的天性，更是对日常生活的认识，一季种一季收的循环往复，终于岔开来，生出旁枝错节，怎么不叫人兴奋！这就是八卦和流言的喜剧性。我很感佩这些风俗画作者的眼睛，他们特别看得见有意思的人和事，也可能是反过来，寻常的人和事，一旦成为绘画对象，自然就变得有意思起来。油灯下，老妇人数着收回来的利钱；傍大佬的小狐狸精，互相算计的眼神；赌钱的小男孩子，作弊的手势……市井里的人生，照理上不得台面的，但绘画美学的包容性相当慷慨，这是由直观的形式决定，以视觉的饱满度为价值。画家本身的生活通常会成为题材，也是启蒙运动人本主义的影响吧，多表现自画像和画室，有一幅题名为“画家与模特儿”的作品挺特别，它接近叙事艺术里“元小说”的概念，创作与创作的对象一并进入描写。记不得画家是不是在场，总归是背着观众，画架的一角伸进画面，占据焦点的是模特儿，穿盛装，手持一把弓箭，做射击状，造作的，又是天真的。素材的原始状态呈现出来，也是滑稽，认真的滑稽。这很可能是名人名作，因礼品部有明信片出售，但名不名的，喜欢就好。乡村小学校也是一类，那股子乱劲，大欺小，强欺弱，再合成一股欺师，老师往往是教士，很失体面的样子；老婆婆在黑暗里讲故事，小孩子挤作一团，弥漫着异教的气氛；行旅人在客栈打尖儿，理发匠修剪脚上的坏疽——行旅人的题材多半有阴森神秘感，他们有的是传教士，有的是行贩，或者是流浪汉，路线通常在偏僻的野地，不期然走进村落，真是寂寞加寂寞，不可测加不可测。

云总是低垂的，树丛稠密，暮色四合，唯壁炉里的火，一点点溶开，最后覆盖全部。狩猎是绘画者热衷的创作，我却更喜欢猎物在厨房里的写生，原木砧板上摊开野物，箭杆插得很深，皮毛和羽翎沾了血，禽兽的眼睛还未合上，蒙着一层翳，竹篮里的谷物和蔬果则带有进化的因素，缓和着原始的血腥气，将蛮荒推进文明历史。器皿也是常见的描写对象，多少有一点炫技的虚荣心。酒在玻璃杯里，薄透的杯壁衔在女人的唇间——电影《戴珍珠耳环的少女》，维米尔的太太看到画，愤怒指责：太淫荡了！指的也许就是嘴唇，过于肖真，黏膜是皮肤里最娇嫩易感的质地，也许成为写实画家终需克服的挑战。写实画家免不了入技术主义的牛角尖，以有限的工具对付无限的对象，差异越大试手的欲望越强烈。我顶佩服的是文艺复兴时期的雕塑家，将大理石镂刻成蝉翼般的花瓣，简直要飞起来。罗马博格塞美术馆里，十六世纪初贝尔尼尼的雕像《阿波罗与达芙妮》，被追逐的达芙妮，已经让阿波罗触及到，正变成月桂树，但大部还是人形，半启的唇，是处子的惊恐，真是甜美。大理石的材质，在某一方面，和黏膜有着相同的肌理组织，是靠艺术家的手开发出来的。

教士也是流行的主题，黑色的僧衣里，脸色格外苍白，流露出苦行和奉献精神，中世纪的滴血的耶稣身体此时有了人间相。人类的隐忍表情，需要抵挡俗世的诱惑，所以是紧张的，甚至有痛楚。读经的使徒多有点类似后来的印度圣雄甘地，看得出肉身受约束和磨折，镜子反光下的纸质经书，书上的墨字，羽毛笔，表明印刷术时代降临。越来越丰裕的生活资料进入绘画领域，宗教的题材便也物质化起来。我想，物质生产应是绘画者欢迎的，无论以工具材料论，还是技巧和天分，都是冒险，艺术者就是冒险家。总之，东西越来越多，摹写的对象也越来越多。倘若耐心排一排，大约静物画可充当文明史图：螺钿、铜器、土陶、彩釉、瓷、玻璃、金银、麻布、天鹅绒、丝绸……新近有位罗马尼亚电影导演克里丝蒂安·蒙吉，拍摄有《四月三周两天》，还有《越过群山》，他的电影里，人们经常在用餐，我以为他很可能是静物画的爱好者，迷恋光和影在器物上的反射。台湾导演侯孝贤也是有恋物癖，《海上花》里，是油灯的光从丝绸上滑上滑下的效果，到《聂隐娘》，则改成麻织品，粗硬的纤维，浆过，支棱着，大王朝的气象。凡视觉艺术人都爱物质，物质的占位体现了空间，就像化学里的试剂，将无形变成有形。

不同的物质生活里，人的脸也在变化，当华丽的盛装，严肃的礼服卸下，仪式感便解体了，分配成日常起居的细节，表情便从绘画者的直视中解脱，变得生动。

闻情人处死，服毒丧命的妇人，保姆手中的婴儿抱住母亲的脸，父亲则抓紧时机捋下死亡女儿手上的戒指，丈夫打发报信人，翻倒的椅子，水罐子，花窗格子，窗幔大开，窗外的河流，窗下进行到一半被打断的午餐，狗上了桌子，护壁板上的画、挂钟、衣帽钩，倘没有文字说明，很难解释清楚混乱的缘由，但只这场面本身，就足够凄惨，而且暗藏丑陋，暗示一出世情戏剧。风俗画的作者如何处理道德感，令我好奇，似乎不完全能够启用讽刺小说的解析方法回答。在他们，显然还有一种邪恶的美学，是非评判是交给社会学家的工作，他们关心的是表象，外在形态的价值。到现代艺术里，这种外相上的形式被抽离具体的人和物，概括成单纯的图像，那就不好看了，或者说不容易看了。共识的背景取消，需要哲学的诠释，其实与观看的初衷背离了。所以我的认识程度始终停留在具象的时期，自文艺复兴到毕加索止。

后来，在阿姆斯特丹的梵高美术馆看见有一个配属展览，将梵高笔下人物的原始形象拍摄成照片，梵高曾经居住过的一个小镇，为乡民肖像：邮递员，送奶工，农人，等等。当然，照片里都是现代人，取他们的职业身份，也算是画中人的子息，奇怪的是，他们依然保持着先辈的脸相。梵高粗粝的笔触颇有写实能力，他看得懂人的身体与面部在所处的生活里如何塑形，关键的点又在哪里。

风俗画集聚于荷兰画派，那一位乡村婚礼的作者布鲁盖尔在柏林绘画馆里有一张大幅的全景式的乡村画，农人手艺人形态各异，喂鸡赶鹅，打铁烧火，通烟囱，锯木头……有点类似上海连环画家贺友直先生的市井图。贺先生更写实，这一位，则具仪式感，多少放弃了实际状态的自然性，甚至有意忽略透视原则，很朴素地表现要表现的。好比古埃及人画脸，正面一双眼睛底下是侧面的鼻子。所以，他笔下的生活场景就带有图案性，这也像中国的游园图，《红楼梦》里，贾母嘱惜春作大观园图，倘真作成，大概就是如此。再有，中国古时的地图也是，因是把空间想象成平面，位置方向都不错，却平铺直叙。作为一个航海国家的公民，布鲁盖尔不见得会以为地球是一张饼，更可能是尊重视觉的限度，那当然就是二维的空间，因此，人物都是在方便视觉接受的范围内活动。有意思的是，此幅占据了一面墙的画前面，专提供一份说明图，将人物编号，然后依序说明所做营生。

这一次，是从柏林乘火车直取阿姆斯特丹，一过边境，情景大不同，房屋骤然间多起来，房屋里的人呢，都走到露天，或作田，或畜牧，洗刷晾晒。牛和羊也多起来，马在奔跑。边境那一头，则是整肃、寂静、少有人迹。火车在气象蒸腾的田野飞驰，参与进活泼的画面，成为一分子。如此，便不难解释荷兰画派里的喜悦，过日子的兴头。国家博物馆里有一张圣母玛利亚的画像，文艺复兴时期的圣母像多是发源自意大利的美女，这一幅却不同，是一张村姑的脸，极年轻，混沌未开，所以，就有些像与村里小伙子荒唐，然后未婚先孕。这么说不免有亵渎之嫌，可是，玛利亚不就是个民女，圣婴诞在马厩，成为救世主是后来的事情。这里的耶稣受难图也是另一路的，十字架推至远景，近景是造刑具的工匠，摆摊的商贩，集市已经开张，人们从四方汇合。耶稣造访也是推到后部，画面主体是妇人办炊，活鱼鲜果，鼎沸锅开，大有“有朋自远方来，不亦乐乎”的意思。

我看画不太记得作者的名字，谁是谁意义不大，可却喜欢读标题，标题里通常有故事。阿姆斯特丹国家博物馆的标题格外详细，比如一幅小女孩肖像，标题里写，从衣装和仪态看，正要踏入成人社会，不知道她来自哪一个阶层，也不知道命运如何；比如，第一次入画的市民夫妇，第一次出现在荷兰绘画作品里的黑人肖像，猜想是某一次航海带回的非洲水手……标题以外，还有小贴士，记录观感，比如一幅表现女性私密的图画，贴士写的是——色情与美不能混为一谈！人群中有一位东方人，显然和我有同样的兴趣，他拍摄每一幅作品的标题。

因这些文字，画中人变成一个实有的存在，有来历，有命运，亦有归宿，而非杜撰，至于作者，倒变得乌有。通常是在另一个场合，了解作者，书本，这又涉及美术史了；故居，比如代尔夫特，港口停泊的船上，女主人说，看见吗？那里就是维米尔画中的景色，而这里，是画家写生的位置；再有，传记片，总是和浪漫史有关；到近代，就是传媒了。可在美术馆现场，他们都沉默在画幅背后。画幅如此鲜明，占据直观性质的视觉世界，将它们的创作者挤出局，变成无名氏。许多无名的画面留在深刻的记忆里，兀自活动起来，也许已经离开原有状态，包括那个村姑玛利亚，出轨的新娘，孤旅中的游僧，还有巴黎卢浮宫的法国绘画馆——那是完全不同的景象，无比的浮丽，袖笼里伸出纤手，左右缭绕，束腰缎带的光滑动在烟雾般涌起的丝绸裥皱里，看不见人，只有艳情，还有色欲。法国人的色欲都是物质化的，不像《戴珍珠耳环的少女》的原始的“淫荡”，珍珠耳环上的那一点光，更可能是对照，用物质对照肉体，提炼出进化。走在美术馆里，被多少世纪的积累淹没，哪里挑得出什么更好，什么最好，只能按你的心意来，挑喜欢的，多看几眼。法国绘画里的美艳难以抵挡，明知道是俗丽，整个巴黎都是俗丽，可就是煽情啊！著名的雷诺阿总是将养尊处优的女人孩子作摹写，那是经过文明养育的肉体，肌肤吹弹得破，对于粗犷的颜料画笔是巨大的挑战，这里面多少有匠作的乐趣，用堆叠达到轻薄，比事实本来面目还轻还薄。似乎和维米尔正走个对头，雷诺阿是要在进化中提炼原始性，织物与器皿被赋予了情色。德加的芭蕾主题，我以为意在舞者的纱裙，化纤还未产生的年代，那纱其实是活物的皮质，本身就是肉感的，一层，两层，三层，打着裥，光投上去，是户内的幽暗的光，有一种私密，在纱和纱的层间互映，小小的巫术。舞鞋的缎制的束带，因绷得紧，亮光突起来，鞋里的脚，有一些变形，担负了不自然的使命，变成文明的暧昧。法国画里的风景，比如巴比松派，美得不真实，像浪漫小说，仿佛不是从天地造化里出来，天地的手笔总是杂芜的，因元气旺盛，当然也不定齐，巴比松就是那一块，精修的盆景，专供出来。那些花呀，即便不在贵妇的瓶中和帽饰上，而是漫坡的芳草地，都是透光。放在美术史里，也许就牵涉颜料的革命，软管产生，从户内到户外，人工采光到自然光，视觉世界裸露，观看的官能性增强，难免沉溺，享乐主义盛行。这时节大约可用中国晚明做比，物质丰裕，风气奢靡，奇技淫巧，声色犬马，然后，外族人就入侵了。知识阶层总是慕古，汉唐是中国古人的追梦，好比西人追溯希腊，但现世毕竟粗莽有力，一味向前，哲思抵不过感官的直接性，那是贴肤的愉悦。

在美术馆里漫行，走过希腊罗马的雄健轩昂，再走出中世纪的压抑——看过一幅木板绘画，想来是从某教堂壁上拆下，将地狱里的酷刑一一描摹，极似佛教的阴曹地府，赴汤蹈火，但进一步地依仗刑具，这就像中国古代的行刑，凌迟车裂什么的，说明工具的应用早已进入宗教，耶稣受难不就是钉在十字架吗？然后，文艺复兴来了，圣人有了俗人的面目，紧接俗人脱去圣人的外衣，以自己的身份出场，商贩、银行家、包工头、女仆、乡人、脚夫，耕作、集会、纺机、吃土豆的人，再往后，印象派带来户外的光与色，油彩一下子轻盈透明，人生变得优悠、惬意、恬静、亮丽，绘画实是感官主义的本质，视觉的灵敏仅次于触觉吧，适当的隔离延宕了时间，动用一点理性充斥空隙，恰到好处。现代绘画多少无视初衷，将不可视的思想作可视，观看就被抑制了。越过直观进入思辨系统勉为其难，敌不过语言和文字。现代主义作品往往无标题，或者题目笼统，不像风俗画标题那么饶舌，仿佛索性放弃话语权。事实上，抽象画的主题基本可归一类，就是虚无，不是中国意境的虚无，带有时间起点的困惑，而是先有了时间，再取消。时间流程里的具象性，人脸、躯体、器物，苹果园里，阳光穿透树叶子，果实被孩子啃得汁水淋漓，即便是有闲阶层的委约，一家人穿着笔挺的出客衣服，神色谨严的画像，好比后来的照相馆全家福，但绘画里人自有一种不真实，不是相对于作伪，而是和艺术有关，对幸福家庭的想象……这些具体的微小的价值，被悉数取消，纳入更高级的哲学，就是虚无主义。题材的开放，自文艺复兴至今日几百年，穷尽了绘画的资料，物质生产似乎也到尽头，对摹写技术的挑战偃旗息鼓，历史将完成周期。毕加索是大师，不敢对他说什么，他确实划分了时代，将具象写实这一页翻过去了。

大师是观看美术馆的导引，就像浮标一样，提示水面下的暗潮。同时呢，大师也会遮蔽其他，将丰富性简单化和概念化。所以，初踏入美术馆，汹涌而来，直至淹没辨识力的那个阶段其实非常必要，一闷棍子打昏，渐渐清醒过来，眼前呈现的不定是谁的画幅，当然，大师们也来了，他们先期占领认知，但感性有时亦会压倒理性，不是说，绘画最能调动感官吗？尤其是我们这些门外汉，并不知道谁是先行，谁是后到。伦勃朗的革命早已成为后来者的道统，遍地都是伦勃朗——不是吗？黑色礼帽底下的人脸，奇怪地明亮着，从深色背景中突起到前景。独特性和风格化被潮汐漫卷，卷裹成一个世代的主流，又逐渐成为意识形态，等待下一个革命者。这就又涉及美术史了。观看者看到的只是一个展室，连接又一个展室，走过多少展室才会起变化，就像处在时间局部的人，历史分解为个别的经验。所以，大师还是重要的，他们的名字标志出阶段性的进步。或许是距离近的缘故，印象新鲜，越到近代，大师的名字，即便对于普通人，也越来越耳熟能详，几乎排列成阵向我们走来。强烈的个人性质，使得时代的总体感都变得模糊，莫奈、梵高、马蒂斯、高更……互相很难混淆，主流分解成多条支流，艺术家不再甘心走前人的老路，而是另辟蹊径，好是好在多样性，缺憾则是一个人的力量总是单薄的，分配到平均就稀释了。然而，背后总还是有一种共同性在起作用，只是走到前台时候，一下子崩裂，四处飞溅碎片。

奥地利萨尔茨堡，莫扎特音乐学院旁边，很不起眼地立着一个巴洛克艺术博物馆，是不是原来的巴洛克教堂旧址？教堂已无遗存，展出内容有限，有一个部分是当年造教堂的草图，壁角、壁龛、窗台、弯拱、穹顶，不是建筑图样，而是类似舞台设计的气氛图的小样，作者全是无名，亦非美术创作，只是为教堂的用途而设计，如今看来，却都是独立成章的绘画。那一小幅，一小幅的室内画，没有人，亦没有安放神像，就有格外的静谧和安详。仿佛无标题音乐，还像是没有作者的赞美诗。记得是一个下雨天，人们都涌向莫扎特故居、城堡、大教堂、著名的粮食胡同，此处清寂得很，流连着几个避雨的人。被草图吸引的除我，还有一个女学生模样的西方人，她很抗冻地赤脚穿一双凉鞋，我的单鞋已经湿透，和她的寒冷度也差不多。她拿着一具照相机逐一拍摄图画，我拿一个好易通阅读标题文字。我们互相看一眼，微笑一下，走开去，过一时，又碰到，再看一眼，笑一笑，真有些知己的意思。看和被看，都是无名，萍水中流连而过。

遍布佛罗伦萨的雕塑，著名的大师名下往往还记有雕刻学校学生的字样，那一凿一斧，削石如泥的手，都是无名者。罗马的街头巷尾，时不时有无题的石头上的人物和神祇，美术史呈现散布和隐藏的状态，有些接近中国内陆的乡村，残垣断壁上的题额、楹联、墓志铭……更多更多，多得多的湮灭于时间，杳无踪迹，我们只能从那些遗存物推测、揣摩，其实已经变形，在继承的复制中进化或者退化。但是，消亡和失传在生态上亦是必要的，它将各类存在的储量控制在适当的度里，与人合理相处的度。和一切接受体相同，直观的容纳是有限的，后天的选择未必最佳，还是依赖造化，物竞天择。如今，视觉实在太过拥簇，什么都在保存中，同时呢，生产力发达，生产关系进步，需要多少墙壁，才承担得了艺术家的创造。实在是太多了，而且有名有姓，眼睛来不及看，脑子来不及记，简直令人发愁。动力革命加速爆发，蒸汽机、电子、化工、数码、纳米、细胞、基因，生产多少新物质，艺术家都是恋物癖。生活材质的变异继续塑形人体，文艺复兴中活泼起来的脸相又一次弥合差异，变得彼此相像，人似乎又一次丧失个体性，但不是归顺神学，而是现代物理学。风俗也在消失，消失于流通带来的同质化，也可能还有，只是退出艺术的对象领域，因为艺术有了更高的哲学的目的，就是解释存在。地球依然在太阳系里运行，日出，日落，斗转星移，风景还在，看风景的人却不在了。艺术史总是要求里程碑，要求划时代的事件，可是，力量仿佛在溃散。每一点都是前人没有，推陈出新，就是聚集不起来，成不了历史趋向性。美术馆里的自画像上的人脸，穿过酱黑，穿过姜黄，穿过镜像，有股子浑然不觉，又有股自恋，将主体当客体，看变成被看，有一些些庄子梦蝶的境界，谁在摹拟里，又谁在真里。许多时间过去，所有的摹拟仿佛石化，都变成实有，那被占位的一个瞬息，在被看里存在下来。即将走进社交圈下落不明的小姑娘，失贞的新娘，讲鬼故事的老婆婆，缎子束带里的纤腰，黑压压的林中小径，上面走着的人和马匹，完全不知道被看了多少年。还有赶海的小孩子，在退潮的回涌中，努力站住脚，提着小铅桶；传令兵勾搭主人家的使女；小姐在深闺写着无人接收的信；莎乐美手里的人头，正在阴阳两界当中，不晓得发生了什么，露出惊愕的表情……生气勃勃的人和事，胜出作者的名——那些拗口的拉丁文字的名，以及出生地，生卒年月，统统留给艺术史的学生去死背吧！

从美术馆的画廊中间穿行，视野里满满腾腾，应接不暇，心里呢，是有一点空洞。直观印象来不及转换认识，形成常识。这些画面，看多看久，亦会生出孤雏的凋零，仿佛墓地里的坟冢，依着编号排序，与陌生人比邻而居，挤簇里的寂寞。在罗马，曾去过一处夏宫，每月头上可入内参观，免票。一个庭院，一座前厅，十来个参观者，手里拿着同一本旅游指南，大约只这一本有介绍。夏宫的历史源于十六世纪，前厅的穹顶画大约是仅存的遗迹，十来人仰头看穹顶，看一时，再到院子里走。院子修葺得整齐精致，小径、花圃、草地、水池、水池里的雕像，罗马花园该应有的都有了，却是微型版的。地处闹市，步行即可到达人声鼎沸的古斗兽场，再过去，搭乘62路公车，就到了梵蒂冈，那里有著名的穹顶画《创世纪》，夏宫的穹顶就像是凿子下的一星碎片，穿越过辉煌的帝国时期，来到十六世纪，再到今天。罗马的考古层是横铺在地面的，信步走去，就可穿越。也有一种寂寞，用中国现代作家苏青的话说，在人家的时代里总是有寄人篱下的身世感。从这点看，美术史就很重要了，它让同时代的陌生人变成朋友，不同时代的陌生人建立起承继关系，组成一个大家庭。但是在美术史之外，也就是大家庭之外，那些无所归依者，可能是更大量的，用文字史的用语说，纳不进正史，便成野史。

在布拉格国家美术馆，令我惊讶的，有如许多未完成的画幅，粗略的线构上，一半或一多半上了颜料，像什么？像蜕变中的动物，被战争还是革命叫停了，抑或只是绘画者的寿数，无论何种原因，都是中辍的命运，连一张画都不及结束。这些半成品无意间倒透露作画的过程，勾勒轮廓多是大刀阔斧的粗硬线条，是作品的原始状态，脸、身体、战马，呈现几何形状，是课堂素描训练的基本格式，影调还没有显现。此时的艺术者，这些匠人们，几乎成了上帝，上帝说，要有光，于是，有了光。现在，光只照到一半。完成的部分立体地突起着，形态尤其鲜明，真仿佛开天地，清混沌。映照之下，未完成又像是隐匿，遮蔽着某一种私密性，好比与上帝间的立约。那些临摹者的手笔可是要谨慎多了，没有原创的自由权，有的是虔诚，如同对造物的遵从和驯服。严谨细密的人生自有价值，暂时无法提供新东西，但是，认真不懈地复制，复制，复制，积累人手功能的总量，四面八方汇聚起来，终能够质变成原创力，由上天选择的那只手，实现飞跃。

这样的无名状态，不知是由什么结束的，美术史似还不足承担咎责——米开朗琪罗、达·芬奇、伦勃朗、维米尔的名字仅囿于美术史，似乎从梵高开始，背景性的资料发展成显学。梵高听说兄弟喜得贵子所作的一树樱花，在日本版画式的平涂蓝色里绽放，人们看见了凄惨人生中的慰藉，临终前最后一幅作品上叠加的油彩，失去焦点，真就像呓语，令人心惊。高更的故事也来了，带着南太平洋热烈的阳光，“六便士的月亮”。罗丹的逸事就像坊间传言，一下子弥漫开来，为他的那些泥巴堆成的人体——听起来真像是上帝造人，注入进情欲，还是人体里的荷尔蒙外溢……现代艺术者的个人生活显然放纵得多，制造奇遇的机率越来越高，回过头去，米开朗琪罗的生平就和一个店铺伙计差不多。也许是那个时代太恢宏，私人遭际微不足道，个体融入集体，类似社会主义的文艺创作。日本文化学者加藤周一先生，曾对我有一番教诲，先生认为古典艺术的辉煌在于有一个他者，就是神，现代主义则以自我为出发。先生说，十三世纪无名的工匠建筑教堂、神殿、皇宫，无意创造风格，可是风格产生了；现代艺术家每一个都在发挥个人风格，结果是，彼此相像。本来，社会主义艺术有一个机会，因为出现一个他者——无产阶级，可惜没有成熟。如果我没有理解错先生，大概就是这个意思。“他者”这个词，不知道用得对不对，语言经过转译，差异是难免的，总之是自我之外，更可能是自我之上的某种存在。启蒙运动里的人本主义将自我解放出来，就好像剩余价值解放资本，从此走上不归路。

叙述性的元素支持着直观的二维空间，同时也在削弱，视觉世界变得可疑，要求诠释。于是，创作者的童年记忆，性格，命运，所有情节性的部分，全成为观看的辅教，甚至有上升为主体的趋势，画面则成为配图。然而，二维毕竟比一维占位大，一旦走进美术馆，满壁的画，扑面而来，你简直招架不了，什么美术史、个人史全抛在脑后。线条、颜色、明暗、光影、画布上的小颗粒、刮刀的痕，这些单位性的元素，结构成具象的人和物，是我们共存的世界的表象，藏在时间空间的裥折，此时袒露出来，送进眼睛里，你就只管看好了。

二〇一五年九月二十四日　香港

旅馆里发生了什么?

不经意间，读到英国作家安妮塔·布鲁克纳一九八四年获布克文学奖的小说《杜兰葛山庄》。在我，这是一位陌生的作家，吸引阅读的是书名。“山庄”，它可能是庄园，亦可能是旅馆，在这里是后者，总之，相对孤立的空间，其中发生的人和事，多少带着幽闭的色彩。旅馆，是英国小说的钟爱，是否与十四世纪诗人乔叟有关?著名的《坎特伯雷故事》，是作者在朝圣路上记录于结伴同行者的讲述，类似中国蒲松龄的《聊斋》。蒲松龄为他的采集假设一斋，即书房，收藏陈列；乔叟则将故事置放旅店，取名“泰巴德客栈”，比书斋的案头更有现场感，讲者和听者都有着生动的面目，之间的关系也是具体的，于是，又结构成一个大故事，变成故事的故事，好比《天方夜谭》。十九世纪末，坎特伯雷大主教在自家书房里举办“幽灵之夜”，朋友们济济一堂，围炉夜话，讲述鬼魂逸事，作家亨利·詹姆斯从中得到灵感，写下《螺丝在拧紧》，称得上惊悚小说开山之作。极有可能，“幽灵之夜”的创意就来自乔叟的故事集，只是讲述有命名规定，接近主题论坛。一个大主教，热衷听鬼故事，难免有离经叛道嫌疑，但正当科学和哲学兴起灵魂研究，对世界开启新认识，宗教也应与时俱进，哥白尼的时代一去不返了。更可能是神职人员其实过着一种枯乏的生活，在上帝和信众面前谨言慎行，回到家中，放纵一下，也是人之常情，上帝创造的第七日不就是休息日吗？

那一具火炉，发出幽明的光；酒，喝到微醺；炉边的人呢，多是过路，偶尔的结缘，冥冥中，或也有前定。禅家说，修百年方能同舟。共同的目的地，或者不同的目的地，途中的交集。这一盆火，除了旅舍，还有，还有驿站吧。驿站总是在俄罗斯文学中出现，广袤的原野，漫漫路程，马车在换乘的驿站之间，一程接一程。《战争与和平》中，彼埃尔就是在驿站，与共济会长老邂逅；普希金的小说里，驿站也是情节的发生地；柯罗连科的短篇小说《怪女子》，流放犯与解押的宪兵在驿站过夜，讲述了那个女革命者的故事……中国文学里也有驿站，比如陆游的“咏梅”——“驿外断桥边，寂寞开无主”，虽也颓唐，但花事多点少点有烟火气。还有杜牧《过华清宫三绝》，“一骑红尘妃子笑，无人知是荔枝来”，讲的是唐明皇遣人为杨贵妃千里送荔枝，想必经无数驿站换马，场面华美热闹。俄罗斯的驿站却是荒凉的，仿佛洪荒宇宙，人变得渺小，无足轻重。我想，这不仅是自然地理地貌，还有社会的原因，沙皇帝国是黑暗的历史，知识和思想坠入虚无主义，驿站几乎就是天地不仁的一个明喻。旅馆，则是人的世界，即便在乔叟的中世纪，神权的压抑之下，当然，文艺复兴已透露晨曦，朝圣的旅途，打尖儿的客栈，还是充斥了俗世的温暖。

时间进到十九世纪，狄更斯问世了，小说《常青树客栈》，是一个阴沉的客栈。也难怪，雪天里，失恋的人，经过换马的驿站——没有停留，入夜时分，沼泽地上一幢老房子，无论如何也不会是明丽的景象。相比之下，乔叟那一个“泰巴德客栈”倒是暖融融的。以往经历过的客栈一一出现眼前，瑞士、威尔士、巴黎、威尼斯、海德堡，还有美国的客栈，哪一个是愉快的呢？这就是孤旅的命运吧。但是，炉火、役仆、八卦，驱散了忧郁的气氛，而且，霉运转为好运，恋人回到身边，最后，客人热情地颂扬道：“我要祝愿常青树蓊郁葳蕤，使它的根须深深扎入我们英格兰的土地之中，让天堂鸟将它的累累果实播撒在全世界，到处生根开花结果！”在这里，旅店不仅是故事的集散地，当然，役仆也向客人讲述了一串故事，但最主要的剧情，还是发生在“常青树”的现在进行式里。

二十世纪接踵而至，最著名的旅馆大约称得上E.M.福斯特的《看得见风景的房间》，那是意大利佛罗伦萨的小旅馆，“供应膳宿的公寓”。我要说的《杜兰葛山庄》，大致就是这样的格式，至今为止，欧洲还有着无数家庭旅馆，都循此惯例。其时，已是上世纪八十年代，距离《看得见风景的房间》的一九〇八年，七十年时间过去了。所以，“杜兰葛山庄”是老派的旅馆，仿佛遗留于上个时代，就是通常所说的维多利亚时代。维多利亚女王在位的一八三七年到一九〇一年，是英国繁荣昌盛的黄金期，我们比较频繁听到这个名词，大约来自阿加莎·克里斯蒂笔下的马普尔小姐。马普尔小姐，和职业侦探波洛相比，只能算是业余，破案是她的余兴节目，她另有自己的生活。到克里斯蒂的小说里，已经是个老夫人，认真推算，她确是维多利亚时代的过来人，不是说，维多利亚时代事实上延续到女王身后，直至一次世界大战！马普尔小姐也自称是那时代的人：“我的侄子雷蒙德说我的心像个污水沟。他说大多数维多利亚女王时代的人都这样。而我只能说，维多利亚女王时代的人对人性懂得太多。”马普尔小姐总是用维多利亚时代的人事参照案件中的，奇怪的是，这种方法往往很见效，真相就此露出水面。这就说明维多利亚时代的价值衡量标准具有普世性意义。

旅馆，大约可算作繁荣昌明的一个小聚光点，听狄更斯对常青树客栈那一番颂词！暂且不论那些偏僻的角落，勃朗特姐妹夏洛蒂和艾米莉，她们在乡间生活，那里有着一种恒定不变的命运，舒缓了进步着的速度。生于一七七五年，卒于一八一七年的简·奥斯丁没有赶上维多利亚女王的好时代，她们姐妹呢，似乎也没什么明显的改观。同样是寂寞的外省风景，单调的闺阁生活，难以见到生人，就无从论及婚嫁，更何况没有嫁妆。她们得以走出宅子，进入外面的世界，只是邻人的又一个宅子。比如卡瑟琳在荒原上受伤就近养息在林敦家；班纳特家的大小姐则是受凉感冒，滞留彬格莱家，然后，二小姐前去照料，认识了座上客达西先生；身世飘零的简·爱交游倒是广阔的，舅母的家、孤儿院、罗切斯特的庄园、教士的小房子——其实是孤儿院的翻版，罗切斯特则和舅母家同是寄人篱下，但爱情降临，与罗切斯特的婚姻有可能将简·爱带出去，周游世界，然后，就到了旅馆。

旅馆这地方，不仅意味经济实力，还意味开放的生活，维多利亚女王的时代，在海外建立大量殖民地，英伦三岛的眼界就拓宽了，这两者都不是女性独自完成得了的，即便维多利亚女王，阿尔伯特亲王去世后不也隐居起来，所以，也许，旅馆更意味婚姻。世风日变，到克里斯蒂的时代，旅馆里渐渐有了单身女人，多是年轻、经济独立、拥有事业的女性，后来，老宅子改造，青年旅社应运而生，女孩单身出行就算不得奇观了。像马普尔小姐这样的老派人，在旅馆的常客里是个特例。她终身未嫁，靠父母的遗赠节俭度日，但是她总是遇到慷慨的人，比如侄子雷蒙德，曾经资助她在加勒比海住上一阵子，养养她的老寒腿；旅馆里，认识一位拉菲尔先生，于是又有了下一次旅行。她已经到了那样的年龄，单独和陌生人交道不会有风险，无论身体方面还是名誉方面。旅馆是一个不循常规的地方，就看谁让谁进去，E.M. 福斯特的人进去，会邂逅爱情，阿加莎·克里斯蒂将马普尔小姐安排进去，就必定发生谋杀案。

杜兰葛山庄位于瑞士，日内瓦湖畔，从名字就见出私人宅邸的前身，果然，属当地名望胡伯家族的产业。可以想象是一幢老建筑，并且保持旧风，没有电子音乐，没有景点广告，没有桑拿房、美发厅、售品部，同时呢，客房也呈现改造于家居格式的限制，狭小、逼仄、不规则的空间，局促地安置着桌椅床铺，卧具窗帘的颜色是暗淡的中间色。然而，楼梯却是宽阔的，大堂，这里叫“沙龙”，则是古典主义的华丽，鲜蓝色地毯，玻璃圆桌，扶手椅——我想大约是洛可可式的弯角与曲线，立式钢琴，弹琴的老先生领口系着蝴蝶结，弹奏的也总是老调子吧。中国古曲唱的“眼看他起高楼，眼看他宴宾客”，就是那一幢楼，但最后一句,“眼看他楼塌了”没有发生。仿佛历史忽然偏离必然性，转进壁龛里，封存起来。倘若是马普尔小姐，就又要生疑，她走进“伯特伦旅馆”，看见一幅过时的图画，立刻警觉到不对头。马普尔小姐是个恋旧的人，常感慨人心不古，今不如昔，但真看见时间绕行，兀自流去，抛下一截残桩，犹如孤鬼还魂，且会不安。她是个明事理的人，知道世界在变化中。最后，伯特伦旅馆之谜被她破解，其中果有大奥秘。

阿加莎·克里斯蒂的生卒年岁为一八九〇年至一九七六年，安妮塔·布鲁克纳则一九二八年至二〇一六年。两人并驾齐驱四十八年，却跨越一个世代——两次世界大战，以及战后重建。后者的写作开始于前者身后的上世纪八十年代，文学史早在克里斯蒂同时期已经迈入现代和后现代，弗吉尼亚·伍尔芙是为代表人物。克里斯蒂借马普尔小姐的嘴，讽刺现代小说里的人物“郁郁寡欢”，维多利亚时代的人说话总是含蓄的，可是“郁郁寡欢”不也正是对虚无主义的一种描绘吗？但是，很显然，安妮塔·布鲁克纳有不同的看法——《杜兰葛山庄》的女主角埃迪斯·霍普约莫与马普尔小姐的侄子雷蒙德同辈，两人都是作家，两人的恋人又都是艺术家，区别在于，后者有情人终成眷属，前者，却是在常伦以外，于是，不得正果。克里斯蒂虽然循历史发展而进步，但生于维多利亚女王在位，根性生成，大局已定。埃迪斯·霍普是伍尔芙的忠实粉丝，为自己生有伍尔芙的脸相而骄傲，偏偏不巧，同住杜兰葛山庄的客人，普西太太，说她像的是另一位史上名人，安妮公主。英国历史上有多位“安妮公主”，最著名的是亨利八世第二任妻子，我也以为指的是她。她以淫乱的罪名被指控，然后正法，暗合着埃迪斯插足他人婚姻的爱情。

安妮塔·布鲁克纳让自己的人物做现代主义信徒，自己却因循传统叙事模式，有一说一，有二说二。埃迪斯小姐，在伦敦闹了一出“逃跑的新娘”，既为避祸，又为疗伤，走进杜兰葛山庄。第一个邂逅，是一条名叫“琪琪”的小狗及它的主人，莫妮卡；接着就是那位系领结的老钢琴手，他让我想起上海八十年代复兴时期，和平饭店的老年爵士乐队，沉寂多年，终于又到了他们的黄金时代，可是，青春不复存在；第三，是斗牛犬形状的老太太，博纳伊伯爵夫人；略过一些散客，也就是龙套角色，目光终于聚焦到核心人物，普西太太和女儿詹妮弗。这一对母女称得上星光闪耀，容貌美丽，衣着昂贵，母亲仪态万方，女儿天真娇憨，母女间的亲情更是怡人。这一幅沙龙图画，收尾在经理室的办公桌后，老胡伯先生，客人们在他心中有一张谱，谁也脱不出他的视线。现在，一起谋杀案——假如说，有谋杀案在等着，人物都到齐了。《尼罗河上的惨案》，出发旅程的前夜，各路宾客汇聚瀑布饭店的露台上，可不就出事了！这只是开头，之后，还将有多次集合，集合的场地，最自然合理的，就是用餐。尼罗河游轮的第一餐饭，客人们依次就座，我以为是又一次点名，涉案人员重新亮相一回，形态就更鲜明一成。同样，埃迪斯在杜兰葛山庄住下，将有一次又一次的用餐，端倪就渐渐浮出。

唯有这样的老派旅馆，一半回头客，逗留时间又长，就像《看得见风景的房间》里，供膳宿的公寓，美国的“床和早餐”（BED AND BREAKFAST）大概就从那里来，几乎一日三餐共处一室。于是呢，产生一套旅居的礼节，同桌时的寒暄，饭后茶余的闲聊，一个临时性质的小社会就此形成，故事也来了。大型现代酒店，唯早餐有机会谋面，二三日便又上路，你来我往，如过河之鲫，人际关系是疏离的。当晚，埃迪斯坐在她独用的餐桌前，再一次清点她的同住者：斗牛犬样貌的伯爵夫人袒露出旺盛的食欲和酒量，吃相其实隐藏着相当的信息量，但未到时候，还不够做出判断；伴狗女士则胃口缺缺，甚至有厌食症的迹象，和第一面兴致盎然的印象不同，显得憔悴；那一对母女依然是光环的中心，熠熠闪烁，也是好胃口，和伯爵夫人不同，更像是贪嘴的孩子，伯爵夫人呢，似乎是，除去吃喝，还剩下什么呢？人物渐趋生动，悬念随之而起，一定会发生什么。很像是谋杀案，又不完全像，差异在于，埃迪斯不是马普尔小姐，更不是波洛先生，侦探的眼睛，看到的就是谋杀，一个作家呢？她崇尚弗吉尼亚·伍尔芙，此时又身陷情网不可自拔，但经纪人的态度是："爱情小说的市场已经不同以往了。现在流行的是职场女强人的性奇遇，到处都是手提公文包的年轻小妞。"现代作家，哪一个能离开经纪人。所以，我猜想她应是在介于大众和小众之间。一个爱情小说家的眼睛，将看见什么！看见爱情不错，又会是怎样的爱情，许多谋杀案与爱情有关。

悬疑呈渐强趋势。杜兰葛山庄的营业正进入淡季，马上就要打烊，客人余下这么几位。第一场雪下来了，情景向阿加莎·克里斯蒂的《无人生还》逼近。埃迪斯与周围的人搭上话，抬头不见低头见的。她认识了年轻服务生阿兰。普西太太和女儿詹妮弗邀请她一起喝饭后茶，同时向她介绍自己的幸福人生，那就是豪华旅行。逝去的丈夫留给她财富和自由，于是，周游世界，准确说，从一个旅馆到另一个旅馆。由于贴近的相处，埃迪斯发现一个秘密，那就是年龄。普西太太远不是看上去那么年轻，以此推算，女儿詹妮弗不再是个孩子，少女的打扮透露出尴尬，当嫁未嫁，青春已大。接下来，爱狗的女士也向她示好，意欲结成联盟，对峙普西母女，这个小社会就有了划分。伯爵夫人已经老到不能听不能语，于任何一边都派不上用处。她有着真正的爵号，晚年却走入平民的历史，那就是被儿子媳妇挤出宅子，住在旅馆，等山庄关门，再转移到洛桑的教会养老院过冬。

阅读的快感不仅保持在悬念，还来自故事里的闲适，大约就是维多利亚时代的风气了，中产阶级的趣味，不是衣食的苦争，亦不做哲学玄思，两者都有虚无主义的倾向，包含着存在的奥秘，这里只取中间的一段，物质生活，现实和精神的恰到好处。看小说中的人物、风景、美食、咖啡、八卦，这些琐细终究不完全无聊，而是有所暗示。说到底，你不相信作者会平白无故写下一些闲章，将不相干的人集拢一处，然后解散。又不是日本平安时代的女性小说，日常细节里都有禅机，就看你识破识不破。当然，现代主义小说也是没有叙事伦理负担的，它们从解构理论获得赦免，可任意处置人和事。

上世纪八十年代是个宽容的年代，许多限制都在取消，人们都有耐心“等待戈多”。我们对安妮塔·布鲁克纳了解不多，不知道她属于哪个阵营。然而，《杜兰葛山庄》既已具象地开始了，大概不会终结于抽象。事实上，平淡的表面底下，成因在积蓄着转机。有新人入住了，是从日内瓦主会场上派生过来的一个非正式会议，日内瓦可是国际会议中心，周围地区就可以拾个洋落。这些客人并没有直接生产情节，但是，营造了气氛。曲终人散的下行旋律，又抬起头来。埃迪斯，如今也算得上老住户了，她惊讶地发现，酒店里的年轻服务生远不止阿兰一个，而是有许多个，生意清淡时节使用假期，一旦上客了，招之即来。胡伯先生也到前台来了，原本已经移交给女婿执行。这一位胡伯先生，不知道作者有意还是无意，显得很神秘，总是坐在办公桌前。想象中，是一间背光的屋子，终日亮一盏绿玻璃罩台灯，光晕底下，一本住客登记簿里，记载着杜兰葛山庄的前生今世。不仅让人怀疑，酒店老板只是表面的身份，潜在还有另一个。比如，犯罪人；再比如，侦探，如同波洛。整个山庄里，唯有他，脱离埃迪斯的视线，兀自活动。当然，活动相当有限，但也足够暗示，在叙述者可视范围外，又有一双法眼，俯瞰山庄里的人和事。

预感充实着等待的时间，同时，生活照常进行。住客们彼此熟络起来，并不到稔熟，而是半知半解。这样的程度正合乎八卦的要求，也唯英国绅士淑女才可控制方寸。这个一直拥戴皇室的国度，保持着贵族的观念，与其说是“阶级”，更可能是仪式，就像中国古时的“周礼”。现代化的进程从内瓤穿过，留下外壳，无论怎么着，外壳上的体面不能放弃。我以为老式旅馆即是这种文明的体现，又是其中的自由和浪漫，偏离固有的社会，做熟悉的陌生人。汽车旅馆则是美国故事的标配，比如《洛丽塔》，比如《断背山》，是原始人性，又是人性的烂熟。在这里，杜兰葛山庄，无论实质演变成什么，优雅是不能丧失的。

内维尔先生，是日内瓦会议的与会者，或者尾随而来观光，总之，就在这个时间段，旅店再度热火起来的当口，他来了，并且滞留下来。普西太太立即向埃迪斯宣布：“你也有位仰慕者了。”爱情的年华已逝，膝下又有女儿待字阁中，对这类事格外敏感，也多少生出醋意。看起来，有情况在发生，虽不是期望中的那种，谋杀案，但也不离旅馆剧大谱，男女情缘，就像《看得见风景的房间》。内维尔先生，身材颀长，衣着以中间色为基调，手上拿一顶巴拿马草帽，可以想见何等样的姿态和风度。他的出场真很像上个世纪简·奥斯丁《傲慢与偏见》，单身汉彬格莱先生来到乡间，其时发现，杜兰葛山庄的长住客竟然全是女性，来自国度不同，阶层不同，经历不同，年龄不一，却全是单身。日内瓦的客人显然已经退房离开，尖峰时刻过去，另一种骚动起来了。普西太太发现内维尔先生仰慕埃迪斯的同时，终日与小狗琪琪相伴的女士莫妮卡，很微妙地，以求助的口吻透露她受到垂青，她对埃迪斯说：“能不能行行好，坐到我旁边来？今天我实在不想再应付那个男人了。”事实上呢，内维尔先生约会的，还是埃迪斯。姜是老的辣，普西太太的眼光就是辣，再则，人在事外清，可是，真的人在事外吗？又不尽然，晚上发生一件事——我们等待这么久，耐心终于有了回报。虽然不是谋杀案，但在这个避世且平静，难免乏味的小旅馆里，引起的激荡也相当可观。满月之夜，尖叫划破长空，楼道上响起惶遽的脚步声，向着普西太太的套间。这一幅图画又滑稽又诡异，母女俩站着，内维尔先生跪着，逮住夜间侵犯者，一只蜘蛛！内维尔先生受老少女性的调排，不无戏弄的意思，可绅士在任何境遇中，处之泰然。他继续住下去，并且，继续和埃迪斯约会，一个爱情故事即将走向完满，只剩一个缺口，眼看着就要合围。

此时此刻，普西太太的生日庆典来临，仿佛是下一个喜期的序幕。寿星隆重登场，“带着一种巴洛克式的富丽堂皇”，专用的餐桌上鲜花盛开，杯盘闪烁，服务生团团转，客人们也团团转。迎奉捧场却不是免费的，需付出代价，那就是说出你的秘密来，普西太太芳龄几何！答案是，“差一岁就八十了”。在东方人是让人敬仰的高寿，可是，对于一个美丽、性感、需要爱的滋养的女人，却有点残酷了。更要命的是，推算更进一轮，再是晚育，母亲坦承经过十二年的“艰苦卓绝和无私奉献”，女儿詹妮弗也已临界危险的边缘，和埃迪斯同年，差一岁四十。一只脚在青年，一只脚迈向中年，而婚姻遥不可及。从简·奥斯丁的时代到安妮塔·布鲁克纳，一百五十年光阴转瞬即逝，人生的主要事件还是那一个，女人怎么样嫁出去。相比之下，埃迪斯的斩获称得上富裕——一个情人；一个未婚夫，被奢侈地抛弃在婚礼上；现在，又有一个“仰慕者”。埃迪斯之所以乐于和内维尔先生往来，多少有些被周遭气氛推动，羡妒的目光，争夺的出击，还有普西太太的诅咒——就是在内维尔先生来到的时候，她终于想起来，埃迪斯像的是，被斩首的安妮公主，不是吗？一言既出，内维尔先生“背部猛然一抖”，分明看见四下里刀光剑影。

事情不是如阿加莎·克里斯蒂的谋杀案，一下子发生，也不完全像简·奥斯丁笔下的散漫，那么多的人和事，慢慢积蓄起来。那年头，无论写还是读，都很有耐心，旷日长久，人迹稀疏，又足不出户，讲故事和听故事最可打发时间。“杜兰葛山庄”是刻意为之的小世界，放空时间，与世隔绝，在它里面，事情不能太快，也不会太慢，这就是旅馆，不像庄园，是暂时的停留，而非永久居住。它既保持叙事的效率，又不违反自然生成状态，在日常的共识里，戏剧性依自身的逻辑演绎和激化，就像水面之下的潜流。鲜花、蛋糕、酒、吐露隐情，人人都触动心情，回忆往事。往日彼此看不顺眼的女人们忽变得柔情蜜意，缠绵悱恻，久久不散去。狂欢之后，常是人意阑珊，次日早晨，旅馆显得清寂。这一回，是真要歇业了，就当人们怠惰下来，一切准备结束的时刻，又出事了！虽然之前有过虚掷一枪，人们依然激动起来，门在碰响，脚步杂沓，高声地争吵，一个男子的叫喝穿透而出，动静还是来自普西太太的套房，谁让她是旅馆里的中心人物呢！不是谋杀案，故事已到末梢，再发生谋杀时间不够了，是另一种悬疑。普西太太靠在卧榻上，看起来像是心脏病发作，詹妮弗呢，并不在身边，而是在自己床上。薄如蝉翼的睡衣，垂落的肩带，春光乍泄的肉体，表情却是抑郁的。究竟发生了什么？谁都说没事，没事，可是谁相信呢！最奇怪的是，年轻的服务生阿兰也在场，按规矩他是不该进客房的，只听他连连声辩："我什么也没干啊！"端倪就在这句话里，此地无银三百两，事情已经明白一半，可是谁都装不明白。维多利亚时代的遗韵还在，话到这里必须住嘴，再说下去就失了体面，唯有埃迪斯这个现代人，很不识相的，非要问个究竟："能不能有谁告诉我……"胡伯先生喝道一声"白痴"，听起来是对阿兰，其实呢，要我说是对埃迪斯。没有人理睬埃迪斯，她只能自己猜测：阿兰这会儿说不定正搂着自己的小女友开怀大笑呢！要发生的事情终于发生了，亦不过如此，谋杀案总是难得，真要发生了很可能并不如想象中的传奇。埃迪斯的遭际还没有结果，旅馆里的生活转移了注意力，反而将主线忽略了。这条主线以埃迪斯给情人的书信表现出来，小说本身就是文字叙述，文字里的文字更缺乏生动性，兴趣总是在客观的现场上，难免使主述人自己进入盲区。现在，可以想见的最剧烈的情节过去了，延宕阅读欲望的还有什么？

旅馆里重又恢复平静，女人们回到面上和睦背后嚼舌头的状态，一百多年前，《傲慢与偏见》的场景仿佛穿越时间隧道，浮现出来。都在拉拢内维尔先生，唯一的男性住客，埃迪斯稳占优势。追逐的过程近似达西对伊丽莎白，用内维尔的话说："男人觉得猎物要是不够狡猾，太容易得手，也就没什么意思了。"现代人真是有什么说什么。归宿则大相径庭，那一对月老穿成红线，这一对，截止在求婚的一幕。内维尔坦陈对未来婚姻预设，那就是各不干涉，有一点像萨特和西蒙·波伏娃的约定，但少去了知识分子理想的实验，只剩下一己私心。即便上世纪八十年代，婚姻依然是稀缺的礼物，很显然，埃迪斯对爱情还保持着古典的观念，可是，时间不等人，世道在变。她其实也在屈就，以另一种现代性方式，那就是允许自己在婚姻外围获取爱情。离开杜兰葛山庄之际，她给情人发了一封电报，上世纪八十年代，还没有手机短信，用字就很简要，两个字：即归。是归回居住的城市伦敦，也是归回不伦之恋。时代不同了，简·奥斯丁的那些没有嫁妆的女儿们，只能寄居在长兄家中，做个姑妈，事实上就是伴女的身份，克里斯蒂的谋杀案里，伴女常常担任凶手的要职。伊丽莎白的好运气千载难逢，简·爱呢，夏洛蒂·勃朗特慷慨地给予一小笔遗产，而罗切斯特赔进一双眼睛，于是，从此过着幸福的生活。经济独立如埃迪斯，至少，至少可以不嫁！

二〇一七年六月二十四日　上海

文章所涉及书目：

《杜兰葛山庄》［英］安妮塔·布鲁克纳著，叶肖译

北京燕山出版社 2016 年

祛魅时代的异象

就像加西亚·马尔克斯《百年孤独》，故事从军人身上起头。“多年以后，面对行刑队，奥雷里亚诺·布恩迪亚上校将回想起父亲带他去见识冰块的那个遥远的下午。”已成为开篇的名句，多少小说随即跟进——从未来出发追溯过去，时间上制造回旋，更别致的，追溯是在一件全不相干的细节，于是，叙事就被纳入隐喻中，一径进行下去。《谁带回了杜伦迪娜》里的斯特斯的军级要低一阶，只是上尉，但奥雷里亚诺这个“上校”是在野的部队，斯特斯上尉则是公国亲王的地方队伍，政府军的性质。小说中写他身穿“地区上尉的制服”，又一处写到他的斗篷：领子上亲王所属的公务员徽章上印着狍子的一只白角。他的工作是向亲王负责，亲王则向大主教负责，以此可见国家体制为教会辖下的军人政权，这也和《百年孤独》相仿。

文学史大概就是这样套接起来的。写于一九六六年，三年后的一九六九年获诺贝尔文学奖的《百年孤独》，引燃“拉美文学大爆炸”，成燎原之势，晚生的中国大陆小说，也在八十年代中期，奋起直追，赶进热浪。不只是因为诺贝尔奖吧，许多获奖的人和作品隔年就没入寂然，所以，一定另有特殊贡献。是否在于西方叙事文学主流之外，开辟新支，为现代主义提供又一个模型？它将写实与虚拟的壁垒凿开一线，天堑变通途，人称“魔幻现实主义”。中国文学里，也有一路神秘隧道，《红楼梦》，如要命名，是否叫作“真作假时假亦真”？在儒家的道统中，操老庄的法器，自由来去，不是一般的天赋可以到达的境界。“魔幻现实主义”的条件比较具体，或者说物质性比较强，我以为，主要有两项：一是民间传说；二是社会生活资料。资本经济覆盖全球的今日世界，处于边缘的隔绝的地域，自给自足的逻辑运行，恰巧为“魔幻”提供了“现实主义”。地处南美的哥伦比亚与南欧的阿尔巴尼亚，某种程度上条件相仿，就像一种生物细胞裂变，在不同时间空间发生，是极有可能的。晚生于一九三六年的伊斯梅尔·卡达莱在一九八〇年完成《谁带回了杜伦迪娜》，借鉴《百年孤独》也许更是自然而然。

倘若有心，在阅读中会发现一些颇有意味的巧合。《呼啸山庄》，希克厉为报复卡瑟琳嫁埃德加·林敦，诱惑林敦家的姑娘，埃德加的妹妹伊萨贝拉私奔，来到呼啸山庄的蜜月头一夜，似曾相识，那就是莎士比亚的《驯悍记》，新娘随新郎入住洞房的情形，那任性的姑娘是如何被调教的？我相信艾米莉·勃朗特一定读过莎士比亚的戏剧，勃朗特的家里会有一间书房，就像林敦的画眉山庄，小孩子们成日价在书房里读啊写的，逢年过节，还会自导自演戏剧。从莎士比亚那里获得灵感的作者不在少数，就像画家们向《圣经》和希腊神话攫取题材。写作是创造不假，可终究一步一步走来，后人难免踩到前人的脚印里。就像方才说的“套接”，或者人们所称的“中国魔盒”，一层套一层。“中国魔盒”的说法来自哪里，有点让人生疑，倒是俄罗斯套娃的形象很生动。比如，《浮士德》，歌德自一七七四年至一八三一年几近六十年时间完成；事实上，之前二百年，一五八七年，就有根据同一位历史人物写作的故事书《魔术师浮士德博士传》；接踵而至的一五八八、一五九九、一六七四、一七二五年，相继有各种写作问世；在此同时，《魔术师浮士德博士传》译成英语，由英国剧作家马洛改编剧本，于一五八八年出版，搬上舞台，于十七世纪巡演德国，回到家乡，再经本土化改造演出，到歌德的时代，浮士德已经走进坊间民里，成为通俗戏和木偶戏，今天全世界读到的《浮士德》就在此时萌生。中国叙事艺术的流传中，明清小说中遇到唐传奇的人和事，再从唐传奇中窥见魏晋“鬼神志怪书”痕迹，亦是常有的邂逅。即便天书《红楼梦》，红学家们多承认从俗文学《金瓶梅》脱出。就这样，歌德的《浮士德》出世了，这一位浮士德令人想到《巴黎圣母院》的克洛德·弗罗洛副主教，同样的饱学之士；同样的对知识不满足；克洛德副主教将世界真相的发现寄予炼金术，正符合浮士德的前史和命名，炼金术师，其时投射在助手瓦格纳身上，瓦格纳有一间实验室；二者同样受魅惑，这魅惑同是女体，浮士德的那一位叫格蕾辛，克洛德的则是著名的艾丝米拉达；在浮士德，魅惑的恶魔变形为狮子狗，克洛德的魅惑来自无名的力量，却也化身畜形，一只金色角白色身的小山羊；魅惑的主角都以悲剧收场，但归向不同，也是出身使然。艾丝米拉达是吉卜赛人，更可能是娼妓的私生女，被吉卜赛人调包，最终被判女巫处以极刑。格蕾辛来自平民家庭，她的命运比较接近市井社会里，不规矩的女儿常有的下场——绰约中，仿佛显现出几重叠影。格蕾辛受浮士德支使误杀母亲，哥哥且死在浮士德剑下，情景很像哈姆雷特与爱人奥菲丽亚的哥哥欧提斯决斗的一场，前者是为母报仇，后者为父亲。歌德当然看过莎士比亚戏剧，梅菲斯特带浮士德去看戏，说是“魔女世界”，但人挤人的，分明是勾栏瓦舍，浮士德不也说“这简直有点像是集市”，大约就是歌德幼年在法兰克福看戏的经历。场次的标题“瓦尔普吉斯之夜的梦”，以及人物和情节，明显来自《仲夏夜之梦》。也有可能是相似的历史阶段所至，原始社会就是野蛮的，中国的春秋战国不也是，刀起刀落，剑来剑去，杀人不过头点地！这是一重影，又有一重——格蕾辛娩下婴儿，溺死后被判罪关进牢狱，浮士德则自顾自寻欢作乐，是不是有些类似托尔斯泰《复活》中玛丝罗娃的遭遇？聂赫留朵夫到狱中看望玛丝罗娃，也像浮士德探监格蕾辛。还有雨果《悲惨世界》里的芳汀，芳汀的孩子没有死，活了下来，忏悔赎罪的也不是始作俑者，而是另一个，冉阿让，救世的理想在十九世纪文学中人格化了，似乎也意味着世俗化的小说逐渐取代诗剧的位置。由于印刷术的发明进步，纸质的小说书传播更加广泛和流畅，写作者参照的资源也就越来越丰富。狄更斯《老古玩店》的开头，向晚时分，“我”在街头散步，遇见问路的小姑娘，这一场景在二十年后的俄国小说《被侮辱与被损害的》，也是开头部分出现了，气氛忧郁，故事也更为哀戚。不幸生于俄国的黑暗时代，陀思妥耶夫斯基无论命运、身体、性格都是低沉的，在工业革命勃兴中出道的前辈狄更斯，则元气旺盛，一派欣欣向荣。

文学史大约就是这样弥漫开来，氤氲般涌动，边界是模糊的，又是错落的，也许在很长时间段的重复之后方才突破一点，冒出新元素，所谓铺路的石子，指的就是这种重复。在重复中增量，同时介入个体的经验和想象，最后达到质变。所以，并不是简单的重复，而是渐趋渐进。

好，回到《谁带回了杜伦迪娜》，斯特斯上尉在睡梦中被敲门声叫醒，得到报告，弗拉纳也家远嫁到波西米亚的女儿杜伦迪娜回来了。新妇归宁本是自然的事，奇异在杜伦迪娜自称是哥哥康斯坦丁接她回家，而她所有的哥哥，包括康斯坦丁，全在三年前和诺曼底军队的作战中身亡。弗拉纳也是阿尔巴尼亚最古老的家族之一，贵族的光荣家世以骁勇善战和源远流长立名，受到册封，小说中没有任何关于时间背景的交代，我们或者决定故事发生在虚拟的历史之中，但有些细节却有又透露出写实的迹象。比如“诺曼底军队”，比如罗马天主教和拜占庭正教的对峙……无奈我对阿尔巴尼亚这一民族国家了解有限，虽然曾有一度政治结盟，有一首歌曲“海内存知己，天涯若比邻”，唱的就是我们和他们。在那个离群索居的年代，这个山地国家担任着中国对西方的想象，使原先就肤浅的认识更加变形。所以，无法判断哪些细节影射哪些现实，我只能启用文本内部的条件，分析和诠释。前面说过，我们假定故事发生在教会辖下军人政权的公国，政治和行政已经相当成熟，军人维持国家秩序，教会掌控意识形态，无论天主教还是东正教，都建立在祛魅的文明基础上。这个“祛魅”不是从唯物主义无神论出发，也不完全是科学，与儒家“子不语怪力乱神”也不尽相像，而是对魔鬼撒旦的警觉，维护上帝的旨意行施大地，所以，这一桩诡异事件上升到了教会之争，成为某一派攻讦另一派的口实，同时证明自己的正统地位。在此压力之下，就必须调查真相，厘清事实，以正视听。

从某种角度说，这也可以视作破案小说，特殊的地方在于，是用实证的方法推断灵异事件。灵异事件真的发生了，无可置疑，实证的壁垒严丝合缝，没有一线通融的罅隙。这就是斯特斯的为难所在，上尉极尽努力，企图打开两个空间的入径。他睡意未醒，在黎明前的暗夜中去往弗拉纳也家的宅第，白色的花瓣飘落，就像方才晨梦的延续。混沌暧昧的气氛贯穿办案的全过程——太阳是憔悴的，天下着寒雨，或者下雪，满目霜色，小灌木在风中抖瑟，田野荒芜，和杜伦迪娜的交谈犹如两个梦游者对话……魔幻与现实的边缘变得模糊，似乎为穿越铺设道路，可是，俗谚道，看山跑死马，可望而不可即。凿通两界哪里这么容易，需克服重重屏障。这部一百三十页汉字译文的小说，任务就在突破阻碍，从此方到达彼方，现在，事情刚刚开头。

也许，比较前辈马尔克斯，伊斯梅尔·卡达莱是拘谨的写实主义者，马尔克斯可以让美丽的雷麦黛丝升天，后者却样样要求合乎实际。不能就此以为卡达莱缺乏想象力，有那么多的民间传说、神仙志怪充斥听闻，升天的奇迹不难发生，难的是做决定，需要还是不需要。而且，我想南美和巴尔干半岛的山地生态不同，热带的温湿度，氤氲弥漫，物种奇特，分泌着致幻的荷尔蒙，异象叠起。马尔克斯的名言，魔幻是拉丁美洲的现实，我想，大部分指民族命运，也有一小部分指的是自然地理吧。山地国家阿尔巴尼亚，属亚热带地中海气候，夏季干，冬季雨，稼穑以旱地植物为主，生长期长，种类相对有限，现实的质地要紧密坚硬。“魔幻”就像石头上开花，需要极强悍的鼎力。所以，《百年孤独》里，“魔幻”与现实相应相生，融为一体；在这里，《谁带回了杜伦迪娜》，“魔幻”是为出发，向现实挺进。

首先一件事，斯特斯上尉向当事人杜伦迪娜询问，究竟谁带你回家？答案是哥哥康斯坦丁。传言变真，再不能回过头去装不知道。魅惑的空气遍地起烟，带着一股忧伤，流动在模糊地带。接下来，还能做什么呢？去墓地。杜伦迪娜说，康斯坦丁送她到母亲门前，兀自转身向着那里，消失了背影。

墓地是死者长眠的地方，同时供生者祭奠与悼念。

倘若将实用价值引申，它便代表了生者和死者的隔离和连接，继而抽象到人世和冥界的边境，于是成为隐喻。但斯特斯却是做实地勘查，搜索证据。事情变得滑稽，可斯特斯的态度是："我没想到这样荒谬的事，我脑中是其他的事。"这"其他的事"是什么事？能否消除不真实感，至少，使可笑变得严肃些了。从"其他的事"回到本来的事，也就是客观性上，康斯坦丁的墓有什么异常吗？石板似乎移动过了，这又说明什么呢？作者显然不打算写一个灵异故事，斯特斯显然被设计成理性主义者，他对墓地发下誓言，"我会找到这个人"，可视作向异象宣战，要注意，他说的是"人"！然而，很微妙的，他的副手，一名下级公务员，旁观者清，认为上司他——"会越过自己的权限"。此时此刻，边界又出来了，灵异和现实两座壁垒拔地而起，斯特斯上尉，事实上，是作者伊斯梅尔·卡达莱，有没有力量超越，解开疑团。

现在，斯特斯的思路清楚了，破解异象的关键是找人。查询的命令下达到所有的旅店和驿站，有没有看见过年轻的一男一女，同骑或者各自骑一匹马，打尖儿或者喂马。副手——这个人物浮出水面，越来越多地发表意见，副手告诉他的上司，大家都认为他们是在"云中穿行"。斯特斯的回答大有深意，他说："别的人，有权利那么认为，但是我们不能。""我们"是谁？教会国家的公务员，必须对灵异现象说“不”！

杜伦迪娜嫁去的中欧小城，波西米亚地区的伯爵领地，距阿尔巴尼亚的娘家路远迢迢。母亲曾三次派信使送去消息，前两个中途折返，第三个一去不回。不期然间，却有人成功带回杜伦迪娜，究竟是谁？印象在反复追问下变得更加模糊，或者说，杜伦迪娜神情恍惚，唯一清醒的是，回家的愿望。和《百年孤独》布恩迪亚家的女儿一样，凡嫁出去的都要回来，不同是布恩迪亚家的回来了，这里的却回不来。其中顶让人扼腕的一位是玛利亚·玛昙伽，因思乡而颓丧，死在了异地。杜伦迪娜回来了，从进家门的一刻就病倒，不久于人世，和母亲一同逝去。母女俩的丧事很盛大，阿尔巴尼亚的一门贵族弗拉纳也陨落了。葬礼的仪式有一幕似曾相识，那就是哭丧女。一百年前，法国作家梅里美的小说《柯隆巴》，柯隆巴就是一位远近闻名的哭丧歌女，她在父亲葬礼上的哭丧歌传遍四野八乡，成为“流行歌曲”，歌曲的内容，为父亲申冤，是一份广而告之的陈情书，为将来的复仇做舆论准备。之后，她带哥哥参加邻人的殡葬，所唱的那一曲，则是战前动员，激发起哥哥被文明驯化了的原始人血性。科西嘉岛与阿尔巴尼亚隔着亚平宁半岛和亚得里亚海及奥特朗托海峡，但同属地中海地区，科西嘉岛是法国的飞地，地缘上且与意大利紧邻，意大利语是他们的方言，阿尔巴尼亚曾被意大利占领，民情风俗贯通融合极是自然。两地的哭丧歌曲有一个共同的叙事特点，我想，史诗，比如《伊利亚特》《奥德修纪》，藏族的《格萨尔王》，大约都是从哭丧歌起源，抑或反过来，哭丧歌借用叙事诗的体例。在弗拉纳也家族最后两位后人的葬礼上，哭丧女的挽歌呈现出杜伦迪娜回家的完整解释，这解释建立在超现实的基础上，其实，在更早些时候，守墓人也向斯特斯提起过，只是被忽略了。就是说，康斯坦丁在妹妹婚礼上，向母亲承诺一定要将妹妹带回来，生前未及兑现，身后就从坟冢里起来，带回了杜伦迪娜。哭丧歌就像谣言一样迅速传播，用斯特斯的话说："就在我们眼皮底下，一个传奇正在诞生。"这一幅图画令我想起中国鬼话，钟馗嫁妹，多么旖旎又瑰丽啊！但是，在祛魅的时代，却是疑云密布，阴霾笼罩。

斯特斯是不相信传奇的，必须将传奇合理化才能接受，"作为一个法律的仆人，"他自我认定道，"这意味着这种哭悼代表了比它看起来更多的东西，它想自己充当法律。"这句话相当费解，显然不足于阐述斯特斯的想法，但是，至少说明他已经先期觉察到危险，新的将颠覆旧的。此时，公国的大主教的忧虑仅限于教会之间的权斗——"巫术的扩张给教会构成了问题"，也就是说，必须力求保持政治正确。斯特斯的不安则是本质性的，关乎对世界的认识。他自始至终被一股忧郁的情绪控制，这也是小说选择他的视角叙述的原因吧，叙述者的眼睛决定了故事的格局。觐见大主教的路途，风景凄楚，仿佛“原野穿上了丧服”，就像哥白尼的“日心说”颠覆“地心说”，脚底下的土地在塌陷。心情纠结，理性和感性打着架，一边说“荒唐”，另一边呢，分明有一股更为吸引的力量在抬头。

大主教的指令很简单，必须找到带回杜伦迪娜的人，“要是找不到，就要创造一个出来！”唯其如此，才可消除“异端邪说”。简而言之，证明嫌疑人清白，必须找到真凶。

事情强行推到现实主义的世界，顿时变得纷攘起来，一堆具体的庶务放在面前，倒是将斯特斯从虚无的黑洞拯救出来。公布指令，通缉和逮捕可疑分子；派出人马出发波西米亚，调查杜伦迪娜离开的情形；几乎前后脚的，波西米亚来人了，于是就要接待。来人带来杜伦迪娜临走前的留言，写道：“我和哥哥康斯坦丁走了。”这留言证实了“异端邪说”，后面却有两个模糊字迹：“如果”，于是肯定的语气又变成假设性的了，如果，所谓的“哥哥”是另一个“康斯坦丁”，一个情人，来人不是说，新嫂嫂在婚姻中一直很寂寞！“康斯坦丁”只是即兴杜撰，她并不知道哥哥们都死去了。这时候，致力于阅读家族档案的副手也有了新线索，杜伦迪娜和康斯坦丁兄妹间早已存有着乱伦的倾向，《百年孤独》的飞絮又扬起了。巴尔干半岛上的古老民族，人称“山鹰之国”，山地和丘陵占四分之三，大约有点接近老子的理想国：“邻国相望，鸡犬之声相闻，民至老死不相往来”，外族侵入改变朴素的原生态，也许特别适合《百年孤独》的种子着床。但是，具体到个人，同一形式还是显现出不同的内容。《百年孤独》的“乱伦”暗示着单一血缘的遗传使生命枯萎，这里呢，副手描绘他的发现：“在一个令人窒息的夜晚，他从墓中起来，去完成他一生都梦想的事情”，似乎从时间的隧道里释放出原始的情欲，经历大洪水，种族灭绝之后，人类重新启动生育繁殖，起源学意味的行为。不一定影射文本外的什么，只是内部的自圆其说。就这样，副手为异端事件提供又一个假设，将正在迈向客观世界的真相又引回异度空间，并且，增添一项渎神的罪状：乱伦。连斯特斯都不能容忍了，他感觉到人们已经丧失理智，这才是异端真正的威胁，威胁现有秩序，一个公务人员赖以立足的所在。就像《悲惨世界》里的沙威，“法律的奴隶”，放走冉阿让，违反信守的原则，只有死路一条。让斯特斯担任叙述者，事件的尖锐性便向我们正面开放，因此，斯特斯不能如沙威中途撤离，他必须坚持到底。

我想，斯特斯越过沙威，接近初级阶段的克洛德·弗罗洛，以及浮士德，他开始面对世界的不确定性。克洛德·弗罗洛们是自觉地向宇宙自然探索，斯特斯在智慧和求知欲上都略逊一筹。倘若不是发生谁带回杜伦迪娜的疑案，又身负公务员要职，需要向公国和教会交代，他本不必遭受如此痛苦的分裂。他不仅要寻找或者说“创造”带回杜伦迪娜的人，还不停地计算十三天的路程如何在昼夜之间完成。时间是客观的存在，伸缩的地带只在主观，要么是杜伦迪娜因思乡病神志迷乱，或者就是，她在撒谎。斯特斯似乎也受到蛊惑，巫术已经在发散它的魔力——他发现，或者他的妻子发现，他爱杜伦迪娜，杜伦迪娜出嫁时他郁郁寡欢，杜伦迪娜回来他心中充满温柔，听到副手猜测杜伦迪娜和兄弟乱伦则勃然大怒，就像克洛德·弗罗洛对艾丝米拉达，浮士德对格蕾辛，她们——总是她们，美丽的女性，诱发正人君子的邪念，妨碍他们得道。斯特斯也是从她，杜伦迪娜开始，变得动摇，成了个骑墙派。

通缉带回杜伦迪娜的人终于有结果，一个推销圣像的行贩，各项条件都符合“创造一个”的要求。斯特斯并无成就之感，甚至感到失望，他宁愿让真相在两可之间，现实世界和灵异世界的通道处于模糊地带，不要做抉择，不要非此即彼。因此，在审讯中，他出尔反尔，先是胁迫嫌疑人承认事实；一旦承认，并且编织了完美的过程，时间的断口都对齐了，却下令动刑，惩罚他欺诈，试图蒙混过关；同时呢，且向上级部门做结案报告，开启审判程序。等待审判的日子里，斯特斯格外忧郁，他真的越来越像克洛德·弗罗洛，如《悲惨世界》的描写——“一个刻苦、庄重、阴郁的教士”。斯特斯差不多也是如此，“他的脸色变得更加苍白了”，对哭丧女的歌唱，却持宽容态度，仿佛魔鬼撒旦正在上身，换一种说法，正在从一个公务员向哲人嬗变。浮士德在书斋里抵抗梅菲斯特引他入歧途；克洛德·弗罗洛挣扎在圣母院的穹顶底下；斯特斯则是在街上的新旅店。

新旅店是康斯坦丁生前与朋友们聚会的地方。这些年轻的小伙子被人们戏称“康斯坦丁的弟子”，他们在一处讨论各种严肃的话题，很像一个地下思想小组。这样的组织活动，我们曾经在上世纪七十年代阿尔巴尼亚电影中目睹，其中最著名的有一部《宁死不屈》，女孩子看到她爱慕的人弹奏吉他，惊讶又讥诮地说：革命者还弹吉他！成为当时的流行语，升华了革命的美学。斯特斯成了新旅店的常客，令所有人包括他自己都莫名其妙，“弟子们”的态度经历了拒斥、冷淡、默认的过程，最终，接纳了这个官家人。他们的头，即导师康斯坦丁热衷的话题是“承诺”，如今，讨论继续。斯特斯第一次听见“承诺”两个字，出自守墓人口中，康斯坦丁的母亲站在儿子墓前，谴责他违背诺言，没有将妹妹杜伦迪娜带回娘家；然后在哭丧女的挽歌反复咏叹，即便出售圣像的行贩已经招认他是带杜伦迪娜回家的人，哭丧歌依然在唱：“你把你的诺言怎么了，你把你的诺言埋在你身边了吗？”显见得，“承诺”已经成为公众舆论；在新旅店的青年小组论坛中，“承诺”，被抽离具体的原委，成为知识分子精英话题。也因此，这一群人，被当局视作反体制分子。

新旅店的思想者们，认为现行体制是“一堆强制性的规则”，应取代以一种更合理有效、非物质的、“来自人内部的法律”，这一“法律运作的轴心，就是‘承诺’。许多犯罪都是从不遵守承诺发生，康斯坦丁发下誓言，不管发生了什么，他也一定会践行诺言。事情远兜近绕，又落到谁带回杜伦迪娜的疑案，此时，斯特斯提出一个问题，他说，如康斯坦丁持无神论思想，不相信基督复活，而是将救赎寄予每个人的自律，又怎么解释他自己的复活呢？姜还是老的辣，这话说到要害了。年轻人的反驳多少是偷换概念，他们说：你们和我们身处的纬度不同，“他，我们大家，在我们话语和思想当中，都看到了在一个新的维度里的另一个世界，一个有承诺统治的世界。在这个世界里，一切都会不一样”。话说到这里，灵异世界与现实世界似乎又开辟另一条通路，那就是从形到形而上，好比爱因斯坦相对论，理论可以解释，却无法实现，在此反过来，实际行不通，理论行得通。斯特斯还不放过，他一定要将事情纳入他的认识范围，即实证的轨迹，才同意接受，他追问道，“在这个世界是谎言的，在另一个世界可以是真理”，眼看就在抽象中弥合的边界又被他划分了，他已经到了临界点，只差一步，可就是这关键的一步，迈不出去了。幸好，还有机会，也许是最后的机会，就是宣判大会。究竟是谁带回杜伦迪娜，将揭开真相。

修道院的内庭临时搭建起公审会场的格式，大主教、亲王、高层官员坐在看台，底下是平民百姓，办案人斯特斯上尉受委派报告案情。中世纪的欧洲，有许多审判巫术的法庭，然而，由国家公务员出任调查，其中就有一种谐谑，又正对应了新旅店年轻人答非所问的说法，两个维度，现在，要由一个维度解释另一个维度了。对于斯特斯，则是抉择的时刻。这真是个倒霉的人，倘不是发生这一件奇迹，他本可以安然度过一生，现在，却要拷问世界观。经过冗长的陈述细节，终于做出结论，就是，康斯坦丁带回了杜伦迪娜，承诺的说法来了，“新的伦理法则”也来了，看起来，他接受了新旅店的启蒙，决定以信仰来诠释异相。灵异事件最终并没有回到灵异世界，而是穿越现实存在，抵达思想——人们说："主啊，我们的思想还有什么地方去不了啊！"概念还是被替换了，从这一维度过渡到那一维度，一则民间传说蜕变成小说。

二〇一七年七月二十一日　上海

文章所涉及书目：
《谁带回了杜伦迪娜》
[阿尔巴尼亚] 伊斯梅尔·卡达莱著，邹琰译
花城出版社 2012 年

人生烦恼识字始

我去过美国俄克拉何马大学，位于州府以南的诺曼小城，住家庭旅社，每间客房有一个诗意的名字，比如我的那间，就叫作“晨曲”（Morning Song）。前台的女人，显然是老板娘，老板呢，大约是负责早餐的先生，另有一个或两个雇工打扫收拾和登记入住，稍事露面就不见了，可见是兼职，包括管理厨事的老板，所以，每日里大半时间，只老板娘一个驻守。这是一座二层的木结构小楼，外形接近影视基地西部片的布景，周围环境也和影视基地差不多，荒漠和孤立。外出走一遭，遇不见人，有数的几间店铺半是废弃，半是关闭，汽车无声无息驶过，循信号灯或行或止，顺时转换的红绿灯，透露出生活在依序进行。居住这里免不了是寂寞的，老板娘逮到人就要说话，有几回撞上，就抓紧询问有无婚否，兄弟姐妹几人，父母健不健在，写小说还是写诗——这里的客人多从大学介绍，除此还会有什么外乡人？好比亲戚投宿，底细都是清楚的。来回没几句搭讪，便交臂而过，留下她一个人。一日早晨，内厅摆开四方桌子，一边一位夫人，手里握着纸牌。她们都有些岁数了，衣着美丽，妆容精致，灰白的头发很有型，很隆重的样子。因为门前没有新停的车，我更倾向是近邻之间定期的聚会。在这无边的空旷里，其实还是有着人和人的交互往来。

美国腹地的日常状态大抵就是这样，静谧、安宁、富足，却是沉闷。就是俄克拉何马，上世纪九十年代，州府行政大楼发生惊天惨案，一辆载满烈性炸药的卡车驶进大楼引爆，早上刚过九点，上班的时间，小孩子也随父母进到公务人员的托儿所，就这么，一锅端。如今，重建的大楼前，专辟出一池清水，池畔矗立一片大小椅子的模型，大的是大人，小的是孩子。水平如镜，映着蓝天，划过树枝的疏影，谁想得到曾经生灵涂炭，血流成河？于是，这股宁静就变得可怕了。

斯蒂芬·金的故事发生地点遍布美国，中部有内布拉斯加州，科罗拉多州，应是与俄克拉何马差不多的地貌、出产以及人口疏密度；还有沿东岸自北向南的线路：缅因州、新罕布什尔、佐治亚，以全局论，属欧洲移民最早开发地区，可是新大陆的腹地如此辽阔，即便从甚嚣尘上的纽约市出发，开车二三十分钟，便望得见地平线球面形的弧线，地上物零星散开，可忽略不计。

这土地还有着蛮荒劲，人类的涉及相当有限，密西西比河岸植被肥腴丰饶，仿佛亚马孙河，马克·吐温的汽轮船，就从两岸间突突穿行。美国的故事都脱不了原始性，斯蒂芬·金的灵异也像来自土著人的部落，借着相对论，跨越时间的维度，进到现代世界。

约翰·威廉斯，一九二二年生，一九九四年卒。他的小说《斯通纳》，主人公威廉·斯通纳出生并长成的密苏里州，就在俄克拉何马左下角，有小小一段接壤；左上方的一角，隔密西西比河最长支流密苏里河，与内布拉斯加州相望，斯蒂芬·金的《1922》，丈夫为图谋老婆的一百亩良田，犯下了杀人案，再往西去的科罗拉多，则是《危情十日》的案发地；回到密苏里州，马克·吐温应是斯通纳的乡人，他就在圣路易斯附近，一八九一年，斯通纳出生的时候，已经离开老家，盛名天下，在他去世的一九一〇年，斯通纳方才踏入密苏里大学，就读农科，改换文学专业，还是以后的事情。作者始终没有为这两位举行同乡会，通篇来看，也没有任何迹象，表示出这名文科生对同时代文豪的印象。很自然，学府中人，研习的又是古典文学，和社会实践中跌打滚爬的小说家，也许终身不得交集。作为一个虚拟人物的传记，我们既不能将此当作事实看待，也不能视为忽略，而应当纳入写作者的设计的一部分，是从小说指定的目标出发，来决定取舍材料。

现在谈这个为时过早，话说回去，斯通纳生在密苏里中部的庄户人家，套用我们的俗话，就是土里掘吃的。美国的农人不像中国的缺土地，相对于大片的耕田，反显得劳力严重不足。斯通纳家又人口单薄，只一对父母和他这一个孩子。小说描写，超负荷的苦作透支了寿数，父母过早地衰老；儿子呢，十七岁的年龄，已经驼背，这变形的身体将伴随一生，在生命另一脉机能旺盛发育的同时，变得越来越累赘，呈现出分裂的状态。一家三口在厨房的油灯底下，度过黄昏时刻，结束一日劳役，再积蓄体力迎接下一日。这幅图画令人想起梵高的《吃土豆的人》，暗黑的背景中浮现的人脸。法国米勒的画面里，阳光底下，庄稼人饱满结实的身躯，洋溢着劳动和收获的满足，多少寄托了一些艺术者的田园梦。当知识走到尽头，无路可循的时候，往往折返过来，回去简单质朴的生产活动。俄国托尔斯泰的《安娜·卡列尼娜》里的列文是一个著名的榜样。将劳作美学化的代价是，忽视了肉体被压榨的处境，那本来是应当有更大贡献的，知识人群也因此担负起启蒙的使命。鲁迅笔下的阿Q、华老栓、成年的闰土——“脸上虽然刻着许多皱纹，却全然不动，仿佛石像一般。他大约只是觉得苦却又形容不出。”可是，至少，闰土还有一个活泼的童年，而斯通纳，仿佛生来就是“石像”。中国农业文明积累了几千年历史，由盛至衰，投射在闰土的遭际，就是“多子、饥荒、苛税、兵、匪、官、绅”，情形更为复杂。威廉·斯通纳则是单纯的，或者说原始的，直接被土地奴役。新大陆横空出世，人类文明已进化到后天阶段，空间在某种程度上，可以与时间互换，迅速越过的社会发展史在广袤的土地上又扩大了周期。斯通纳家的农庄里，生活仿佛停滞了，只是日复一日，年复一年，不知觉中，一代人过去，接续下一代人。然而，这样的周而复始被打开一个缺口，于是，事情进入另一条轨道。

就是方才说的一九一〇年春天，算起来威廉·斯通纳十九岁，县里来了一个公务员，动员年轻人去州里新设的农学院读书。推测起来，办事员来自的多半是农业帮扶计划的机构。父亲转达来人的话：“有很多干活儿的办法，会在大学教给你。”父亲又说：“有时我在地里干活的时候也会琢磨。”显然光靠“琢磨”帮不了他，土地上的生计越来越沉重，现在科学敞开大门，这泥脚杆子不惜暂时损失一个强劳力，也许，会有那么一点起色！

乡下人进城几可成为叙事文学的一大主题，美国前代作家德莱塞的《嘉莉妹妹》《美国的悲剧》，写的就是这个，但不是求学，而是寻找机会。大约也是时代的差异，美国第一所公立大学北卡罗来纳教堂山分校始建于一七八九年，生于一八七一年的德莱塞自己，都未受到系统的高等教育，在这一个草创的社会里，并不妨碍他在报界求职，吃文字饭，最终成为作家。他笔下的男女却很少有这样的幸运，城市往往以危险的面目出现前方，堕落，即便不是终局，也是成功的代价。美国移民的同宗，英格兰作家狄更斯的《远大前程》主人公皮普，进城的日期与嘉莉妹妹差不多，他接受一个匿名金主的馈赠，到伦敦接受"上等人的教育"，等着他的是囚犯、黑帮、海外逃亡——大英帝国大片的海外殖民地不能闲置着，怎么也要有一番冶游，远兜近绕，回到家乡，找到昔日爱人，正如民间童话的格式——从此，两人过着幸福的生活！是批判现实主义的浪漫史。相比较之下，斯通纳的离乡经历平淡无奇，农学院开张，县里办事员招募生源，于是，就去了。去的也不是芝加哥纽约伦敦巴黎级别的大城市，甚至不是密苏里州府杰斐逊，而是哥伦比亚小镇子。不过，和所有乡巴佬出远门一样，斯通纳也穿了新衣服，一套黑色绒面呢正装，用母亲攒下的鸡蛋钱置办的。这隆重开端里是否潜在某种预兆？此时此刻尚不见迹象，情节的进行几乎和自然时间同样速度。没有任何奇遇发生，莫说《远大前程》式的，哪怕德莱塞现实人生的戏剧也没有。本来嘛，知识的生活就缺乏外部的色彩，可供描写的只有具体的处境，在斯通纳，就是食与宿。

他投奔学校附近，亲戚家的农场，以干活抵吃住。农场的日子大致相仿，不外乎耕作和饲养，甚至比家里更窘，因寄人篱下，样样都是局促的。不同的是，学业占去一部分时间，还有，往日里家人枯守的黄昏，《吃土豆的人》的一幕，换作一个人和书本相处，有点中国人“寒窗”的意思。夜以继日的循环，又有了缺口，变化的周期仿佛缩短了。第二学年的第一学期，农学士学位已可在望，还需两门基础课的学分，一门是本专业的土壤化学，另一门则是通识课程——英国文学概论。事情就在这里起了转折。

我想，作者为什么没有让斯通纳成为作家，作家的道路要有趣生动得多。前面写到的斯通纳的乡党马克·吐温，德莱塞，英伦三岛上的狄更斯，包括约翰·威廉斯本人，他在二战中服役空军，开拔中国、印度、缅甸。他们一无二致地做过电台、报纸的记者，这份职业几乎是那时代小说家共同的文学起点。媒体的特权是可超脱个人身份，潜入社会各个角落。它耳目灵通，手脚敏捷，阅历他人的经验，同时丰富自己的。学府的生活却是另一种，从世俗角度看，不免枯乏和沉闷，尤其是，斯通纳被安排在经院式的古典领域，还不像现当代文学，至少是动态型的，这注定他一辈子都与故纸堆打交道，将为小说提供什么条件呢？从讲故事的民间活动发展而来的小说，文艺复兴启蒙运动赋予人本精神，经由现代知识分子思想提炼，趋向理性主义，然而，终究脱不了俚曲的生性，故事依然是它的本职。斯通纳被囚进书斋，是为了完成什么样的使命呢？

创作者设计人物的职业身份，尤其传记体叙事，不会随机抽样，必是寄予了对世界的某种想象，带有隐喻的用意。就像罗曼·罗兰的“约翰·克利斯朵夫”，是一位音乐家，除去原型和素材所作用，更主要还是作者的自主选择。他为什么要选音乐，而不是其他艺术门类——当然，这又涉及个人的因素，罗曼·罗兰对音乐情有独钟，个人因素不也是选择的条件之一？换一个说法，他在音乐里发现了什么，可满足内心的期望。经过傅雷先生的语言文字转换，很可能我们读到的是克利斯朵夫的化形，因为法国人往往不理解中国人对罗曼·罗兰的喜爱，那么，就当是傅雷先生的克利斯朵夫吧！在这部漫长的小说的末尾，主人公弥留之际，虚实交集，思绪涌动，有这么一段描写：“自然界无穷的宝藏都在我们手指中间漏过，人类的智慧想在一个网的眼子里掏取流水。我们的音乐只是幻象。我们的音阶是凭空虚构的东西，跟任何活的声音没有关联。这是人的智慧在许多实在的声音中勉强找出来的折中办法，拿韵律去应用在‘无穷’上面。”罗曼·罗兰，或者说傅雷先生，认识到艺术其实是有限向无限要求真相，音乐因有着和宇宙时间顺向的形态，所以最接近可能性，那就是“拿韵律去应用在‘无穷’上面”。

斯通纳身上被寄予什么样的想象呢？

第二学年的第一学期，英国文学概论的通识课上，灵光一现，颇似东方哲学里的“顿悟”，他都不能自知。面对老师的提问，只回答了半句：“意思是”——是什么？这是一个麻烦，麻烦在于思想的骤变还没有搞清楚是什么，莫说还要找到相应的词语。描写思想是巨大的挑战，意味着写作者和写作对象将展开一场竞技，必须占领上风，方才能够主宰局面。斯通纳终于没有说出，“意思是”什么，老师放过他，宣布下课。“意思”成了悬念，揭秘被延宕了。这有些类型小说的叙事策略，从约翰·威廉斯履历看，写作的同时，还在学院里教授创意写作课程——在美国，创意写作遍布大学院校，新大陆的新人类，相信凡事都可后天努力，人工合成，他对这套路数应驾轻就熟，笔到心来。可是，我以为事情在斯通纳这里，要严肃得多。老师的提问，不是一句话，而是要用一生的教育来回答。心灵悸动仅止霎那之间，很快过去，复又平息下来，回到日常状态。然而，质变在暗中积蓄能量，表面的征兆是第二学期，斯通纳中断农学士的课程，选修哲学古代史的导论课，外加两门英国文学，一个不切实际的知识系统正吸引着这个庄稼汉。他依然没有自知，但有两个新发现。一是他偶然从镜子里看见了自己，奇怪自己怎么长成这副不堪的模样；二是他“平生第一次开始有了孤独感”。再有一件事情，从时间顺序上看，是排在这两个发现之前，但是，从全局着眼，仿佛贯穿头尾，那就是语言。老师，斯隆教授说，“英语你已经讲了好多年”，他此时注意到英语的构词，构音，外延和内涵。我想，这就是斯通纳被囿在英语文基础学科里的原因，和启蒙有关。

远在东方中国的乡下人闰土、阿Q、祥林嫂们，差不多也是在同样时间进入启蒙的话题，以被怜悯与被批判的方式，用鲁迅的话说，就是“怒其不争，哀其不幸”。中国现代知识分子，将“启蒙”赋予去旧迎新的历史任务，个人的觉悟是纳入大众思想革命，共同推动进步。在斯通纳，只为自己负责，孤立地完成从暗到明。北美洲辽阔的处女地上，分散着多少懵懂的人，和脚下的土地一样，沉默地等待再一次被发现，神说，“要有光”，就有了光。历史在很远的地方兀自流淌，不定什么时候，倏忽睁开眼睛：原来早已经介入其中。

就这样，斯通纳的开蒙更像是出于偶然，偶然的邂逅和际遇，倘不是县里的办事员让他就读农学院；倘不是通识课英国文学；倘不是阿切尔·斯隆教授发现他的潜质——斯隆教授从文学本身出发，就事论事，因此，他重在古典，溯流而上。鲁迅是旧学中人，甲骨、碑帖、经史、辞赋，称得上童子功，中年以后却写上了不入流的小说。斯隆教授不写小说，斯通纳也一生与小说无缘，当然，他们研究“诗”。我以为他们的“诗”不是一般读物的概念，而是在“经学”意义上，比如莎士比亚戏剧中的商籁体即十四行诗歌；比如《坎特伯雷故事》中的“诗法”；比如拉丁传统，语法，修辞格，词源，等等。他们是象牙塔里的人，中国的启蒙者则大多民粹派。斯隆教授建议斯通纳从农科转文学，这倒和鲁迅弃医学文不谋而合，鲁迅是为民族救赎，斯隆呢？他发现了斯通纳的什么潜质，正合乎他的文学理想，“你想当个老师”，他替学生判断说，然后说出理由：“是因为爱。”

这答案未免太简单，“爱”是过于宽泛的概念，用来解释当个老师也许还过得去，但为什么非是文学老师，就需要更多的条件了。不着急，小说还在开头中，接下去有得是篇幅铺陈情节。问题在于，事情又来到那个节骨点，为什么是文学，并且严格限制在学府，而不是像小说，可以去到广阔的社会领域。相反，斯隆教授刻意回避着现实生活。

斯通纳的一生经历两次世界大战，主场在欧洲，美国作为同盟国参战。第一次在一九一五年，斯通纳取得文学硕士学位的那一年，兼职教学，攻读博士。他有了少数几个勉强可称作朋友的同事，于是，孤独感缓解了，也意味着他初步建立人际关系。宣战之后，一股民族主义热潮迅速席卷学校，年轻人，包括他的新结交的朋友，都报名参军。斯通纳似乎从土地继承来一种迟钝的秉性，对外界的刺激反应总是滞后，却也得以从容。他向斯隆教授征询意见，我想，斯隆教授对战事的冷淡肯定是影响，更具决定性的，这种态度呼应了他的心意。斯隆教授说了一句“记住你正在从事的东西的重要性”，这句话算什么，可斯通纳就听进去了呢！也许，他征询斯隆教授就为得到这句话，如此，有理由置身国家利益之外。“珍珠港事件”发生的一九四一年，斯通纳早过了服役的年龄，斯隆也已经去世，他经历了爱情，婚姻，婚外情，学校政治斗争，正应付着女儿青春期的叛逆。不同于一战时，人生还是一张白纸，其时则画满横七竖八的笔触，他甚至期望战争能够颠覆日常秩序，消弭一切。这软弱和粗暴的妄想稍纵即逝，现实是，教员和学生越来越少去，校园空寂下来，阵亡的名字代替了某一张具体的面容，其中包括他的女婿，少年荒唐迫入婚姻，逃跑般去当兵……这就是一九一五年斯隆教授眼睛里的景象，此时，变成斯通纳自己的。斯通纳没有说，但读者我们记得，第一次大战停战协定签署的那天，欢乐的庆贺的游行队伍经过斯隆教授的办公室，半开的门里，教授在哭泣。想一想，战争，和“你正在从事的东西的重要意义”之间，横隔着的选择，如同哈姆雷特王子“生存还是死亡”的处境。再想一想，斯隆教授之所以看出斯通纳是可教之人，是因为“爱”，这个空泛甚至煽情的概念似乎呈现出来一些内容。

有一节枝蔓，也许应该提一下，那就是战争结束的那年，斯通纳发现女儿格蕾斯染上了酗酒。她的脸相改变，“眼睛有了黑影，脸绷得紧紧的，很苍白”，“烦躁不安，心神不宁”，仿佛为战后“垮掉的一代”肖像。很多事情的因果实际上是断裂和错接的，这里下种，那里生根，第三个地方发芽，我们当然不能简单地将格蕾斯的状况简单归纳到战争的后期效应里去，小说家没有义务为历史做总结。格蕾斯在斯通纳的文本中，也许只为了证明，他一生“正在从事的东西”的虚无和脆弱。作者将他的人物安置在学府里实在有些绝情，同样文学中人，作家，尤其小说家，他们可能与时代同行，随时反应和介入，学府里做的却是死学问，不是说“理论是灰色的，生命之树常青”！就像古老经院，僧侣们在石砌的拱门底下，抄写羊皮手稿，连人带书都不见天日。在这封闭的空间里，人与人之间的关系也呈现出向内的形态，好就是同党，不好则是异己。这就得说到霍利斯·劳曼克思，斯隆教授系主任位置的接任人选。

劳曼克思和斯隆教授属一类人，连相貌都有相似之处。同样瘦长的脸型，一个是纹路深刻，一个是青筋突暴，就像中国篆刻中的阴文和阳文。不匀称的身体，劳曼克思更为夸张，斜肩，一条腿僵硬，走路抽搐。两人都有共同的嘲讽的表情，课堂上表现怪异，不合常情，但效果却截然相反。斯隆拒学生于千里之外，劳曼克思呢，很受欢迎，他的荒诞不经里，多少有那么一点笼络。就在这小小的差异里，事情往不同的方向走去。

劳曼克思一直吸引斯通纳，开始，他从中辨认出战争中牺牲的好朋友戴夫·马斯特思的影子。戴夫的超凡脱俗，在劳曼克思变形为“狂妄，不拘一格，开心的尖酸劲”。曾经，他们俩，加上戈登·费奇，三人党一起聊天，马斯特思对学府做出描绘：“大学就像一个庇护所或者——他们现在怎么称呼来着？——是给那些体弱、年迈、不满以及失去竞争力的人提供的休养所。”就是这个休养所里，同命者之间，也在进行力量比对，由此分出阶层。戈登·费奇置身中间地带，左兼右顾，罩了斯通纳一生的职业生涯，却不能替代马斯特思思想伴侣的位置。斯通纳终于得到机会接近劳曼克思，在乔迁之喜的晚宴结束之时，客人走得差不多，酒也喝得差不多，劳曼克思不期然间敞开心扉。我以为，劳曼克思早在一开始，就意识到斯通纳是“自己人”。这一刻，“两人在聚会留下的垃圾中挨得很近地坐着”，斯通纳听劳曼克思讲述他的“顿悟”的经历，正是他在斯隆教授课上体验过的。他们本来可以成为知己，可惜那灵犀一闪而过，这一次亲近没有拉近，反使他们疏远，甚至劳曼克思还生出一种敌意，类似不慎中泄漏隐私，暴露了命门。于是，适得其反，结下一辈子的冤家。也许，原因更简单，就是错了时机，“青年时代的青涩还没有从他身上消退，但是可能缔结这份友谊的渴望和直率已经不在”。

按马斯特思关于大学是失败者庇护所的说法，斯通纳大约是其中典型的成员。不需要太多，只一桩就足以决定命运，在他，就是婚姻。

他对伊迪丝一见钟情。伊迪丝纤细、苍白、脆弱的美不是庄稼汉欣赏得来的，可此时的斯通纳正向知识人蜕变，但还未及完成，变成斯隆教授那样，对世事能深入表面，判断本质。就像当年，斯通纳自己都不知道自己是什么人，斯隆教授却知道。伊迪丝和斯通纳过去的生活多么不调和，看看她与公婆见面双方的窘态，像是两个物种。这一幕常见于城乡联姻，比如法国福楼拜《包法利夫人》，那老父亲远远望着女儿的院子过门不入。阶级差异最能构成爱情悲剧，但斯通纳的故事并不是从这里出发，它别有原委。

如果这部小说不是写于一九六五年，而是更早，我简直就要以为张爱玲读过，然后才有一九四三年的《沉香屑·第二炉香》。小说中的愫细多么像伊迪丝，当斯通纳第一次造访圣路易斯，未来的岳父母家，“伊迪丝消失不见了”。好比《第二炉香》里，结婚当日，新郎罗杰兴冲冲跑去新娘家，新娘躲在闺房，据她母亲说，“规矩”如此。倒是愫细的姐姐靡丽笙出现了——靡丽笙就像另一个伊迪丝，被情欲控制的伊迪丝，让罗杰无比尴尬。即将成为大姨子的人，对了妹夫，谈她和丈夫的床笫之事。夜里，伊迪丝虽然没有从花烛洞房逃跑出来，斯通纳不是强蛮的人，他们分而卧之。等夫妻之道终于完成，伊迪丝的惶恐和嫌恶直接从生理反应出来，僵硬的身体和干呕，总算没有让斯通纳太丢脸，可也是扫兴的。斯通纳和罗杰，这两位都在大学里供职，规规矩矩的读书人，为什么总是他们遇到这样的女人，或者说这一类女性仿佛专用来折磨书蠹！那一个禁欲的伊迪丝退去，另一个色情狂的伊迪丝来了，“就像饥饿感，如此强烈，好像与她的自我没关系”。除了性事，情欲还以变形的方式周期循环：装修房子的苦役，生孩子，弃下孩子复又争夺，改变形象，戏剧活动，家庭派对……所有古怪行径目的又只是一个，剥削斯通纳。尽管没有如张爱玲的罗杰身败名裂，却也谈不上有什么幸福。

大约就是英国清教徒传统下的妇德，经过历史变革和地理迁徙，在压抑和释放之间的失调症。伊迪丝一家来自新英格兰，新英格兰是英国在北美殖民最早的地区之一，香港地区也曾受英国殖民统治。我猜想远离本土的后裔们，大约已趋向类型，多少脸谱化了，但是具体到斯通纳的生活，这一普遍性人格则演绎出特殊的命运。

自我的苏醒仿佛以损失幸福感为代价，他不可能如他父母那样，木然地顺从造化的安排，斯通纳也是顺从，不顺从又能如何？追根溯源，斯通纳家大不离也是英格兰族裔，垦荒大军中的一员。圣·路易斯不是有一座拱形纪念碑，标志着从东部向西部的大门。他们跨入大门安寨扎营，定居在密苏里望不到边的土地上。其时，并不会想到，这土地将变成沉重的负担，榨干血汗，最后埋葬他们。威廉·斯通纳的体内，潜伏着远祖的基因，暗中支配他的言行。和年轻教师凯瑟琳的私情于他已是天下之大不韪，再要进一步突破，想也不用想！这一段两性关系，作为失败婚姻的平衡来补偿他，是感官享受给理性经验的一个贡献。人生总是苦乐相济，否则，灵魂就要枯竭，本来知识是要使它丰沛的。

如马斯特思箴言“大学就像一个庇护所”，他又对斯通纳说：“你在这个世界没有安身之地。”换作今天最常用的话，大概就是：天下没有净土。事实如此，知识的生活寄予现实之中，也因此，知识人过着两种生活，一种现实的，一种精神的。这样，我们也许可以解释斯隆教授超然物我的表情，还有他对战争的态度，他完全拒绝现实的生活。而在劳曼克思，这两者却成分裂的状态。前后期两任系主任的差异，我以为不能简单归因性格或者操守，更可能是，学校教育体制日益成熟的趋向。晚于约翰·威廉斯三十三年，一九三五年出生的英国作家戴维·洛奇，小说中的学府和学人已处处败迹。此项题材的写作到如今几乎成为一个文类。另一种生活，其实也是学府得以成立的基础，却忽略成隐形的存在。现实的力量是很强的，再次证明那句话：理论是灰色的，生命之树常青。

斯隆教授去世了，只有斯通纳在哭泣。斯隆教授其实早已经将自己放逐出这个现存的世界，人们都快忘记他了，以致在办公室死了两天之后，才被倒垃圾的管理员发现。现在，留下斯通纳自己，颇有些遗世独立的意思。中国俗话说：师傅领进门，修行靠个人，指的就是这样的处境。然后，劳曼克思登场，他们彼此成为克星，就像费奇说的："两个老混账。"平静下来，斯通纳也觉得他们像是玩一场游戏——"而且，说来有些奇怪，还挺享受——似乎显得无聊和下作了。"这场游戏，很像拳击台上的比赛，劳曼克思是进攻的那位，斯通纳呢，是防守。胜数相当，败着也差不多，打了个平手，同时也成为一盘僵局，只有交给自然仲裁。斯通纳罹患癌症，而且晚期，按死者为大的原则，就占上风。作为最后的回应，劳曼克思替斯通纳举办退休晚宴。结束时分，两个"老混账"擦肩而过，没有搭腔。这个无言的告别就像比赛决出后，胜负双方握手，既是对结果的承认，也是互不屈服。两个好人，因为一点点差异，本来可以成为挚友，可是错过了。这一点点差异，就像螺旋线的移位，从一开头就决定他们是两股道上跑的车，还意味着学府这"庇护所"里的人际关系，向社会普遍性合流。现实有着强大的吸纳力，它可将所有异质的因素同化。

然而，斯通纳，来自广漠土地，近乎原始人的生命，一旦被启蒙，那苏醒的精神，亦保持着野蛮的原动力，迫使进入现实生活的同时，知识的生活并没有停息，强悍地进行着。遗憾的是，这生活太缺乏动感，提供给直观的形态极有限，即便是文字，能够表达抽象的存在，可是对比于鲜明的外部世界，就变得平淡了。我们只看得见，斯通纳在一轮又一轮不合理的排课中备课上课；

一轮一轮被压缩的时间里著书立作；一轮一轮的劝其退休中坚持不退，最激烈的一幕也是绝地反击，在初级语文课上，教学研究生课程。仅止于此，再无其他。小说的世俗性到底暴露它的局限，适时阻止向深刻处进取，从另一方面说，写作者的乐趣也在于此，一次一次试手，再碰壁而归。很可能，和凯瑟琳的一段是被纳入到这内部世界里，用来和外部世界叫板。但爱情，尤其是叛逆的爱情，实在使用太多，难免流俗，撇开成见，即便情节本身，也难以担纲思想的戏剧。很多年后，斯通纳在书单上看到凯瑟琳的著作，买回来，打开书页，看见题词："献给威·斯。""威·斯"就是他，威廉·斯通纳的字头。他们最终在知识生活里邂逅，这个大众读物型的爱情故事于是有了些质朴的悲剧感，好比民间传说中水王子和火公主，不能相拥，相拥就是毁灭。

斯通纳到了生命的最后时刻。死亡总是独自经历，就像斯隆教授，还有他的父亲，一个人倒在他一辈子耕种的土地上。不同的是，斯通纳预先为死亡做好准备。作者以癌症晚期判决死刑，是为给出时间从容以对吧！他向劳曼克思告别，再向妻子伊迪丝告别，两个他生命中的孽障，剩下的，就是和自己告别了。他已经是一个清醒自己存在的人，经历的一切都敏锐地体验过了，仿佛一个人对另一个人。他打开自己的书——知识的落实就是这么简单，一本书。几近一生的时间和故纸堆交道，他深明这本书的价值不足为道，但是，他知道，自己的一小部分，他无法否认在其中，而且将永远在其中。此时此刻，回到小说篇首第一段，预告这位名不见经传的老师去世，几位同事向学校图书馆捐赠一部中世纪的文献，题记写道："敬赠密苏里大学图书馆，以缅怀英文系的威廉·斯通纳。"具体地说，这本文献和斯通纳一毛钱关系也没有，以总量计，却同在知识长河，流向人类文明海洋。

二〇一八年十月三十一日　上海

文章所涉及书目：

《斯通纳》［美］约翰·威廉斯著，杨向荣译

北京世纪文景文化传播有限责任公司 2016 年